双葉文庫

どうしてこんなところに

桜井鈴茂

どうしてこんなところに

本当にひどい話さ、おれたちみんな、どんなに頭の中はおかしくなっても
物事をてきぱきこなしていくんだ
――マイケル・ヴェンチュラ『動物園　世界の終る場所』

1

こうするしかなかったんだ。

どうしようもなかったんだ。

ハイビームのヘッドライトに押しのけられてゆく青黒い闇とそこに浮かび上がる灰色の路面を血走った目で見据えながら、久保田輝之《くぼたてるゆき》は胸の内で呪文のごとく繰り返し唱えていた。

こうするしかなかったんだ。

どうしようもなかったんだ。

高速道路に乗り入れてからというもの、マツダ・デミオのスピードメーターの針は130km／hを示すポイントの前後を行ったり来たりしていた。普段の輝之なら、いくら条件が整っていてもそのようなハイスピードで運転することはなかった。運動神経や反射神経は決して悪いほうじゃないが、スピードだけはどういうわけか昔から苦手だったのだ。けれども、この時の輝之にとってはスピードがもたらす恐怖など、さながらミルクの中のカルシウムでしかな

かった。含有されているのは確かなのだが、味は感じられないカルシウム。

視線を右へスライドすると、黒々とした稜線の背後がかすかに白みを帯びているのが見えた。夏の終わりの夜が明けそめているのだ。一方、西の空には満月を幾日か過ぎた黄ばんだ月がひっかかっていた。その月の下には小さな町のさみしげな街灯りも見える。カーステレオからはサム・クックのベスト盤がごく小さな音量で流れていた。半世紀前に録音されたソウルフルなキラー・チューンの数々——もっとも、本人の耳にはほとんど入っていなかったが。輝之はただ、イグニッションに連動して流れ出したFMラジオのパーソナリティのおしゃべりがうっとうしくて、機器のスイッチ類をやみくもに押しただけだった。すると、ずいぶん前から挿入されっぱなしになっていたCDがはからずも流れ出したのだ。

と、対向車線に、赤色警光灯を点《とも》したパトカーが突如出現し、甲高いサイレンを鳴らしながら瞬く間に後方へと走り去っていった。尾てい骨から頭のてっぺんにかけて冷気が駆け上がる。輝之はやにわにアクセルペダルを踏む足を緩めた。減速するのに比例してアドレナリンの分泌量も減ってゆく。バックミラーで後方を確認しつつ左車線に車を移す。ほんのさっき抜き去ったはずの大型車輌が逆にデミオを抜き去っていく——派手な装飾を施したトラックで、後部扉には〝御意見無用　お先にご免　日本列島一人旅〟と勘亭流の書体で塗装されている。スピードが90km／hまで下がったところで、輝之は自分がいかに錯乱状態にあったのかをつくづくと実感して、今さらながらにぎょっとした。心臓はケージに押し込められた小動物のようにのたうち、ステアリングを握る両手は硬直したままにぐっしょりと汗ばんで

いる。目の奥がじんじんと痛む――眼球が眼窩《がんか》から零れ落ちてしまいそうだ。運転しながらでは確認しようがないが、きっと狂人のような目つきになっているのだろう。もし、警察に車を止められて尋問でもされたら、住所やら職業やらを平然と答えられていただろうか？　ましてや目的地やその理由を訊かれたら？　ただのスピード違反では済まなかったにちがいない。

そんな自分の精神および身体状態を曲がりなりにも認識し、事故を含めた何事も起きなかったことに安堵を覚えるや、今度は圧倒的な恐怖やら罪悪感やらが暴風雨よろしく襲いかかってきた。

おれはいったい……。

拳でステアリングを強く連打した。

おれはいったい何を……。

輝之は首を強く左右に振り、それら恐怖や罪悪感をひとまず脇に退《の》けた。そうして、自分自身に言い含めるように再び、しかも今度ははっきりと声に出して言った。

こうするしかなかったんだ。

どうしようもなかったんだ。

おれと同じ立場に置かれたら誰だって同じようなことを――少なくとも似たようなことをしたはずなんだ。

シャツの襟や脇や背中が汗でじっとりと湿っていた。袖や前身頃には土汚れがついている。

おそらくカーゴパンツやスニーカーはもっと汚れていることだろう。もしかしたら顔も。パーキングエリアまで一キロメートルという案内標識が目に入った。いったん運転から離れて神経を休ませ、次の行動を熟慮しなければ。こんな事態に至ってなお、そんなことをおめおめと考えている自分の冷酷さに嫌悪感を覚えながらも、輝之はいささか早すぎるタイミングで左ウィンカーを点滅させた。

けわしい山々に囲まれた谷川岳パーキングエリアは閑散としていた。トラックと乗用車がそれぞれほんの数台ずつ、孤高の肉食獣のごとく相応の距離を保ちながら駐車している。軽食堂や売店の入った平屋の建物は照明が消えており、離れのトイレと数台の自動販売機の周囲にわずかの人影が見えるだけだった。

洗面所の鏡に映る自分とは努めて目を合わせないようにしながら、念入りに手と顔と首まわりを洗った。シャツやカーゴパンツについた目立つ土汚れをどうにか目立たない程度にまで擦り落とした。それから、自動販売機でペットボトルのコカ・コーラを買い、目についたベンチに腰掛けるとキャップを外して、半分ほどを一息で飲んだ。普段はあまり好まない炭酸の刺激が、この時はいやにしっくりきた。

夜が終わり、朝が始まろうとしていた。現実という生地に夢や幻が織り込まれたような、奇妙な時間。うっすらと立ちこめた靄《もや》が幻想的な雰囲気をいっそう助長させている。すでに空は全体的に白んでいたが照明灯はいぜん煌々と灯っており、明かりのまわりには蛾や蚊が

群がっていた。風はほとんどなく、山地特有のほのかに湿った空気が肌にまとわりつく。

何の気なしに横を向いた。隣のベンチに、四十代後半とおぼしき、坊主頭に近い短髪の、痩せた男が座っていた。灰色のスラックスと白のポロシャツ、それに紺のマジックテープ式のトレーニングシューズは不潔ではなく古くもないが、どれもが一見して安物とわかる。傍らには運動部所属の高校生が愛用していそうな黒のエナメル生地のスポーツバッグ。男は骨張った肩を丸め、国産のウイスキーを瓶から直飲みしつつタバコを吸っていた。繁華街のはずれの公園とかでならとくに目を引く光景ではないだろう。しかし、ここは高速道路のパーキングエリアだ。どうしたって浮き立ってしまう。視線に気づいたのか、ほどなく男は輝之のほうに顔を向けた。眉間と額にはまるで彫刻刀で彫ったかのような深いしわが刻まれ、鼻柱から下顎にかけてが妙な具合に歪んでいた。飲酒のせいだろう目つきは虚ろだったが、その奥には鈍い光が、あたかも自らの存在の証であるかのように宿っている。

「なんだ?」

鼻と口から紫煙を吐き出しながら男が言った。

輝之はぎくりとした。自分が無遠慮に他人を凝視していることを自覚していなかったのだ。いいえ、と答えて慌てて目をそらした。大型トラックが咳き込んでいるみたいなエンジン音をまき散らしながら駐車場を出てゆく。後部が見えるまではそれとわからなかったが、先ほど抜かし抜かされた〝御意見無用〟のトラックだった。

「おい、なんだよ?」男はもう一度言った。今度はじゃっかん凄みを利かせた声で。

「いいえ」いったんそらした目を男に戻し、詫びの気持ちを示すために身を縮めて輝之は答えた。「なんでもありません」

「ふんっ」鼻を鳴らして男は正面に向き直った。それから、フィルターの際まで吸い尽くしたタバコを地面に弾き落として靴底でもみ消し、ウイスキーの瓶を口にくわえて、ちょうどショットグラス一杯分ほどを勢いをつけて飲み下した。あたかもそれが、生命を維持するためには飲まねばならぬ薬であるかのように。

そんな男の所作を輝之は横目で捉えていた。普段の輝之だったらその手の男にはたいして興味を引かれなかっただろう。あるいは、関わることを避けて別のベンチに移ったかもしれない。しかし、この時の輝之は、どういうわけか相手に吸い寄せられていくのを感じた。さながら明かりに吸い寄せられていく蛾のように。

男のほうも何か思うところがあったのだろうか、再び輝之に顔を向け、今度は打って変わって親しげにさえ聞こえる声音《こわね》で言った。「なあなあ、あんた、どうしたんだよ？」

「え？あ？」その問い自体よりも声音の変化のほうに驚いて、輝之も三たび男に顔を向けた。

「ぼ、ぼくが、ですか？」

「そうだよ、あんただよ。あんたしかいねえだろが」

「はあ、まあ」たしかにそのとおりだ。話し声の聞こえる範囲には誰もいない。「どうしたと言われても」

「手が震えてるぜ」

はっとして両手を見下ろした。震えていた。自分とは別の意思を持った別の生命体のようにわなわなと小刻みに震えていた。止めようと思っても止まらなかった。止めようとするとかえって震えが大きくなった。

「ほら、吸いなよ」

男はスラックスのポケットからマイルドセブン・スーパーライトのロングを取り出し、スナップを利かせたアンダースローで投げてよこした。それは手裏剣みたいにきれいに回転しながら輝之の脇腹めがけて飛んできた。とっさに受け止めた。

タバコなんて何年も吸っていなかった。吸いたいと思ったこともしばらくなかった。でも、そうやってタバコのケースをじっさいに手にすると、吸いたいという欲求がみるみる湧きあがってきた。枯れていた泉に水気が戻るみたいに。

「吸いなって」男は繰り返した。声音だけでなくその目つきもまた柔和なものに変化していた。まるで異郷の飲み屋で同郷の人間と隣り合わせたかのごとく。「少しは落ち着くぜ」

「じゃあ……」輝之はぺこんと頭を下げた。「いただきます」

震える指先にてこずりながらタバコを一本つまみだし、口にくわえた。男がすかさずベンチを移ってきて、百円ライターで火をつけてくれた。

おそるおそる煙を吸い込んだ。頭がくらっとした。墨液を一滴だけ垂らしたみたいに視界がわずかに黒ずんだ。それから、落ち着きがやってきた。懐かしい落ち着きが。

「なあ?」今や傍らに座っている男が言った。得意げな笑みが唇の端に浮かんでいる。「ち

がうだろ?」

輝之はうなずいた。体じゅうのこわばりが解《ほど》けてゆくのがわかる。「ありがとうございます」

「これもどうだ?」そう言って男はウイスキーの瓶を差し出した。

「いえいえ、それは」パーキングエリアらしからぬ会話におかしさすら覚えながら輝之は言った。「運転中なんで」

「ま、そうだよな」男も自分たちがどこにいるのかに思い当たったのだろう、にやりと笑って言った。「そりゃそうだ」

だしぬけに輝之はこの男にすべてを打ち明けてしまいたい衝動に駆られた。どうして手が震えていたのか。どうして自分はこんな時間にこんな場所にいるのか。そもそも、いったい何をしてしまったのか。これからいったい何をしようとしているのか。

「あんた、東京の人間だよな?」男は輝之の思考を遮《さえぎ》るがごとく尋ねてきた。

「ええ、まあ、だいたい」

苦手な質問だった。生まれと幼少時は神奈川の厚木《あつぎ》、小学校時代は東京の東村山《ひがしむらやま》、中学の時は埼玉の越谷《こしがや》、高校から大学を中退するまでは千葉の柏《かしわ》、実家を出てからは再び東京の練馬《ねりま》と東大和《ひがしやまと》——おおまかに言えば、そういうことになるのだが、「どこの出身?」という問いに対して簡潔に答えられないことに、輝之はいわく言い難い思いを抱いてきた。どの場所にも少しずつ思い入れはあるが、あくまでも少しずつであって、いわゆる郷土愛的なも

のとはかけ離れている。この中途半端さが自分という人間を根本で形作っているような気がして時々そら恐ろしくなる。どこでもかまわない、「茨城」でも「北海道」でも「沖縄」でも、躊躇《ちゅうちょ》なく即答できる人がうらやましかった。

ありがたいことに男の関心は別のところにあるみたいだった。「で、どこまで行くんだ？」

「……とりあえず、海まで行こうかと」

「海？」

「ええ、海が見たくて。しばらく見てなかったんで」

男は一瞬訝《いぶか》しげに顔をしかめ、ややあってその言い草の中に含まれているおかしみに気づいたのか、破顔した。「はははは。あんた、なかなか面白いことを言うんだな。海が見たい、ねえ。海が見たい、か。大の男が吐くセリフじゃないぜ。はははは」

輝之も男の笑いに付き合った。それは自嘲の笑いであり、相手にそれ以上追及されないための護身の笑いでもあった。そして、そのような屈折した笑いでも、笑うことで現実との間にいくらか距離を置くことができた。いつのまにか手の震えは止まっていた。

「それじゃあよ」なかば投げやりな口調で男は言った。「おれを乗っけてってくんないか。新潟まで。ほんとに海まで行くつもりなら」

「いいですよ」二つ返事で答えた。

「……ほんとか？」ダメ元の頼みがあまりにあっさり聞き入れられたことに男は面食らっているようだった。「まだ、三時間くらいはかかるぞ」

「かまわないです。ほんとに海まで行くつもりですから」

「そりゃあ助かる」

「あの」輝之はさっきから疑問に思っていたことを訊いた。「どうやってここまできたんです？」

「夜行バスさ。新宿発の」

「え？　で……そのバスは？」

「無理言って降ろしてもらった。怖じ気づいてしまってよ、弟のところに行くのが」

「はあ……」

「もう大丈夫だ。最初っから飲んでおけばよかったんだよな。いざというときのために買ってはあったんだ」男はバツが悪そうな、しかし同時に、どこか得意げでもあるような笑みを浮かべて言った。「ま、いろいろとあるんだよ。長い話さ」

「長い話……」輝之はたいして考えもなく、おうむ返しにつぶやいた。

「そんなに聞きたきゃいくらでも話してやるよ。車ん中で黙り込んでるのもお互い気まずいだろうし……ふじのえいじ」

「……え？」

「おれの名前だ。藤野栄治。新潟まで送ってもらうっていうのに名乗らないわけにもいかねえだろ」

「あ、はあ……ぼくは……久保田といいます」

「よろしく頼む」

「……こ、こちらこそ」

背後でカラスの鋭い鳴き声がした。それが符丁だったみたいに小鳥たちの鳴き声も聞こえ始める。新しい一日がおぼろげに浮かび上がってきた。変わり果ててしまった未来がそこに横たわっていた。

ほら、人って二度と会うことのない赤の他人に
何でも話してしまいたくなるときがあるでしょう？
——オルハン・パムク『雪』

2

「どこから聞きたい？　始めから話すか？」

デミオが関越自動車道の本線に戻って速度が安定するや助手席の藤野栄治は言った。

「ええ、じゃあ、始めから」

運転席の久保田輝之は横目で相手をうかがいつつ答えた。始めから話すか、と問われて、いいえ途中からでけっこうです、などと答えられるわけがないじゃないか——そう思いながら。

顎を指の腹でさすりながら藤野はおもむろに話を始めた。「生まれたのは高度経済成長期のまっただ中。親父は土木工事の労働者で、ダムやら橋やらの建設現場で働いていた。ひょっとすると、今走ってるこの高速道路の工事にもたずさわってるかもしれない。おふくろは家にいたが朝から晩までミシンの前に座って……」

けっして面白おかしい話ではなかったが、その語り口にはどことなく嬉々としたトーンが

感じられた。自分の来し方を存分に打ち明けられる機会を長いこと待っていたとでもいうような。

輝之は余計な質問なり感想なりを差し挟むことはしなかったが、かといって優秀な聞き手でもなかった。そもそもが人の身の上話を片言も漏らさずに聞けるような精神状態ではなかったのに加え、藤野の話に触発されてふと気づくと自分の来し方に思いを馳せていたりもした。藤野が貧しいなりに幸せだったという幼少期を振り返れば、輝之もまばゆい陽射しに包まれたような平穏な幼少期を振り返り、藤野が小学六年の春に母親をガンで亡くし、それをきっかけに徐々に道を外れていった話をすれば、輝之もまた小学六年の夏に母親が家を出て行った時の悲しみとも怒りともつかない複雑な気持ち、そして一年も経たないうちに父親が再婚して継母が家にやってきた時の、醒めた気持ちを思い返した。藤野が荒《すさ》みまくっていた中学時代を武勇伝のごとく語っている時には、いつだったか再放送で観た初期の『三年B組金八先生』を思い浮かべたりもした。

「何度も警察沙汰になった。まったくひでえもんだったよ」藤野は輝之の想念などつゆ知らずに語り続けていた。「どうにか高校には進んだが、まともに通ったのは一学期だけ。夏休みの間に地元の暴走族に加わって、以後はほとんど学校に行かなくなった。暴走族ていうか、ようは武装グループだ。年中くだらない抗争に明け暮れてた。でも、そんな生活には二年足らずでげんなりする。早い話、田舎が嫌でたまらなくなるんだ。意味もなく群れて、毛色の違うやつを弾き出して……そういうムラ社会が。それで、十八の夏に悪銭を懐に入れて一人

で東京に出た。親父には手紙を置いてったよ。これまで散々迷惑をかけました、おれには田舎が向いてませんって」

自分だってぐれる条件は揃っていたんじゃないか——輝之はそんなふうに思う。しかし、そうならなかったのは時代のせいなのか土地柄のせいなのか気性のせいなのか。輝之の中学時代というのは、いじめ問題がメディアでもクローズアップされ始めた時期だったが、輝之はいじめに加担したこともなければ自分がいじめの対象になることもなかった。高校時代にいたっては男子とも女子とも総じて良好な関係を保っていた。

「新たな発見と昂奮の連続だったね」藤野の話は、東京での生活を謳歌していた時期に入っていた。「面倒なしがらみはないし、高校中退のおれでも仕事はいくらでもあったし。おまけに不思議と女にもモテた……みんなあばずれだったけどな。東京って楽勝なとこだって思った、やっぱおれには都会が向いてるって。いやはや、おめでたい野郎だ……」

輝之にとって発見と昂奮に満ちていた時期と言えば、劇団員時代にほかならない。大学一年の春休みにバイト先の先輩に誘われ、小劇団に参加するようになった。このまま三流大学の経済学部に在籍していたところでせいぜい平均的な勤め人になるのがおちだろう、何か新しいことを始めなければ。そんなことをぼんやりと思い始めた矢先の誘いだった。自分でも意外なことに、輝之には役者としてのセンスが備わっていたようで、まもなく主宰者の目に留まり、めきめきと頭角を現していった。手応えらしきものもあった。役作りしている時の、自分が無になっていく感覚が好きだった。自分なんてのは元々空っぽの器であって、どんな

キャラクターであれそこに入れるためだけに存在している——そんな感覚を得るのが。はじめて主役に抜擢《ばってき》された公演の打ち上げで酒に酔った演出家が言っていたことを今でも覚えている——「久保田って酒の席ではホントつまんないやつだよな。百円ショップで売ってるマグカップみたいだ。でもまあ、そこが長所なんだよ、役者としては」

「そうこうするうちに、おれも二十五になって」藤野は自分語りにうっとりしているようだった。「女との間でも結婚の話がちらほら出るようになって——その女とは後に別れてしまうんだが——定職に就く決心をする。それまでは時給いくら日給いくらって仕事だったから。で、まじめに求職活動して、不動産管理会社に採用になり、はじめてスーツを着て働き始める。ところが、これがやばい会社でさ、後ろにはやくざが控えてて、風俗店の経営とかもやってたんだ……」

　不思議だ、と輝之は思った。この男とは人生の要所が妙に重なる。輝之も劇団をやめて総合スーパーに就職したのは二十五歳のときだった。輝之自身は芝居を続けたいと思っていた、たとえかつかつの暮らしを強いられるとしても。しかし……子どもができてしまった以上……いや、そんなのは言い訳に過ぎないのだろう。現に子どもができても続けてたやつはいたんだから。自分と彼らの違いって何だったのだろう。意志の強弱？　環境の良し悪し？

「やがておれは」藤野は話し続けていた。「ヘルス店の店長をやらされて——店長っても、内実は雑用係だけどな。この頃からだよ、この世の中にほんとの失望を覚え始めるのは。まあ、もともと、期待なんかしてないけどな。けど……つーか、なあ、おい、聞いてんの

か？」

いきなり振られて輝之は内心まごついたが、相手と目を合わせなくても済むのを良いことにしれっと繕《つくろ》った。「もちろんです。どうぞ先を」

「ふと気づいたら」藤野は輝之の言葉を鵜呑みにしたのか、とくに反応することなく先を続けた。「くだらない序列やら面倒なしがらみやらの中で、人の顔色を窺いながらこすっからく立ち回ってた。ムラ社会が嫌で嫌で東京に出て来たっていうのに、結局サイズが大きくなっただけのムラ社会であくせく生きてるってわけだ。これに思い当たったときは心底がっくりきたね。おれの中で何かが崩れ落ちたよ。何かって何なんだろうな……ま、言わば、支柱だよ、おれという人間の。そして皮肉なことに、そんな支柱が崩れてからのほうが働きやすかった。じっさい、せっせと働いたよ。給料だけはわりに良かったし。何の不満もありませんって顔して……」

劇団員時代、自分が空っぽの器であることに喜びを見いだしていた輝之も、会社組織の中で一個の駒として働くのは容易ではなかった。そこでは空っぽになれるという能力など歯牙にもかけてもらえないのだから。空っぽであることは駒としてのデフォルトに過ぎないのだから。そうして、一個の駒としてひたすら働くことで逆に存在を誇示し始めたのは、自分の奥底で種火のごとく灯っていたこだわりや信条や倫理だった。この八年あまりというのは、それらをいかに黙殺し続けるかという困難な営みだったのかもしれない。しかし、こだわりや信条や倫理を黙殺し続けて、手にしたものはいったい何なのだろう。

「三十四のときだ、店の女ととんずらしたのは。おれが初めて本気で愛した女だ。もちろん、過去にも好きになった女はいた……さっきも言ったように結婚しようと思った女もいたし。でも、あれほどマジになった女はいない。ま、とんずらだなんて、子どもじみた方法だけど、一身上の都合で辞めます、なんてのが通じない会社だったし、おれも女ものぼせ上がってたから、勢いでそうしてしまったんだ。愛の力ってのは恐ろしいよな、良くも悪くもさ」

同感――輝之は態度や言葉にこそ出さなかったものの、強く思った。愛の力は恐ろしい。恐ろしすぎる。なにしろ……。

藤野と女は、女の故郷である熊本に移住する心づもりだった。しかし、その前に、女のかねてからの夢だったアメリカ旅行に出立する。藤野にとって初めてにして唯一の海外体験だった。

「ひと月かけて車でアメリカを横断したんだ」藤野は言う。「最高だったな。いちばん楽しかった時期の気分がたちまち蘇ったよ。もし、もう一度十八歳に戻って人生をやり直せるなら、おれはアメリカに渡るだろうな。東京なんかじゃなくてさ」

もう一度十八歳に戻って人生をやり直せるなら――輝之も考えてみた。いや、自分の場合はそこまで戻る必要はない、二十四歳だ、二十四歳に戻って、あの合コンの場に戻って……いやいや、あれはあれでよかったんだ……そうじゃなくて……二十九歳だ……そう、あの事故さえどうにか防げたならば、いまごろおれは……おれたちは……。

「帰国後すぐに熊本に越すべきだったんだ。けど、旅の余韻もあって、二人でずるずると東

京にいた。それが運の尽きだった。会社の連中――ヤクザだ――に見つかって、おれは半殺しにされた。顔がこのとおりなのも、右腕が肩より上にあがらないのも、左足を引きずることになったのも、全部そんときの後遺症だ。退院した時には、女とも連絡がつかなくなってた。そりゃ必死に捜したさ。でも見つからなかったね。やがてあきらめた。これも運命なんだって。女とはそれきり。どっかで生きてればいいけどな……どうせなら、あいつの好きだったロスとかで」

輝之は自分の過去への想念を断ち切った。藤野に出会う直前のように、動悸がし始めていたし、いつしか背中や首筋も汗でじっとりと湿っていた。

「人生は続く」と藤野は続けた。「好むと好まざるとにかかわらず。おれは仕事を探した。けど、時代はすっかり様変わりしていた。おれも歳も取った。仕事を見つけるなんて、かつてはあんなに簡単だったのに、今や面接にこぎ着けるのさえ一苦労だ。持ち金もあらかた尽き、日雇い仕事でどうにか食いつないでる時に、ようやく採用になったのが新聞販売店だった。しかし、仕事は半端なくきつかった。……なあ、あんた、毎日朝刊と夕刊を配達して、購読料を一軒一軒徴収に行って、おまけに新規開拓の営業にも行って……そういう労働が実際にどんなものなのか想像できるか？　とぎれとぎれにしか眠れないんだ。おまけに慢性的に人手不足で、休日返上なんてざら。そして、おれの体ときたらこのとおり。この時ほど、自分の無学さや生きてきた人生を悔やんだことはなかったね。やがて苦し紛れに、こんなふうに考えるようになった。今が人生最悪の時なんだ、これは試練だ、辛抱して続けていれば

未来は開けてくるって。いやはや、おれも大馬鹿野郎だよ、三十も半ばを過ぎたこんな新聞配達員にどんな未来があるっていうんだ？　そうだろ？　じっさい、何も開けなかったよ。六年間、万年睡眠不足の状態で、身を粉にして働いてるうちに、おれの頭がどうかしてきただけだ。いや、大げさに言ってるんじゃないぜ」

そこで藤野は話を止め、悪いが失礼させてもらうぞ、と言うと、足元のバッグからウイスキーの瓶を取り出し、ごくごくと音を立てて飲んだ。手の甲で口元を拭い、キャップを締め、瓶をバッグに戻すと、話を再開した。

「真夏の未明のことだ。ほかのスタッフが出勤する前に、もう一人の社員と作業の手順に関することで口論になってしまった。以前から反りは合わなかったけど、向こうが歳は下だが仕事上は上役ってこともあって、難癖を付けられてもおれはぐっと堪えてきた。時にはよいしょなんかもして。でも、そのときは、どうしてか抑えが利かなかった。激しい口論のあげく、向こうがおれの胸をど突いてきた。その瞬間、頭の中が真っ白に光った。あんな、なんにも見えなくなるほどの白い光で頭の中が満たされるなんてことは、後にも先にも経験したことがない。何が何だかわからなくなった。次にいくらか我を取り戻した時には、そいつの髪の毛を両手でわしづかみにしてコンクリートの床に叩きつけてたよ。殺そうなんて気持ちは微塵もなかった。ただおれは……そのときのおれは……」

藤野栄治は出勤してきた学生スタッフに取り押さえられた。相手は救急車で病院に運ばれたが、最後まで意識は戻らず、五日後に息を引き取った。そうして、藤野は傷害致死容疑で

逮捕されたのだった。

最終的に下されたのは懲役七年の有罪判決だった。

その七年の刑期を終え、昨朝、藤野は府中刑務所を出所したのだった。自活できるようになるまでのあいだ、新潟市内で建築事務所を営む弟のところに身をよせる取り決めになっていた。新宿発新潟行きの夜行バスに乗り込んだものの、弟と顔を合わせるのが恐ろしくなってパニックに陥り、運転手に無理を言ってパーキングエリアで降ろしてもらったのだという。

藤野の長い話が終わる少し前に、二人は目的地に着いていた。今は、二十メートルほど先に「コスモ建築事務所」という看板が見える道路脇にデミオを停めている。シックなデザインの家屋は三階建てで、低い生け垣に囲まれた広い庭があり、シャッターが開けっ放しのガレージには白のレクサスが収納されていた。向かいの邸宅の玄関先では、中年にさしかかった女が黄緑のシャツにバミューダ・パンツという恰好で竹箒《たけぼうき》を持って掃除をしていた。すっかり朝になっていた。東の空では太陽がぎらつき、すでに地上を容赦ない光で満たしている。今日も暑い一日になるだろう。夏の終わりはなおも先に引き延ばされるだろう。

しばらく二人は黙り込んでいたが、やがて藤野は視線をこれから身を寄せることになる家屋に向けて言った。「どうやら弟はうまいことやってるみたいだな。小さい時からまじめだったもんな、あいつ。勉強もできたし。結局、まじめで勉強のできるやつにはかなわないってことか」

「良かったですね」と輝之は言った。「そんな人が身内にいて」

「まずは土下座でもするか」藤野は自嘲するように言った。

「いいじゃないですか、それくらい」

「しかし……おれはどこで掛け違えたんだろうな」

「……掛け違えた？」

「ボタンだよ、人生のボタン」

「人生のボタン」輝之は藤野の言葉をそのまま繰り返し、ことさら考えることもなく言い足した。「誰だって、ボタンを掛け違えながら――」

「ごもっともだ」藤野は輝之の言葉を遮った。「掛け違えたボタンを外しては正しいボタン穴に入れ直す。そういう行為を幾度となく繰り返しながら人生はえっちらおっちら進んでいく」

「ええまあ……あるいは、掛け違えたまま――」

「そんなものだよな、人生なんて。これは間違ったボタン穴だってうすうすわかっていながらも、日々の暮らしに追われて目の前のボタンをせっせと留めていかなくちゃならない」藤野は少々苛立っているかのように早口で言った。「でも、おれが今言いたいのは最初のボタンのことだ」

「……最初のボタン？」

「ああ。なんと言っても肝心なのは最初のボタンじゃねえか？」藤野は顔の向きはほとんどそのままに目だけを輝之に向けて言った。「最初のボタンが間違ったボタン穴に固定されて

いるとすれば、そのあとのボタンはぜんぶ……だろ?」

輝之は黙って続きを待った。自分が今言えるのは薄っぺらい感想でしかないと思った。

藤野は再び正面を見やると威厳さえ感じさせる口調で言った。「ムショの中で思い至ったんだ。バカげた考えかもしれない。でも、それっきり頭から離れない」そこでいったん間を置いた。相手が自分の話の流れに追いつくのを待つかのように。「この世に生を享《う》ける——それこそが最初のボタンなんだ。そのボタンがそもそも掛け違えてるんだとしたら、どうしようもないじゃないか。やることなすことぜんぶ間違いってことになる。端《はな》から掛け違えた人生……つまり、それがおれの人生なんだよ」

そこで藤野は口をつぐんだ。藤野の頬を大粒の涙がつたっているのに輝之が気づいたのは何秒か経ってからだった。

五十がらみの男がそんなふうに涙するのを目の当たりにするのははじめてだったので、輝之はまず呆気にとられ、後部座席に置いてあったティッシュを箱ごと差し出した後では、俄然冷ややかな思いになって藤野が泣き止むのを待った。いくらなんでも青臭すぎるよ、おっさん。端から掛け違えた人生? 勘弁してくれよ。

しかしながら一方で、輝之は自分の人生のボタンについて考えてみないわけにはいかなかった。すなわち、自分が三十三年と数か月という歳月の中で下してきた数々の選択や決断について。下した当時はとてつもなく大きく思えたものの、やがては取るに足らないものだったと判明する決断。あるいは逆に、下したときは下したという意識さえ希薄だったのに、時

間が経つにつれて徐々に重みを増してくる選択。おれはいったいどこで人生のボタンを？　ひょっとしておれもまた、端から掛け違えた人生を送っているのか？

黄緑シャツの女が歩道際まで出てきて、あたりをぐるりと見回し、デミオのところで顔の動きを止めた。表情が曇ったようにも感じられたが、それは単に太陽の眩しさに顔をしかめただけだった。女は頭の上で手を組んで一度大きく伸びをすると、体を翻し、敷地の中へ戻っていった。どこかで大型とおぼしき犬が吠えているのが聞こえた。それが輝之の空っぽの胃に反響した。

「ありがとよ」やがて落ち着きを取り戻したらしい藤野が言った。涙を流すことで吹っ切れたのか、目には穏やかな微笑を浮かべていた。「助かった。恩に着るぜ」そうして右手を輝之に差し出した。

輝之は差し出された藤野の節くれ立った右手を珍種のヒトデでもあるかのように見つめ、それから自分も右手を差し出して握った。意外にも柔らかく温かな手だった。その柔らかさと温かさが輝之の腕を這い上がってくるようだった。

「あの……藤野さん」藤野の手を握ったまま輝之は思わず知らず口走っていた。「おれ……じつは、おれも……」

「……なんだ？」

「おれ、殺して……しまったんです」

そう言って握っていた手を離し、相手の目を見据えた。うっすらと黄ばんだ白目に毛細血

管の赤い筋が入っていた。元々歪んでいる顔が涙と汗の痕で汚れていた。まるでシュールレアリスムの画家が描いた習作のようだった。

「……殺した?」藤野はグロテスクな顔立ちの中の穏やかな微笑をほとんど崩さずに聞き返した。「野良猫でもひき殺したのか?」

「いえ……猫……なんかじゃ……」輝之は訥々《とつとつ》と言葉を継いだ。「人を……」

「人? おいおい、馬鹿言ってんじゃねえよ」

「ほんと……なんです。ほんとはすぐに……警察に……なのに――」

「ふざけんな!」藤野は声を荒らげた。唾のしぶきが輝之の顔にも飛び散った。「おれは人を殺《あや》めた人間だぞ。修羅場をくぐってきた人間だ。甘く見てもらっちゃ困るね。どんな理由があれ、あんたには人を殺すなんてことはできない。そんなの一目見りゃわかる。いったいどういうつもりでそんな戯《ざ》れ言《ごと》を吐くんだ? おれをからかってんのか?」

「いえ……その……ぼくも……頭の中が……」

出かかった言葉が舌の上で溶けてゆくのを感じた。これまでも何度も味わってきた感覚だった。友人や恋人と深刻な話題になった際。父親との口論の際。会社でのミーティングの際。そして妻との……。肝心な時にいつも言葉が逃げてゆく。

藤野は輝之が口をつぐんだのを戯れ言を口走った反省と捉えたのかもしれない。それとも、輝之の口ごもる様子になにか不吉なものを感じ、そんなものとはかかわり合いになりたくないと思ったのか。いずれにせよ、藤野は会話の続きには言及せず、突然に奥歯が疼《うず》きだした

ような奇妙な表情を浮かべてから、助手席のドアの取っ手に手を掛けた。そして、輝之の視線を避けるようにして言った。

「もしかしたら、あんたとはいずれまたどこかで会うことになるのかもな。じゃあな。久しぶりの海を楽しめよ」

藤野はドアを押し開けて車を降りると、スポーツバッグを肩に下げて、左足を軽く引きずりながら歩き去っていった。夏の終わりの太陽が藤野の背中と後頭部に照りつけていた。彼方の空に銀色の飛行機が浮かんでいるのが見えた。四つ辻の先で白いハットを被った初老の男が黒いダックスフントを連れて散歩しているのも見えた。自転車を立ち漕ぎしたTシャツにジャージ姿の男子中学生がそれを追い越してゆく。尻尾の曲がった虎猫が四つ辻をすたすたと横断してゆく。

それらぜんぶが視界から消え去ったところで輝之は声に出して言った。まるで助手席に藤野の魂が残っているかのごとく。「ねえ、藤野さん。さっきの話、すごくよくわかりました。だって、おれも白い光で頭の中が満たされましたから。ほんとなんです。おれ……おれ、妻を殺しました。妻を殺して埋めました」

馬鹿にしてる相手の助けがいつか必要になることもあるんだ
――コーマック・マッカーシー『すべての美しい馬』

3

海を見たかったのは本当だった。

けれども、じっさいに目の当たりにすると、久保田輝之はなぜ自分が無性に海を見たくなったのかさっぱりわからなくなっていた。なにはなくとも海が見たいという、ひりつくような欲求に突き動かされてここまでやってきたというのに。寄せては返す波を目に捉えながら輝之はぼんやりと思う。いったいおれは海に何を求めていたのだろう。海に臨むことで平常心を取り戻せるとでも？　何かしらの悟りが得られるとでも？　あるいは、海に向き合うことで自分の人生に見切りがつけられるとでも？　まさか、感傷や癒しを求めていたわけではあるまい。

しかも、目の前に広がっている、青というより鉛に近い色を呈した日本海の大海原は、輝之がここまでの道すがら脳裏に思い描いていた海とは別物だった。色合いはもちろん、陽光の反射具合も波の寄せ具合も波音の響きも潮風の感触も磯の匂いもどことなく、しかし決定的に違う気がする。これが太平洋と日本海の違いなのだろうか。思えば、日本海に臨むのは

生まれて初めてのことだった。輝之の網膜に焼きついているのは、幼少期に両親に連れられてたびたび行った湘南の海だった。中高校時代にも大学時代にも幾度となく（友人や恋人といっしょに、あるいは、ひとりで）足を運んだ湘南の海だった。外房の海にも瀬戸内の海にもグアムの海にも行ったことはあったが、やはり心身に深く刷り込まれているのは湘南の海だった。湘南の海なら夏の光景に限らず、春のだって秋のだって冬のだっておおよそ思い描ける。湘南に住んだこともなければ湘南に足繁く通うサーファーだったこともないが、それでもおおよそは思い描ける。いま目の当たりにしている海はそれとは違う。ぜんぜん違う。それともすべてを違って見せているのは、それを見ている当人の心の有様なのだろうか。心象こそが風景を出現させる――輝之はいつか本で読んだか誰かから聞いたかしたフレーズをやにわに思い出し、身震いした。

海水浴シーズンは終わり、すでに海の家は撤去されていた。常設の小屋も出入り口や窓にシャッターが下ろされたり板が打ちつけられている。陽光は燦々《さんさん》と降り注ぎ、三十度に達しようかという暑さ――つまり、浜辺での日光浴には、うってつけの日和だったが、午前九時前ということもあってか、砂浜にへたり込んだ輝之の視界に入るのは、この夏最後のキャンプを楽しんでいるといったかんじの大学生らしき男子の五人グループ、ツーリング中に立ち寄ったと思われる若い男女のライダー、それに近隣の住民だろう、老いて動きの鈍くなった三毛のコリー犬を連れた老いて動きの鈍くなった男だけだった。それに、裏返された数艘の遊船用ローボート、たき火の残骸、花火の痕跡、誰かが忘れていったか捨てていったかした

ポリタンクとビーチサンダル……。今一度、海の彼方へ目を向けると、左手前方にうっすらと陸地が見えた。おそらく佐渡島だろう。陽光を浴びてひときわ目立つ白いフェリーはきっと佐渡へ向かっているのだろう。水しぶきをあげている小型の客船もたぶん佐渡からのものだろう。

いずれにせよ、海はただそこに存在するだけで、輝之には何の感慨ももたらさなかった。あたかも自分と外界の間に透明な幕が下ろされていて、心に訴えるさまざまのファクターはすべてその幕に遮断されてしまっているのかのように。

と、携帯電話がカーゴパンツの尻ポケットの中で振動していることに気がついた。取り出すのに手間取っているうちに振動は止んでしまったが、ディスプレイを見ると「職場」と明示されていた。ん？何の用だ？——そう思うが早いか、今度は直属の上司である伊藤《いとう》課長の携帯から直にかかってきた。いったい何だって言うんだ？　そう思いながら振動を三つほどやり過ごしたところでようやく、今日は出勤日であることに、しかも早番であることに、そして朝礼の時間が過ぎていることに、思い当たった。なんとも奇異に感じられた。自分が職場から遠く離れたこんなところにいるのに、自分の人生がこれまでとはまったく別の様相……いや、それどころか、自分などもはや存在していないも同然なのに、会社なり上司なりが電話してくるのが。

ほどなく通信会社からメッセージを預かっている旨の通知が届いたが、取り合わずに携帯電話機の電源を切って、それを足元に放った。とくに動揺はしなかった。職務を放棄して申

し訳ないという気持ちにもならなかった。会社のことなど銀河の彼方にある別の惑星での営みのようにしか思えなかった。

おもむろに輝之はスニーカーとソックスを脱いで立ち上がり、カーゴパンツを膝上までまくり上げると、波打ち際へ向かって歩いていった。足を海水に浸した。思いのほか海水は冷たかった。さらに歩を進めた。少し大きめの波が来て、ズボンが濡れた。なんとも思わなかった。濡れないように気をつけていたことがバカらしくなった。そのまま——カーゴパンツにシャツという恰好で——海に入っていった。自分でも何が何だか、いったい何をしたいのかわかっていなかった。何か特別なことができたわけでもなかった。全身ずぶ濡れになる以外は。

海水から上がると、自然乾燥もほどほどに、デミオに乗り込んだ。あてずっぽうに車を走らせ、やがて目についた郊外型のショッピングモールに乗り入れ、生活雑貨店でバスタオルとフェイスタオルを、次に衣料量販店でジーンズとポロシャツと帽子と下着とソックスを買い、試着室でそれらに着替えさせてもらった。再び車に乗り込み、コンビニエンスストアでおにぎりと発泡酒を買って、さきほどの浜辺のほぼ同じ位置に戻った。発泡酒を飲みおにぎりを食べ終えると、まもなく麻酔薬を投与されたかのごとく強烈な眠気が襲ってきた。それもそのはず、直近の四十八時間で輝之が眠ったのはほんの三時間ほどで、その三時間の眠りも、アスファルトの上にできた水たまりのように浅いものだったのだから。

バスタオルに体を横たえ、顔をフェイスタオルで覆って、眠った。

泥の中に密閉されたかのような深い眠りだった。

しかし、その深い眠りも、表情というものがまるでない土気色の妻が半透明になって自分の体をすり抜けていくという悪夢によって粉々に打ち砕かれた。

うなされながら目を覚ますと、あたりはすっかり暗くなっていた。

人気《ひとけ》のない夜の浜辺を月明かりが照らしていた。

海は凪《な》いでいるらしく、静かな波音と、背後の国道を通る車の走行音が聞こえるだけだった。

首筋や背中に吹き出していた寝汗をフェイスタオルで拭った。

そこで、絡んだ痰を吐き捨てるような音が耳に入った。閉鎖されている小屋のほうからたしかにそんな音が聞こえた。

やがて小屋の陰からぬっと人影が現れた。

現れた人影は夢遊病者のごとくふらふらと砂浜へ歩き出て行き、波打ち際で歩みを止めると、黒々とした夜の海に向かって何事か叫んだ――歓喜の叫びのように聞こえたが何を叫んだのかは輝之にはわからなかった。それが日本語なのかどうかもわからなかった。男は何かを思いついたようにさっときびすを返し、今度は輝之のいる方向にすたすたと歩き向かってきた。

どうやら輝之と同年代の男のようだった。渡りが広く裾がすぼまったチノパンに白を基調としたアロハシャツ。それに、おやじサンダル。少々わざとらしいくらいにがに股で、黒髪

にはパンチパーマがかかっている。まるで昭和四十年代のB級映画から抜け出してきたような佇まいだった。

地元のチンピラだろうか――じゃっかんの恐れとともに輝之がそう思ったが早いか、男がはたと足を止めた。輝之は慌てて顔を背けた。男は大声を発した。

「あれーっ！　あれあれあれーっ！」

あたりを見回した。やはり誰もいなかった。広い浜辺には男と自分しかいなかった。

「あれーっ！　ケンジじゃねえかよ！」

そうわめくと男はつんのめりそうな勢いで輝之のほうに駆け寄ってくる。

え、あ、け？　言葉にならない単音を呟きつつ呆然としている輝之に男は飛びかかってきた。

男の勢いと重みで座ったまま横倒しにされた輝之は必死に否定した。「……いえ、人違いです」

「ケンジ！　ケンジ！」

「いや、あの、人違いですって」

男は輝之の言葉などまったく耳に入ってないようだった。「会いたかったぜ！」そう言って輝之の頬に自分の頬を押しつけてくる。まるで消息不明になっていた兄弟と世紀の再会を果たしたみたいに。安物の香水とヤニと乾いた汗とが混ざりあった臭いが輝之の鼻孔を刺激した。

「ちょっと！　ちょっと、お兄さん！」

輝之は相手を押し返して、どうにか体勢を戻した。

砂浜に膝立ちになった男は輝之の両肩を鷲づかみにしてその顔を、というより、顔についているひとつひとつの器官を、凝視した。輝之も相手の肘を摑みながら男の顔を真正面から見きわめることになった。折れたヘアピンのような眉毛に焦点のいまいち定かではない黒目。赤みがかっただんご鼻。めくれた厚い唇の間からは黒ずんだ前歯と紫がかった舌がのぞいている。

こんな男は知らない。知らないだけじゃなくてこの男は危険だ——輝之は直感的にそう思った。

「ケンジ！」

男はふたたび輝之に抱きつこうとするが、それを押しとどめながら輝之は言った。「いや、だから、その、ぼくは——」

「ひっさびさー！」

「いやいや、人違いですって。ぼくはケンジとかいう——」

「何とぼけてんだよ？　ケンジだろ、サワダケンジだろが！」

「はあ？　サワダ……ケンジ？」

「おいおい、まさか、おれのこと忘れたのかよ？」

「いやいや、忘れるも何も——」

「おれだよ、おれ！　ＧＳコンビのハギワラケンイチだよ！」

「はあ？　ＧＳコンビ？　ハギワラケンイチ？」

「しらばっくれなくていいよ！」

「いや、しらばっくれてるわけじゃなくて——」

「誰にも言わねえからさ！」

「いや、そういうことじゃなくて」

輝之は否定し続けたが、ハギワラケンイチと名乗るチンピラ風の男は、目の前の男がかつての親友であるサワダケンジだと言って譲らなかった。というより、輝之の言い分などてんで耳に入らぬようだった。

「ひょっとしておれのことまだ怒ってんのか？　許してくれよ〜！」

「いや、許すとか許さないとか——」

「まあ、いいさ！　とりあえず、飲みに行こうぜ！」

「いや、そういうわけには——」

「もちろん、おれのおごりだよ！　おごりに決まってるだろ！」

「いやいや、そういう問題じゃ——」

「うっせーな！　つべこべ言ってないでついてこいよ！」

そう言うと、ハギワラケンイチは輝之の首根っこを掴まえて立ち上がらせた。

もう何を言っても無駄のようだった。たっぷりのあきらめと同じくらいの恐れ、そしてほ

んの少しの好奇心――そんな心持ちで輝之はハギワラケンイチに引きずられるままとなったのだが、飲み屋までの道すがらと飲み屋でのしっちゃかめっちゃかな話を整理すると、次のような顚末らしかった。

ハギワラケンイチとサワダケンジは小学校四年生以来の「マブダチ」だった。中学時代には「GSコンビ」として――そう命名したのは少女時代にグループサウンズに熱を上げていた担任の女教師だったのだが――学校中に知れわたる仲で、常に行動を共にしていた。喫煙や飲酒やエロ本の調達といった中学生ならではの悪さもいっしょに経験した。おまけにサッカー部でもツートップという形でコンビを組んでいた。互いのカノジョを連れてダブルデートをしたことも何度かあった。中学校の卒業式では堅く抱き合って涙を流し「おれたちは永遠のマブダチだ」などと誓い合った。しかし、別の高校に進学するとそれぞれの人生も別の軌道に乗り、二人の友情は徐々に綻《ほころ》んでいった。もともと素行が良いほうではなく勉強も苦手だったハギワラケンイチは、スポーツ推薦でサッカーの強豪校に進学するも、練習のきつさとまわりのレヴェルの高さについていけずに三か月ほどで退部し、そこから一気に品行を乱した。他方、いくら羽目を外しても成績は悪くなく受験勉強もさして苦じゃなかったサワダケンジは県内有数の進学校に進み、サッカーをやめて勉学に精を出すこととなった。やがてチンピラ連中と付き合うようになったハギワラケンイチをサワダケンジは蔑《さげす》むようになり、俄然エリート臭が漂い始めたサワダケンジをハギワラケンイチは疎んずるようになった。最後に会ったのは成人式からちょうどひと月後の夜だった。ハギワラケンイチはサイコ

口賭博ですってしまい良からぬところに多額の借金をこしらえていた。方々で工面したが、それでもまだ足りなかった。そこで、成人式で久々に再会していたサワダケンジを呼び出して金の無心をしたのだった。地元の国立大学生だったサワダケンジは最初のうちは断っていたものの、しまいには情にほだされ、小学生以来の貯金を切り崩して二十万をハギワラケンイチに貸した。ハギワラケンイチは悪い仲間との関係を断ち切るために人知れず故郷を離れ、九州に流れて港湾労働者として働き始めた。音信はぷっつり途絶えた。丸三年を経てハギワラケンイチが故郷に戻ってくると、今度はサワダケンジの行方がわからなくなっていた。ケンジの両親は警察に家出人捜索願を出していたが消息は摑めず、かつての同級生たちは、まるで死んでしまった人間のことを語るがごとく、ケンジの思い出を語るようになっていた。

「おれはそのために長距離トラックの運ちゃんになったようなもんだぜ！　はっはっは！」

ハギワラケンイチは両側にキャバクラ嬢をはべらせながら言った——ハギワラが言うところの「飲みに行こう」は「キャバクラに行こう」と同義語だったのである。

「え〜、そのためにって……」右側のコアラ似のキャバクラ嬢が言いかけたのを、左側のシマリス似のキャバクラ嬢が継いだ。「ケンジさんを捜すために？」

「そのとおり！」ハギワラケンイチは叫ぶ。「日本列島一人旅！」

「それで、ついさっき、偶然に再会したってわけ？」輝之＝サワダケンジの隣に座るエリマキトカゲ似のキャバクラ嬢は、いぶかしげな表情で言った。「話がちょっと出来すぎじゃない？」

「ほんと〜。出来すぎ〜、出来すぎ〜」とコアラとシマリス。

「だろだろ、出来すぎなんだよ！」ハギワラは悪びれることなく言う。「感激のあまり涙が止まらないよ！」

「涙なんて出てないじゃん」

エリマキトカゲが言うとハギワラはすかさず返した。

「バカたれ！　心ん中は涙でぐしょぐしょだっての！　おまえらのマンコとおんなじだ！」

「……」エリマキトカゲは言葉に詰まる。「うわ……」コアラはそう言うのがやっと。「……どうしてわかったの？」と言ったのはシマリス。

「匂う！」とハギワラ。

「やらしい〜！」

「へんた〜い！」

「はっはっは！　バレたか〜！」

「うきゃきゃきゃ〜！」

ハギワラケンイチのハイテンションに絡めとられるかのように盛り上がってゆくキャバクラ嬢たちを尻目に、輝之はほとんど水と氷だけの水割りをちびちびと飲んでいた。すでに投げやりな気分になっていた。ハギワラがそこまで言い募るなら、少しのあいだ「サワダケンジ」とやらになりすましても……いや、いっそ、今夜を境に「サワダケンジ」になってしまいたい。そんなふうにさえ思い始めていた。不出来な漫画のストーリーに無理矢理引きずり

込まれたような感覚は拭えなかったが、他人に変身する——それこそ輝之が望んでいたことかもしれなかった。

「ねえねえ、ところで」下ネタと哄笑《こうしょう》が途切れかけたところでシマリスが輝之に問いかけた。「ケンジさんはどうして、突然行方をくらましたりなんかしたの？」

ふいに全員が黙り込んだ。店のBGMであるディスコ・ミュージックが一転して芝居の効果音のような壮麗な響きを帯び始め、シマリスだけでなく、コアラとエリマキトカゲも、さらにハギワラケンイチも、輝之の回答を欲して身を乗り出した。まるでその回答が、それぞれの将来を決定づけるかのように。

「じつは……」サワダケンジという着ぐるみの中にすっぽりと入り込んだ輝之はしずしずと答えた。「おれ、人を……人を殺したんだ」

全員の動きが止まる。場の空気が張りつめる。女たちの顔からにわかに血の気が失せる。

「まさか……」コアラが呟く。「なにそれ……」エリマキトカゲも呟く。「どういうこと？」シマリスの声は震えている。そうして張りつめた緊張が緊張以外の何物かに変わりかけたその時、ハギワラケンイチが叫ぶ。「さすがはケンジ！　何かをやらかしてくれる男だと思ってたぜ！」

緊張はそこで暴発する。空気を詰め込みすぎた風船のごとく暴発する。キャバクラ嬢たちの肉体から安堵まじりの哄笑が勢いよく放たれる。うきゃきゃきゃきゃ〜。チョー受ける〜。サイコ〜。うきゃきゃきゃきゃ〜。

「よし、次は女だ！」

キャバクラを出るとハギワラケンイチは言った。

「……え？　今だって……」

輝之はなんのことだかわからなかった。今だって女に囲まれてたじゃないか。

「今のは前戯だよ。次こそ本番！」

「はあ？　本番？」

「今夜はぜんぶ、おれのおごりだ！　おまえにはたっぷり借りがあるからな」

「……いやまあ……それは……」

「しょぼくれた顔してんじゃねえよ、ケンジ。黙っておれについてこい！」

黙ってついてこい、とは言うもののしかし、デミオを運転するのは輝之だった。もちろん輝之はタクシーを使うことを主張した。ほとんど水と氷だったとはいえ、飲酒したことに変わりはないのだから。しかし、ハギワラは、タクシーなんかダメに決まってるだろ、それならおれが運転する、と言ってきかない。どうしてタクシーがダメに決まってるのかまったく意味不明だが、いずれにせよ、はじめから乱酔状態にあるかのようなハギワラにステアリングを握らせることは阻止しなくてはならない。そんなわけで——郊外の浜辺から新潟市内の繁華街にやってきた時と同様に——輝之が運転することになった。

ハギワラに指示されるままに輝之はデミオを進めた。繁華街を抜け出し、ビジネス街を通

り抜け、国道に車を乗せた。あたりが徐々に暗くなる。信号機がだんだん少なくなる。前や後ろや対向車線を走る車輛の多くが大中小のトラックになる。何かの工場だろうか、あるいは発電所なのだろうか、赤い航空障害灯を点灯させた三本の煙突が、夜空に高くそびえている。

いつしか口数が少なくなっていたハギワラケンイチがコンビニエンスストアの看板を指差し「あそこに寄ってくれ」と言った。輝之もちょうど尿意を覚えていたところだった。

国道沿いのコンビニならではのだだっ広い駐車場だったが、目立つ場所に停めるのはなんとなく憚《はばか》られて端っこの暗がりにデミオを駐車した。二人とも車を降りて店に入った。

輝之が小便を済ませ、フリスクとアクエリアスを買って車に戻ると、ハギワラはすでに助手席に着いていた。ただ着いていたのではなく、膝の上に週刊マンガ誌を置いて、なにやらごそごそやっていた。なにやらごそごそ――週刊マンガ誌を下敷きに、二枚のキャッシュカードをカッター替わりに、粗塩のような粒を細かくすり潰していた。

「何……してる？」運転席に体を収めた輝之はそこはかとない不安を覚えながら尋ねた。

「見りゃわかるだろ」ハギワラは作業を続けながら輝之には目もくれずにこたえた。

理解するまでに数秒を要した。前後が繋がって合点が行くまでにさらに数秒。

その間に、ハギワラはマンガ誌の上に慣れた手つきで粉末のラインを作り、アロハシャツの胸ポケットから千円札を取り出すと、それを器用に丸めて筒を作った。そして筒を鼻孔にあてながらマンガ誌に顔面を近づけると、白い粉末を勢いよく吸引した。顔を上げ、手のひ

ら全体で小鼻と口のまわりをごしごし擦りつつ、さらに何度か鼻をぐすぐすとすすって、ようやく輝之に向き直ると、ハギワラは黒ずんだ前歯を見せながらにんまりと笑った。「ほんとはポンプがいいんだけどなあ」そう言いながらハギワラは筒状にしていた千円札を広げ、表面に付着した粉末を紫がかった舌でべろりと舐めとった。

これが……例の……。外国の映画で似たようなシーンを見たことはあったが、まさか実際に目にすることになるとは思いもよらなかった。紙幣をそんなふうに舐める人間を見るのも初めてだった。

「ケンジ、おまえもやってみるか？」

「……」

「おいおい、その開いた口を閉じろよ」

「……」

「やるのか？ やらねえのか？」

「……いいえ」輝之は言葉を絞り出した。「けっこう」

「あっそ」ニッと笑うハギワラ。「なら、助かった。じつは手持ちがちょっと少ねえんだよ。あとのお楽しみに残しておかないとな。はっはっは」

「……」

「よっしゃ、オッケー！ そんじゃ出発！」

異様なテンションのハギワラケンイチが復活していた。異様なテンションの――というよ

り、シャブにキマッているハギワラケンイチが。

つい先刻までは、多分に投げやりながら、サワダケンジの着ぐるみを被ることにそれなりの面白さを感じていた輝之も、さすがに怖気《おじけ》で身が強《こわ》ばっていた。この後にどんな展開が待ち受けているのかを想像してみようとするだけで頭がくらくらした。この男は危険——最初によぎった直感はやはり間違いではなかったのだ。深入りする前に逃げ出すべきだったのだ。そのように悔やみながらも、輝之は自分に言い聞かせた。今はハギワラの機嫌を損ねる振舞いだけは避けなければ。なにしろ相手は何をしでかすかわからないシャブ中なのだから。

ハギワラにナビゲートされるままに辿り着いたのは〈CAVE〉という名のラブホテルだった。一階がガレージ、二階が部屋という、テラスハウスのような構造になったラブホテルで、その名のとおり、全体的には岩場にある洞窟といった雰囲気の装飾が施されている。それぞれの部屋は、つまり洞窟住居ということらしかった。

「じゃあ、後ほど！　健闘を祈る！」

輝之を洞窟住居の一つに押し込むとハギワラはそう言ってドアを閉め、どたどたと岩場を模した階段を下りていった。

部屋には最新の利器とさまざまな遊び道具が備え付けてあった。ばかデカいサイズの液晶テレビにインターネットし放題のデスクトップパソコン。カラオケやコンピュータゲームはもちろん、マッサージチェアやレッグトレーニングマシーン、おまけにダーツボードやパターの練習器具まである。

むろん、輝之にとっては部屋の設備やムードなどどうでもいいことだった。今ならあのシャブ中から逃げられる——そんな考えが頭をかすめたが、もし逃げ出そうとする場面を押さえられたらどうなるかわかったものではない。ハギワラが油断するまではひとまず部屋にいたほうが無難だ。そう結論づけた輝之はリモコンでテレビをつけ、クイーンサイズのベッドに腰掛けると、消音にした深夜のヴァラエティ番組の画面をぼんやりと眺めた。

部屋のドアがノックされたのは、それから半時間ばかりが過ぎたころだった。

おそるおそるドアを開けるとそこにいたのは、三十代前半……いや、後半の、大柄な女だった。アイラインの濃さや両目の近さ、それに、イエローに近いブリーチヘアのせいもあってか、セサミストリートのビッグバードを連想させなくもない。

「サチヨと言います、よろしく〜」そう言って引きつるように笑うと女は念のためといったかんじで尋ねた。「えっと、サワダケンジさんよね？」どう返答していいのかわからずに輝之がまごついていると、相手のまごつきの理由を勘違いしたのか、サチヨという女はウィンクらしき仕草をして言い足した。「お代はお連れの方にいただいてますので〜ご心配なく」

サチヨは靴脱ぎでミュールを脱ぐと部屋にずかずかと上がり込んだ。このラブホテルにやって来るのは毎度のことなのか遊具の類いにはまるで興味を示さない。ベッドに腰を下ろすと言った。「同級生なんだってね」

「……は？」所在なく立ったままの輝之は思わず聞き返した。

「あれ？　違うの？　お連れの方はそう言ってたけど？」

「あ……いや……その——」

「たっぷりサーヴィスするように言われたわ」

「……いや、だから、その……」

「オプション代もいただきました」

「……オ、オプション？」

「最後までオッケーってこと……ふふふ」

しどろもどろになりながら、輝之は、何もしなくていい、時間までテレビでも見ていてほしい、なんだったらパターの練習だってできる、などと言って必死にかわしたのだが、そんなわけにはいかない、詐欺だと思われちゃかなわない、あたしにだってプロとしてのプライドがある、それはそうとケンジさん、あなたハンサムよね、グッときちゃうわ、などと言ってサチヨはじりじりと迫ってきた。

体格と雰囲気に違わず、サチヨは腕力が強かった。一方、上背こそあるものの輝之は決して腕力の強い男ではなかった。そしてそれ以上に、寄ってくる人間を断固として撥ねつけることの苦手な男だった。

おおよそ一時間後、柔道の寝技にも似たすったもんだのあげく、素っ裸にさせられた輝之は素っ裸になったサチヨに組み敷かれていた。

「あらまあ、反応しないわねえ」いっこうに準備の整わないペニスをいじりながらサチヨが言う。

「……はあ」シリコン入りの乳房を渋々揉みながら輝之はこたえる。

「どうしちゃったのかしらねえ。……ひょっとして……あなた、インポなの？」

「いや……そういうわけじゃないはずなんですけど」

「じゃあ……何？」

「何と言われても……」

「ねえ、あたしにだって心ってものがあるのよ」

「……え？」

「人並みに傷つくってこと」

「す、すみません」

「だんだん腹が立ってきたわ」

「……そう言われても」

そんなやりとりの間にサイレンの音が分け入ってきた——ウーウー、というやつと、ピーポーピーポー、というやつの二種類が。それらはどんどん大きくなる——つまり、近づいてくる。

「いったいなに？」とサチヨが囁《ささや》くように言って輝之を見下ろした。

「なんですかね？」と輝之も思わず口走ってサチヨを見上げた。

と、遮光カーテンの隙間から射した赤色警光灯がクロスの白壁に反射した。続いてタイヤが地面を擦《こす》る音が聞こえ、車が止まった。慌ただしくドアが開閉される音。足早な数人の足

音。

「ちょっと、あんた、どうしたの？」

「……え？」

「震えてるじゃない？」

輝之はぶるぶると震えていた。見るに見かねたのか、サチヨは輝之の上から降りて、いたいけな子どもを抱くように輝之を抱きしめた。輝之も思わず知らずサチヨに抱きついていた。まるで空爆の夜に抱きしめ合う母親と幼子のごとく。

数分後、猛り狂った男の声が聞こえた。輝之とサチヨはベッドから降りて窓際へ向かうと、遮光カーテンとすりガラスの窓をほんの五センチほど開けて表の様子を見やった。

洞窟住居に三方を囲まれた敷地にはパトカーと救急車が散光式警光灯を灯したまま停まっていた。女体を乗せたストレッチャーが救急車に運び込まれている。警官二人にそれぞれ片腕を摑まれた男――ハギワラケンイチがパトカーの後部座席に押し込まれようとしている。

「痛っ！　わかったから放せって！　つーか、先に嚙みついてきたのは女だぞ！　せっかくマンコに塗ってやったのに！」

声を荒らげながら暴れるハギワラの腕を警官はねじり上げる。それでもおとなしくならないハギワラの脇腹に片方の警官が膝蹴りを入れる。ハギワラがくたっとなった隙にもう片方の警官が足首にも手錠をはめる。

そうして、ハギワラケンイチが押し込まれたパトカーは再び甲高いサイレンを響かせて去

っていった。応急処置を終えたらしく、救急車も後に続くように去っていった。不気味なまでの静寂がそこに残った。

そんな光景を見る前までは落ち着いていたサチヨも今や明らかに動顚《どうてん》していた。とりわけ、仲間のデリヘル嬢が救急車で運ばれていったことにショックを受けているようだった。「どういうこと？ あんたの同級生って何者なの？」

輝之が答えずに……というか、答えられずにいると、サチヨはソファに駆け寄り、そこに投げ出してあった鞄を手に取って中身をがさごそとかき回し始めた。どうやら携帯を捜しているようだが、取り乱しているせいか、なかなか見つからない。

そんなサチヨの行動を見た輝之は大急ぎで服を身につけはじめた。

「あんた……」サチヨは一杯食わされたかのような表情になって言った。「どこへ行くのよ？」

輝之は質問に答えることなく服を身につけるとそそくさとドアへ向かった。

「ちょっと、あんた！」とサチヨは声を張り上げる。「どこへ行くのよ？」

輝之はスニーカーを履き、ドアの取っ手に手をかけた。

「いったいぜんたい、どこへ行こうっていうのよ？」サチヨの叫び声には、妙に深遠な響きが混じっていた。「どこにも逃げられやしないわよ！ それくらいのことわかってるでしょ！」

そう言い募るサチヨに向かって輝之はぺこんと頭を下げると、ドアを開けて勢いよく部屋

を出た。

かすかに波音が聞こえた。

西の空では白い月が禍々《まがまが》しい光を放っていた。

人間に分らない無数の理由が
あれをもこれをも支配してゐるのだ
——中原中也『憔悴』

4

久保田美佐恵《みさえ》と連絡がつかないことに最初に気がついたのは、彼女の幼なじみである木暮《こぐれ》あゆみだった。

少々込み入った家庭の事情で幼少時から中部地方を転々としていたあゆみは、小学五年の秋から高校一年の初夏にかけて愛知県豊橋《とよはし》市に住んでおり、そこで美佐恵との間に、思春期にのみ許されるような遠慮のない友情関係を築き上げた。父親の転職に伴って高校一年の六月に福岡県久留米《くるめ》市に引っ越し、その後福岡市内の看護学校を卒業して、現在は市内の総合病院で看護師として働いていた。美佐恵と輝之のささやかなウェディング・パーティに出席した新婦側の友人の一人でもあり、ほかの友人たちとは音信が途絶えてしまったり年賀状のやりとりのみになってしまう一方で、その後も何度か顔を合わせ（夫妻のアパートに泊まったこともあった）、定期的にメールのやりとりをしていた、今や、美佐恵のただひとりの親友だった。

看護師たちの間で順繰りに夏期休暇を取ることもあって、七月八月という酷暑の時期を働き通したあゆみは、今年の遅めの夏休みを東京で過ごすことにしていた。一昨年《おととし》の夏休みは当時の恋人とバリ島へ、去年の夏休みは看護学校時代の友人と香港へ出かけたのだが、今年はどこへ行くにしろタイミングが悪く相方が見つからなかったので、いっそ休暇の趣旨を変えて東京都心のホテルに連泊し、エステティックや観劇を楽しみつつのんびり過ごすことにしたのである。

上京の二日前、夜勤の合間にあゆみは美佐恵にメールを送信した。赤坂にあるシティホテルのツインルームに四泊の予約を入れていたのだが、そのうちの少なくとも一晩は美佐恵も泊まりにやってくる約束になっていたので、最終的なスケジュールを尋ねるメールだった。

しかし、美佐恵から返信はなかった。

翌晩、荷造りの最中に再度メールを送信したが、それでも返信はなかった。

上京当日の午前中、福岡空港のゲートラウンジから今度は電話を入れてみたが、留守電に切り替わるだけだった。赤坂のホテルにチェックイン後にも電話をしてみたが、相変わらず留守電が冷ややかに応答するだけだった。留守電に向かってしゃべるのが苦手なあゆみもさすがに気が気でなくなり「ちょっとぉ、どうしちゃったの？　もう東京にいるんだけど？　電話ください」とメッセージを残した。

夕方になっても美佐恵からの連絡はなかったので、急遽《きゅうきょ》、医師と結婚して現在は川崎市宮前区《みやまえ》に住んでいる看護師の後輩を呼び出し、表参道のイタリアンレストランで晩御飯を食

べた。食事の最中も幾度となく携帯をチェックしたがいっこうに美佐恵からの連絡は入らなかった。午後十一時すぎ、ほろ酔いになってホテルに戻り、三たび美佐恵に電話を入れたが、それでも応答がなかったので、思い切って旦那の携帯に電話をしてみた（かつて自宅に遊びに行った時に最寄り駅まで迎えにきてくれたことがあり、番号は登録されていた）。思い切って、というのは、夫婦関係がすでに冷えきっていること、さらに美佐恵が別の男と不倫状態にあることを、つとに聞かされていたので、きまりが悪かったのである。しかし、旦那の携帯も留守電に切り替わるだけだった。しばしためらった後にあゆみはメッセージを残した。

「輝之くん、ご無沙汰してます、福岡の木暮あゆみです。突然の電話、ごめんなさい。じつは今、東京に来ているのですが、美佐恵と連絡がつかなくて困っています。なにかあったのかしら？　連絡をもらえると助かります」

美佐恵と連絡がつかないことに次に気がついたのは、彼女の情夫である岩館琢也《いわだてたくや》だった。

岩館と美佐恵は交際クラブを通じて知り合った。

男性会員の入会金が最低ランクでも十五万円という高級交際クラブだったが、岩館は入会当時、いわゆる出会い系サイトを運営しており、ピークを過ぎたとはいえまだまだ業績は好調で金回りは良かったし、なによりもその交際クラブの経営者とは、かつて岩館が苦境に陥っていた時に手を貸してくれた恩人の仲介で知り合っていたので、躊躇なく五十万円を払っ

て最高ランクであるプレミアＶＩＰ会員となっていた。

一方、美佐恵のほうは自分で交際クラブにアクセスしたのではなく、とある初秋の平日の昼間、ウインドウショッピング中の銀座でスカウトされた。

スカウトされたのは、不慮の事故で四歳の娘を亡くす――美佐恵がバッグの中身を確認するべく娘から手と目を離したすきに道路に飛び出して乗用車に撥ねられた――という痛手からどうにか立ち直ったころだった。立ち直った、とはいえ、事故以来、夫との関係は冷え込む一方で、すでにセックスレスだったし、会話も最小限しか交わさなくなっていた。要因はいくつかあるにせよ、煎じ詰めれば、娘の存在によって覆い隠されていた本質的な反りの合わなさがメッキが剝がれるがごとくあらわになったということだろう。知り合って三か月後には妊娠が確定していたし、いっしょに暮らし始めた時にはすでに美佐恵のお腹は大きくなっていたので、二人の関係というものをじっくり育む時間もそれについてとくと考える機会もほとんどなかったのである。

当時、美佐恵は毎日のように自らの不遇をかこっていた。なぜわたしはこんな境遇に甘んじているのだろう、豊橋でのつましい暮らしがたまらなく嫌で（飲んだくれで甲斐性のない父親とは縁を切るようにして）東京に出てきて、奨学金の貸与を受けながら短大を出て、就職してからだってそれなりに努力してきたし、器量だって決して悪くはないはずなのに、結局しがないサラリーマンの夫と冴えない郊外の町で暮らす下々の三十女になっているなんて、と。また、自分にも落ち度があったと言わねばならない娘の事故死については、次のように

考えて自分を納得させていた。どのみちわたしは母親向きの女じゃなかった、妊娠が発覚した時は正直暗い気分になったし、子どもを産んでからも何度か育児を放棄しかけた、育児と家事に追われてそのへんのオバさんと同類になるのはまっぴらだと思っていた、そりゃあの子のことは愛していたし事故のことを思うと不憫《ふびん》でならない、だけどいくら嘆いてもあの子は戻ってこない、ならばわたしはわたしらしく生きることで幼い命を弔《とむら》おう。

そして、自分らしさや人生の充足といったことを深く意識するようになってからというもの、焦りを感じずに一日を終えることはなくなっていた。何かを始めなければならない。でも何を始めればいいのかわからない。そして何を始めるにしても元手が要る。夫の安月給じゃ市民講座とかに通うのがせいぜいだ。自分で稼がなきゃ。オシャレにだってもっと気を使わなきゃ。アンチエイジングのことだって真剣に考えなくちゃ。

そんな時期だったので、イケメンにして柔和なスカウトマンの「出会いがあなたの人生を変えるかもしれません」「あなたのような美しい方なら当クラブに登録していただくだけで一万円をお支払いします」という言葉に、すかさず食いついたのだった。

じっさいに登録してみると、交際クラブはなにより「仕事」としておいしかった。男性会員の紹介を受けるたびに交際クラブからは二万円の「アポイント料」がもらえたし、相手の男と会ってデートをすれば、帰り際に男は「交通費」と称してたいてい三万円から五万、多い時には十万円を手渡してくれた。この場合のデートにはベッドでの行為も含まれるのだが、男性会員は基本的に身元のしっかりした高所得者に限られるため、性的嗜好は様々であるに

せよ少なくとも惨めな気分にさせられることはなかった。惨めどころか時にはセレブのような気分を味わわせてもらった——下々の暮らしをしていれば一生行くことのないだろう一流レストランで豪勢な食事をふるまってもらったり、ベントレーやフェラーリなどの高級車でドライブに連れて行ってもらったり。美佐恵は写真うつりのいい女だったのでおのずと指名が入ったし、男性会員からのフィードバックも上々だったから交際クラブのほうも指名に迷う会員や端から「おススメ」を求めてくる会員に積極的に推薦した。

美佐恵が岩館を紹介されたのは交際クラブに登録してちょうど一年が過ぎたころで、最初のデート時の印象はそれまでに紹介された男の中でもっとも悪かった——食事中でもかまわずタバコを吸うという悪癖があったし、言葉遣いも粗野だった——のだが、二度三度と会っているうちに肌が合うことに気づき、ほどなく「割り切った大人の関係」を越えた初めての相手となった。つまるところ「交通費」をもらわずにデートする唯一の相手に。付き合いだして三か月が過ぎたころ、美佐恵は岩館が違法な商売に手を染めていることを知ったが、その時にはすでに美佐恵は岩館とのまぐわいと岩館がもたらすものなしでは日々を過ごせなくなっていた。

そうして、この一年近く、おおよそ週に一度というペースで、美佐恵は岩館との逢瀬を重ねてきたのだった。

前回の逢瀬から八日後の夕方に、岩館は美佐恵にメールを送信した。件名なしの「明日の午後は会えるか」という、いつものごとくぶっきらぼうなメールだった。

返信はなかった。

美佐恵とメールをやりとりするようになって以来、深夜や未明の送信を別にすれば、三時間以上返信がないということはただの一度もなかったので岩館は不思議に思った。不思議には思ったが、その晩はなにかと忙しかったために、案ずるほどではなかった。

翌日の午前、起き抜けに携帯を確認し、依然として返信がないことを知ると、岩館の不思議に思う気持ちがたちまち黒みを帯びた。ただちにメールを送信した――「おい、どうした?」

それでも返信はなかった。

黒みを帯びた不思議な気持ちに汚水が流れ込むように不安と焦燥と怒りとが混入していった。なぜなら岩館は美佐恵に極めて大事な「商品」を預けていたのだから。

久保田輝之は新潟市郊外のラブホテルにデリヘル嬢を置き去りにして、デミオに乗り込むと国道七号線を北上した。

行くあてなどなかった。行きたい場所もなかった。前方に道路が延びているから進んでいるだけだった。信号機はほとんどなく、まれにあってもことごとく青で、さながら摩擦という現象がまったく存在しない世界で転がり続けるボウリングボールのごとくデミオは進んでいった。そうしてひたすら北上している間もデリヘル嬢の言葉が幾度となく耳の奥でこだま

した――「どこへ行こうっていうのよ？　どこにも逃げられやしないわよ！」――

その日は夜明け前に山形県最北部の道の駅にデミオを乗り入れ、シートを倒して眠った。

翌日は北上や東進や南下を繰り返したあげく秋田と岩手の県境近くの見晴し台を兼ねた駐車場で夜を越した。

翌々日も昼間は方々を走り回ったあげく夜は青森県三沢《みさわ》市の漁港で、そのまた翌晩は秋田県八幡平《はちまんたい》の山中で――そんなふうにして幾日かを輝之はデミオの車中かつ路上で過ごした。他者と対面すること自体が限られたものだったし、コミュニケーションが必要な場合でも、たいていは頷くことや首を振ることや何かを指差すことで済んでしまうのだった。その数日間で発した言葉はガソリンスタンドでの「レギュラー、満タン」と、たった一度だけ入ったラーメン店での「野菜ラーメンと餃子」ぐらいのものだった。

その数日間、輝之は自分がいったい何をしているのかを明確に把握することはなかった。というか、明確に把握することを徹底的に避け続け、そうこうしているうちに、しまいには自分が誰かに遠隔操作されているコンピュータゲームのキャラクターであるかのような感覚に陥っていた。自由意思など端から与えられていないかのごとく。

そんな一種の譫妄《せんもう》とでもいうべき状態がやにわに解かれたのは、飲酒検問で警察官と対面したときだった。もちろん、輝之は警察官に求められるままに息を吐き出し、そのまま何事もなく検問を通過したのだが、その直後に催眠術から醒めるように我にかえった。我にかえって逆に失神しそうになった。体じゅうから汗が吹き出し、手足がかたかたと震えた。〝現

実〟という生きている以上は絶対に越えられない壁がそこに立ちはだかっていた。言うまでもなく、見えていないからといってその壁が消滅するわけではない。嵐の日に見えていないからといって太陽が消滅してしまったわけではないのと同様に。

その晩、東京を離れて以来はじめてビジネスホテルに泊まった輝之は、ユニットバスの狭苦しい浴槽の中で、自分の行動をあらためて顧みることになった。どうあれ結果的におれは逃げたのだ。もはや取り返しはつかない。そして、もはや取り返しがつかないという事実を呪うがごとくありったけの声で叫ぶと浴槽の縁にしたたかに頭を打ちつけた。しかしながら、数分後、隣室からの通報でホテルのスタッフが駆けつけると「いや、ちょっと、その。えっと、足が滑って。いいえ、大丈夫です。いや、ほんとに。すみませんでした」などと、しどろもどろになりつつも答えてしまうのだった。

額の生え際が紫色に腫れあがった翌日以降も、ストラトブルーのデミオ・コージーを駆っての彷徨は続いた。しかし今度の彷徨は前日までのそれとは違った。輝之の心は決まっていた。つまり、死ぬこと。自分自身を殺めること。罪深き人生を、自らの意思で断ち切ること。男鹿《おが》半島、白神《しらかみ》山地、竜飛《たっぴ》崎、青森市、下北半島、十和田《とわだ》湖、陸中《りくちゅう》海岸、八幡平、田沢《たざわ》湖、盛岡《もりおか》市、栗駒《くりこま》高原、牡鹿《おしか》半島、松島《まつしま》、蔵王《ざおう》山、酒田《さかた》市、再び白神山地……死に場所を探しての彷徨はのべ九日間、走行距離にして二千キロをゆうに超えた。ほとんどの夜は車の中で眠ったが、何晩かは安宿に——ロードサイドのラブホテルにも——泊まった。考えた自殺方法は様々だった——樹海での首つり、断崖からの飛び込み、橋からの飛び込み、ビルからの飛

び降り、海や湖への入水、港での車ごとの入水、大型車との正面衝突、部屋での首つり、浴室での手首や頸動脈切断。

しかし、できなかった。最後の瞬間に、足がすくんだり体が硬直してしまうのだった。自らを殺めるのがこんなにも難しいことだとは今までは思ってもみなかった。やる気にさえなればいつでもできる――そんなふうに考えてはいなかったか。妻が息絶えたのを知ったときも、まず最初に考えたのは自らも死ぬことじゃなかったのか。

いや、じつのところ、一度は最後の一線を踏み越えたはずだった。二度目に訪れた白神山地でのことだ。車を降りてブナの樹海に分け入り、適当な樹木を見つけ、枝にロープをくくりつけ、輪っかを作ってそこに頭を通し、足台にしていた折りたたみ式の踏み台を蹴り倒した。しかしながら、事切れる前に――なんということか！――肝心の枝が折れた。

ロープを首に巻きつけたまま地面に仰向けになった輝之はブナの葉叢《はむら》とその向こうに透けるミルク色の空を見上げながら胸の内でつぶやいた。おれは、少なくとも今のおれは、自分の意思で死ねるような運命ではないのだろう。その時がくるまでは生き続けなければならないのだろう。どんなに穢《けが》れた命だろうといずれその時がくるまでは生き続けなければならないのだろう。

自ら死ねないとなると、残るは二者択一だった。輝之は一種の運試しをしてみることにした。これから酒を食らいながら青森市へ向かう。どこかで警察に捕まったらすべてを打ち明ける。もし捕まらなかったら――。

最初に見つけた酒屋で麦焼酎の720㎖瓶を買った。そうして瓶から直に呷《あお》りつつデミオを駆って青森市へ向かった。

信号待ちの交差点でパトカーが横切っていった。道路脇に停車しているパトカーの横を通り過ぎた。警察署の前も通過した。交番の真ん前で停車したこともあった。片側一車線の国道でパトカーとすれ違った折りには運転席の警官と目が合った気さえした。でもそれだけだった。午後九時過ぎに青森駅前に到着した時には視点を定めるのにも苦労するほどへべれけ状態だった。しかし捕まらずに着いたことだけは確かだった。安堵と落胆と悲しみと空しさと白けと罪悪感と空元気と恐怖とを混ぜて練って煮込んで焼いて放置して腐らせて干したようなめちゃくちゃな気分だった。

その晩はフェリー埠頭の近くで夜を明かすと、翌朝、地元の信用金庫に行き、銀行口座に残っているすべての金を端数を残して下ろした。四十一万七千円。八年あまりを正社員として働き詰めてこれっぽちか。そこはかとない脱力感を覚えた。

それからデミオを売却するために市内の中古車ディーラーを訪ねまわった。しかし、印鑑証明や自動車税納税証明書などの必要書類がそろっていないこと、というより「そろえられない」と輝之が言い張ることを理由ににべもなく断られたあげく、五軒目のディーラーで、経営者らしき赤ら顔の小男が、書類不備のままで——つまり、非合法に——買い取ってくれるかもしれない業者を紹介してくれた。

「車の状態は悪くない」

ティアドロップ型サングラスの奥にやぶにらみの眼が透けて見える業者の男はデミオをひととおり点検した後で言った。「しかし書類は出せない」

輝之はぺこんと頭を下げてから言った。「それでも買ってもらえると聞きました」

「まあ、場合によっては」

「だめですか？」

「理由を聞かせてもらおうか」

「明日、北海道に渡ろうと思ってるんです」

「……で？」

「函館《はこだて》あたりで働こうかと」

「つまり……何だ？」

「その時がくるまではどうにか生きてゆかねば」

「はあ？」男の眉間に深い皺が刻まれた。奥歯の銀が鈍く光った。「何、言ってんだ、あんた？」

「……やっぱ、だめですか？」

薄茶色のレンズの向こう側から男は輝之の目を見据えていた。

輝之も目をそらさなかった。太陽がふいに雲に隠れて世界の色合いが変化した。遠くから船の汽笛が聞こえてきた。目を見開き続けたせいで涙が湧き出てきて、視界がかすんだ。

男は不精髭の生えた顎を毛深い指の背で何度か擦ると静かに言った。「五万。それ以上は出せない」

最初に訪ねたディーラーで告げられた査定額の三分の一にも満たなかった。輝之は舌の上にたまった唾を飲み込んだ。

男は指の関節をぽきぽきと鳴らすと言い足した。「いやなら帰りな」

「帰るところなんてぼくにはないですから」

一瞬の沈黙の後、男は鼻をかむような音を立てて笑った。完全にではないが、しかしズレていることには違いない輝之の返答に失笑せざるをえなかったのだろう。「あんたみたいな人間もたまにはいるんだよな」

「え?」

「肝心なところのネジが外れている」

「……ネジ?」

「ああ。そのネジが外れたまんまで生きてるやつもたまにはいるってことよ」

男から金を受け取ってデミオと別れると、輝之はすぐにタクシーをつかまえて最寄りの図書館に運んでもらい、この二週間あまりの全国紙を隅々までチェックした。それらしい記事はどこにも見当たらなかった。様々な問題を抱えつつも世の中はこれまでどおりに動いているらしかった。いや、どんなことがあったって世の中は動き続ける。止まることはない。そ

の時がくるまでは。

その晩は青森駅近くのビジネスホテルに沢口健司《サワグチケンジ》という名前を使ってチェックインし、アダプターを買ってきて半月ぶりに携帯電話機の電源を入れた。着信が十二件と留守電が四件。着信三件と留守電二件を除きすべて職場がらみだった。それらをひととおり再生し、熱い風呂に入ってから眠りについた。いったん動きだしたら永遠に止まることのないジェットコースターに乗せられている夢を見て絶叫しながら午前三時に目が覚めた。それっきり眠れなくなったので有料放送で昔の西部劇を見るともなしに見ながら夜が明けるのを待った。朝方、小便を済ませて手を洗っている時にふいに鏡の中の男と目が合った。人相の悪い見知らぬ男が輝之をじっと見つめていた。

午後、沢口健司は函館行きのフェリーに乗り込んだ。

世界の終わりがそこで見てるよと
紅茶飲み干して君は静かに待つ
――ミッシェル・ガン・エレファント
『世界の終わり』

5

最初にケンジくんと……ケンジくんでいいでしょ？　わたしにとってあの人は今でも沢口健司だから、それ以外の名前では呼びにくいの……会ったのはフェリーの中。その五日ほど前にわたし、父をクモ膜下出血で突然に亡くして、五所川原《ごしょがわら》の実家に帰ってたの、それでお通夜やらお葬式やらをすませて、青森から函館へ戻るフェリーの中で。いつもは列車で行き来するんだけど……そう、青函トンネル通って、そっちのほうが早いし断然楽だから、でもその日は秋晴れがすがすがしくて、気分もなんだか……もちろん父を亡くした直後だってのは大いに関係あると思う……とにかく船で函館に戻ることにしたの。

出港後はデッキに出て景色眺めながらぼんやりしてた。なにを考えてたのかなんて覚えてないけど、おそらくは父のことだと思う……わたし、父に限らず家族のことなんて滅多に考えないんだけど、その時ばかりは、反省なんかも込めて。父親の死に目にだってあえなかっ

たし。それで、ふと振り返ったら男の人がいたの、距離でいうと……七、八メートルほど離れてたかしら、手すりに肘を置いてぽつねんと佇んでいる男の人が。帽子かぶってたし黒縁の眼鏡かけてたし不精髭も生えてたけど、すぐにわかった、いい男だっていうのは。わたし、根っからの面食いだから、そういうことには目ざといのよ……ともあれ、その人も少しずつ遠くなってく本州の陸地を見つめながら考え事でもしてるような様子だった。具体的にどんなところがって訊かれても困っちゃうけど……恰好もごくふつうのジーンズにグレイのパーカーっていう地味なものだったし……それでも、明らかに雰囲気は違ってた……青森や函館の人とはって意味だけど。かといって観光客ってふうでもなくて、ちょっと独特のオーラがあった……やすやすと人を寄せつけないタイプの、負のオーラってほどじゃないにしても、孤高なかんじの……わたしの言いたいこと、だいたいわかるわよね？

そんなようなことを感じながら横目でそれとなく観察してたんだけど、その人、ジーンズのポケットから携帯を取り出して……スマホじゃなくて旧型の折りたたみ式のやつ……いったん開いてまた閉じると、それをいきなり海に投げつけた。さすがにわたしもびくっとしたんだけど、さらにその人、今度はパーカーのポケットから財布を……これも二つ折りのやつ……取り出して、それも海へ投げた、今度は遠投でもするみたいに振りかぶって。黒っぽい財布は上空で翼を広げるように開いて、中からはカード類なんかもこぼれ出して、海へ落ちていった。わたし思わず走り寄って「大丈夫ですか？」って声かけちゃった。冷静に考えれば、余計なお世話なんだけど……ほんと思わず、反射的にっていうか。そうしたらその人、

今まで他人が近くにいたことにまったく気づいていなかったのか、一瞬はっとして……でもその動揺をすぐにひっこめて、さみしそうに笑うと「すみません、大丈夫です、ご心配なく」ってこたえた。それがケンジくんとの最初の会話。

女子高生じゃあるまいしバカみたいだけど、わたしその最初のやりとりが終わるか終わらないかのうちにケンジくんに惹かれてた。変わった人……いいえ、もっと言うと、わけありの人なんだって思いながらも……そりゃそうよね、たとえ不要になったものだとしても携帯や財布をそんなふうに船の上から海へ投げ捨てるなんてやっぱり尋常じゃないもの。その後のやりとりはうろ覚えだけど、「どちらからですか」ってわたしが訊いてむこうが「東京です」ってこたえてわたしが「わたしもむかし住んでました、中野区に」って言ってむこうは「ぼくは郊外なんですけど」ってこたえて……まあ、おおむねそんな会話だったはず。それで、しばらく函館に滞在しそうなニュアンスのことをその人……ケンジくんが言うから、そういうことならってわたし、お店のカードを渡したの……よかったらお寄りになってくださいって。もちろん、そんなことふだんはしない、真っ昼間に偶然会った男の人にいきなりお店のカードを渡すなんて……でも、ほら、わたし、心がざわついてたから。フェリーの中ではそれだけ、名前も聞かなかった。

そうそう、お店のことを少し説明させて。元々は二人でやってたの、中野で働いてた時に知り合った子と。函館出身の子で……津軽海峡を挟んで別の県だけど……やっぱりこのへんに独特のフィーリングがあるんだと思う……すごくうまが合って。その子にいっしょにスナ

ックをやらないかって誘われたのが東京を離れて函館に住むことになったきっかけ。なのに、その子、昔の彼氏と縒《よ》りを戻して、こんな死んだような町には耐えられないって言って、二年も経たないうちに東京に戻った。今は高円寺《こうえんじ》に住んでる、そのぱっとしないミュージシャンと結婚して……それなりに幸せみたいだけど。そんな経緯《いきさつ》があって、営業許可証とかにはいまだにその子の名前が記されてるけど、実際はわたし一人でお店やってる、週末だけバイトの女の子を雇って。

フェリーで会った三日後だったかしら、ケンジくんがお店に来てくれたのは。夜遅く……日付が変わるか変わらないかって時間に。入ってくるなり「おれのこと、覚えてますか」って、きまり悪そうに言った。覚えてるに決まってるじゃない、わたしが誘ったようなもんなんだから。吹き出しちゃった、そういう生真面目さっていうか堅苦しさがおかしくて。で、その夜は、平日のせいもあって……最近はよくあることなんだけど……ほかにはお客がいなくてね、朝方まで二人で飲んだ。途中で看板を下ろしちゃって、わたしもカウンターのケンジくんの隣に座って。朝方まで飲んだっていってもそんなにたくさんしゃべったわけじゃないの、ケンジくんは口数の少ない人だったし、わたしもプライヴェートだとそれほどおしゃべりじゃないし……ほんとよ、仕事柄、人のおしゃべりに調子を合わせることならいくらでもできるけど。ぼそぼそと申し訳程度にしゃべった以外に何をしてたかっていうと、音楽を聴いてたの、有線から流れてくる音楽を。わたし、お客が誰もいない時ってよくオールディーズのチャンネルに合わせてるのね、フランク・シナトラとかバディ・ホリーとかがかかる

ような。でも、そんなのはきっと好みじゃないだろうと思ってチャンネルを替えたら、すぐにケンジくんが言った、今のがいいです、ぼくも好きだからって。あんなに心地いい時間を過ごすのは久しぶりだった……誰かといて、でもその誰かとしゃべり通すわけじゃなく、ただぼんやりと音楽に耳を傾けて、それぞれ勝手なことを考えて、でもひとりでいる時のさみしさもなく、他人といる時の煩《わずら》わしさもない、そんな心地いい時間って。

それで……朝方、もう空は白んでたけど、ケンジくんが泊まってたホテルに行って……寝たわ。ごく自然に。そりゃあ、部屋にくる？みたいなことは言われたと思うけど、ほんと自然に。こんなことを明かすのは憚られるけど……その日の宵の口まで、つまり、わたしがまたお店を開けなきゃいけない時間になるまでわたしたちずっとホテルの部屋にこもって……憑《つ》かれたみたいにやったの、カーテンを閉めた薄明るい部屋でね。眠ったのは途中の三時間ぐらいだけ。食事も一度ピッツアのデリバリーを取っただけ。頭がおかしくなるかと思ったわ。あんなの初めて。あんなに激しいセックスもあんなに尽きない男も初めて。五回目だか六回目だかの後にわたし思わず尋ねちゃったもの、どうしちゃったの？って。そうしたら、丸三年やってなかったんだってケンジくんがこたえて、それで二人で大笑いしたのを覚えてる。……その時、ケンジくんのことでわたしが知り得たのは……神奈川生まれの三十三歳だってこと、仕事を辞めたばかりだってことともう東京には戻らないつもりだってこと、バツイチだってことと若い時は小さな劇団にいて役者をやってたこと……それに……もちろん本人がそう言ったわけじゃないけどわたしが察するに、人に話したくない過去を抱えてること

……それくらいかしら。

次に会ったのはまた三日くらいしてから。わたしはもう会えないんだろうなって思ってた。札幌へ行っちゃったんだろうなって。そんなようなこともちらっと言ってたし。どのみち、観光するぶんにはいいけど長く暮らして楽しい町じゃないしね、函館なんて。ところが、またお店に来てくれた、午前三時とかだと思う、看板下ろして洗い物してる時だから。その時は、デイパックを肩にかけてお店に入ってくると、眼鏡の奥に思い詰めたような表情を潜ませて、いの一番に言った、「行くとこないんだ、助けてくれないか」って。そして、帽子を脱いでぺこんって頭下げた……まるで下宿先の女将《おかみ》さんにたっての頼み事をする学生みたいに。「わかった」ってわたしは答えた。訳なんて訊かなかった、野暮だもの。それで、その晩からわたしの部屋に住み始めた。

どうしてそんなに安易に？　だから言ったじゃない、わたし、最初からケンジくんに惹かれてたって。それだけじゃダメ？　……あのね、わたしにだって言いたくないことはあるの、二十歳《はたち》そこそこの小娘じゃないんだから。……わかったわ、じゃあちょっとだけ。わたし、ちょうどその頃、罪滅ぼしをしたい気持ちに駆られてたの。最初にも言ったように、父親のこともたしかにある、親孝行をするどころかほとんど仲違いしたまま死なれたから。でもそれだけじゃない。わたし、けっこうひどいことをしてきたの、過去の男たちに。札幌時代は結婚を約束した男がいた。でも徐々に東京へ出たい気持ちのほうが強くなって、わざと浮気をしまくって男を怒らせて別れた。東京でもいっしょに暮らした男がいた。……あなたと同

じ仕事の人。小説を書いてるって言ったわよね？　わたしの恋人もそうだった。ある出版社の新人賞をもらって本を二冊出した。でも、ちっとも売れなかった。批評家には黙殺された。それでくさって編集者に毒づいて、しまいには見限られた。そんな時に必要なのってやっぱり女の支えじゃない？　でも、わたし冷たく突き放したの、売れないのは才能がないからだって、甲斐性のない男は嫌いだって。よくもまあ、そんな陳腐なことを言ったもんよね、思い出すだけで恥ずかしくて死にたくなる。まるでどっかの低能女のセリフじゃない？　ようするに、いい気になってたのよ、わたし……当時はわたしもまだ二十代で、言い寄ってくる男がたくさんいたから。そんなこんなで、わたしたちは別れ、彼は働き始めた、配送会社で。今は何してるんだろうね……もう連絡先もわからない。いずれにしても、わたしはひとりの才能ある作家をダメにしちゃったんだと思う。おバカで非情で傲慢だったばかりに。

とまあ、そんな過去の過ちや罪をわたしなりに償いたいって真剣に思ってた時期だった。もともとは、その半年ほどの間にお店の売り上げがガクンと減って、悩み始めたのがきっかけだったんだけど。それで辿って考えてるうちに、自分の過去の行い、自分が図らずも積み重ねてきた業《ごう》に行き当たったの。でも、当の本人には……恋人たちにせよ、父親にせよ、もう会えない、会いたくても会えない、だからこれから出会う人に対して善行を積んでいこう、困っている人がいたら無私の心で助けよう、もし好きな人が出来たら今度こそちゃんと尽くそう……そんなふうに心に決めてた。端から見れば、片腹痛い話なんでしょうけど、わたしはいたって真剣だった。

ともあれ、最初にフェリーで会ってからおよそ一週間後にはケンジくんとの暮らしが始まってた、わたしの2DKのアパートで。ケンジくんの仕事は、お店の常連の大谷《おおたに》さんに頼んでみたの、大谷さんってのはイカの塩辛を作ったりする食品加工会社をやってる人で……わたし、大谷さんにちょっとした貸しがあったから、娘さんが就職する際に口利きしたってだけだけど。そうしたら、意外にあっさり引き受けてくれて。ケンジくんも真面目に働いたから、逆に大谷さんに感謝されたわ、安い給料なのに文句一つ言わずに働いてくれてすごく助かってるって。

幸せな日々だった。わたしのこれまでの人生でいちばん、幸せな日々だった。今でも忘れられないのは、日曜日の朝。わたしにとってもケンジくんにとっても週にたった一度のお休みの朝……といっても、もうお昼に近い時間だけど。ケンジくんはふだん早朝から夕方まで働いてたし、わたしは夜更けか明け方に帰ってきてお昼ごろまで寝て暗くなったらまた出かけるっていう生活じゃない？　それに、当時は、父親が急死したショックで母親が寝込んじゃってたから……兄夫婦と同居してるんだけど嫂《あによめ》とは折り合いが悪くて……それでわたしが毎週日曜の午後から月曜にかけて一泊で実家に通ってたの。だから、二人でゆっくり食事をする時間ってなかなか取れなかったんだけど、日曜の朝だけは、わたしたちの好きな音楽をかけて……ケンジくんはとくにジョニー・キャッシュとハンク・ウィリアムズが好きだった……その週にあったことを話しながら……たいていしゃべってるのはわたしなんだけど……朝ご飯を食べたの。ケンジくんって朝はパンを食べるのが好きみたいで……厚切りの食

パンをトースターで焼いて、卵やベーコンやマッシュルームもフライパンで焼いて、ミルクティ淹《い》れて。そうやって過ごす、日曜の朝は、この上ない幸せを感じた。わたし、思ってたもの、このまんま世界が終わってもかまわないって。こうしてる間に世界が終わってしまえばいいのにって。青臭い発想かもしれない、でもほんとにそう思ってたの。思ってたっていうか、勝手に実感すらしてた。ああ、世界の終わりがすぐそこまでやって来てるんだって。世界の終わりってそんなに恐ろしいことでも悲しいことでもないのよね……むしろ、至福に近いの、わたしにとっては。……わかってもらえる？ そう？ 嬉しいわ。

いっしょに暮らし始めてからもケンジくんは時々お店に来てくれた。とくに雨の日や雪の日に。わたしを迎えに来てくれるついでに、ウイスキーの水割りを二杯くらい飲んだかしら、でもそれ以外は外でお酒を飲んでる様子はなかった。もっとも、四六時中いっしょにいるわけじゃないから絶対とは言えないけど。夜は部屋で本を読んだり映画を観たりしていたみたいで……わたし、本とＤＶＤはたくさん持ってるから……外出することはほとんどなかったと思う。晩御飯はわたしが出かける前にさっと作ったものを食べてたし、逆にわたしが働いてる間に日持ちのするものを作ってくれた、カレーとかお煮染めとか。こんなこと言うと誤解されるかもしれないけど、ケンジくんと暮らしてるあいだって、すごく楽だった。掃除にしろ洗濯にしろ、いちいち言わずともやってくれたから……あんなマメな男の人と暮らすのははじめて……ケンジくんが三人目なんだけどね、いっしょに暮らすのは。

一度、お店に迎えにきてくれた時に、埼玉から来たっていう三人組がカラオケで次から次

に歌ってたの……うちの常連ってカラオケ好きな人がわりに少なくて、観光客か団体客が来ない限りそういうことってあまりないんだけど。で、そのうちのひとりが尾崎豊の『シェリー』を歌いだしたんだけど……えっと、どんな歌い出しだっけ？ ……そうそう——シェリー、俺は転がり続けてこんなとこに辿り着いた、シェリー、俺はあせりすぎたのか、むやみに何もかも捨てちまったけれど——そこのところを、ケンジくん、いやに神妙になって聴き入ってたの。歌ってたお客もそのことに気が付いたみたいで、途中でケンジくんにもマイクが渡ってきて、もちろん受け狙いってのもあったんだろうけど、立ち上がって熱唱したの——シェリー、俺はうまく笑えているか、俺の笑顔は卑屈じゃないかい、俺に愛される資格はあるか、俺は真実へと歩いているかい、いつになれば俺は這い上がれるだろう——って。わたし、はやし立てながらも、内心どきっとしてたわ。だって、ケンジくんってJ-POPとかには興味のない人だと思ってたし……それに、歌詞があまりにもはまってるじゃない、東京での生活を捨てて、函館に流れ着いた男に。

そんなことがあった少し後、一日遅れのクリスマスを過ごしに……というのはその年の日曜日は二十六日だったから……特急に乗って二人で札幌に行ったの。もっとも、ケンジくんははじめ気乗りしないふうだったけど、わたしがしつこくせっついてるうちにわかったよって言って。それで、札幌で一番か二番のシティホテルに泊まって、シャンパン飲みながらフランス料理を食べた。窓の外では札幌の夜景をバックに綿雪がしんしんと降っていて、とてもロマンチックな夜だったわ。そんなムードに焚《た》き付けられたのか、ケンジくん珍しく酔っ

て饒舌《じょうぜつ》だった……饒舌といってもふだんのケンジくんに比べたらってことだけど。こんなこと言ってた。麻子《あさこ》さん――ケンジくんってわたしのことを最後までさん付けで呼んでたんだけど――おれがいつかいなくなってもこれだけは覚えておいてほしい、どんなに感謝してるかとても言葉では言い尽くせない、麻子さんと会えてなかったらきっとおれ死んでたって。なによりわたしは最初の部分が気になって、ケンジくんいつかいなくなるのって訊いた。そうしたら、さっと顔を赤らめて、いや、たとえばの話だよ、ってこたえた。その時だったと思う、はっきりと、凍り付くような思いで、わたしが悟ったのは。つまり、この人と一生をともにすることはできないんだって。いつかはいなくなっちゃう人なんだって。もちろん、それまでだって薄々はわかってたけど、こんな生活いつまでも続くわけないって……だってそうでしょ、出来すぎでしょ、わたし三十八の水商売の女よ、場末の盛り場でどうにか生きてる薹《とう》が立った女よ、そんなわたしにケンジくんみたいな……ふらっと現れた優しくてハンサムな男……おとぎ話じゃないんだから……ねえ？

真冬の間も変わらずケンジくんとの生活は続いた。ケンジくんもさすがに函館の真冬はきつかったはずだけど、そんなことはおくびにも出さずに毎朝暗いうちに起きて、一日たりとも休まずに仕事に行ってた、たとえカゼを引いても、こんなのカゼのうちに入らないって言って。あなた、北海道の長くて厳しい冬がどんなんだか知らないでしょ？　ちょっと雪が降ったくらいで大騒ぎしてる東京の人には耐え難いでしょうね。たまにいるの、北海道の自然とか人の素朴さとかに憧れて移住してきて、最初の冬で音《ね》を上げて関東なり関西なりに戻っ

ちゃうお金持ちの人が。そりゃ函館は北海道の中ではいちばん暖かい町だけど、それでも一月や二月は零下何度の世界だから。

過去のことは尋ねなかったのかって？　いいえ、まったく。わたし、彼と暮らし始めてすぐに決めたの、自分からは何も尋ねないって。だから、ケンジくんの過去について知っていることは、ぜんぶケンジくんが自ら話してくれたことだけ。母親のことは少し聞いた、家を出て行ったお母さんのこと。それからすぐにやってきた継母《ままはは》のこと。妹さんが一人いてニューヨークに住んでるはずだけど、しばらく連絡取ってないってこと。最後に妹さんに会ったのが三年前のお父さんのお葬式だとか。奥さんのことはいっさい話さなかった。死別した娘さんもいたんだってね……このあいだ、記者の人に聞いた。……そりゃあ、さっきも話したように、何かあることはわたしにだってわかってた。だって、いくら東京の部屋を引き払ってきたにしても、荷物がデイパック一つなんて変でしょ。携帯だっていっこうに買おうとしないし、いい歳してクレジットカード一枚持ってないみたいだし。不思議な行動もあったし。例えば……そう、眼鏡のレンズ……ケンジくんが眠ってる時に何の気なしにかけてみてわかったんだけど、ごく軽い近視用だった、わたしも少し目が悪いからわかるけど、あの程度なら眼鏡なんかなくても暮らせるはず。なのに、眠る時とお風呂に入る時以外はめったに外そうとしなかった、それこそセックスする時でさえ。けれども、わたしは余計なことは考えないようにしてた。何かあるのはわたしだって同じだし。あなただってそうじゃない？　少しは何かあるでしょ？　たいていの人は何かあるでしょ？　それに……このことは強調してお

きたいけど、あの時点では事件は少しも明るみに出ていないんだから。そりゃあわたしだってニュースで……いいえ、どうかしら、女性の死体が発見されたっていうニュースがテレビで流れたとして、それをケンジくんに結びつけて考えられたかしら……顔写真でも公表されない限りは結びつけないと思う。わたしに限らず、当時のケンジくんを知ってる人なら、妻殺しとケンジくんを結びつけたりしないはず。……もちろん、それは認める、ケンジくんとの暮らしを壊したくないって気持ちがわたしにあったのは。問いつめたり考えすぎたりしない限り、ケンジくんとの暮らしは続く……いつかは終わるってわかっていながら、そんなふうに思ってるふしがわたしにあったのは。

長い冬がようやく終わりに近づいて、日差しの中に春の訪れを感じるようになってきた頃ね、お店にうさん臭い男がやって来たのは。最初はふつうに飲んでたんだけど、そのうちに、スマートフォンのディスプレイで写真を見せてきて、この女を知らないかって尋ねてきた。名前も言ってたはずだけど、わたしはそんな女、見たことなかったからさらっと聞き流した。すると今度は男の写真を見せて、こいつはどうだって尋ねてきた。知らないわってわたしはこたえた……内心ではドキッとしてたんだけど……写真の男、眼鏡をかけてなかったし髭も生やしていなかったし髪型だってぜんぜん違ったけど、ケンジくんに似てなくはなかったから。……いいえ、ほんとのことをいえば、ケンジくんだって直感的にわかったような気がする。でもそれを認めたくはなかった。ていうか、認めちゃいけないって心情がとっさに働いたんだと思う。続けてその男に問い返した……急場を凌《しの》ごうとしてわかりきったことを……

ひょっとして刑事さんですかって。そうしたら、その男、刑事って言葉がよっぽど嫌だったのか苦虫を嚙み潰したように顔をしかめて、いや、知らないならいいんだって言って、お勘定してそそくさと帰っていった。

そのことをケンジくんに話すかどうかは少し迷った。でも、結局は話した、翌日の夕方に、ちょっと冗談めかして。ちょうどケンジくんが台所で洗い物をしてる時に……つまり、わたしに背中を見せてる時に。東京のヤクザだと思うけど、人捜ししてたの、その写真がケンジくんにちょっぴり似てて、笑っちゃったって。ケンジくん、へえそうなんだ、としか答えなかった。動きが一瞬止まったような気もしたけど、わたしの気のせいかもしれない。いずれにしてもその話題はそれで終わった。

その二日後。そして、あの大震災の前日。午前三時すぎに部屋に戻ったら、ケンジくんの姿はなかった。ダイニングテーブルの上に便せんが一枚。純白のトルコギキョウをぎっしり挿した花瓶を重しにして。

麻子さんの幸せを祈ってる。

絶対に忘れない。

ありがとう。

ごめん。

それだけ。……なにを感じたかしら。嘘のように聞こえるだろうけど……何も感じなかった。まるっきり何も。まるっきり何も感じないっていうのがどんなことなのかそのとき初めて知ったような気がする。体の中が真空になったかんじ。魂がどっかに行っちゃったかんじ。さっとお風呂に入って睡眠導入剤をいつもの倍服用して十時間近く死んだように眠った。夢さえ見なかった。涙が溢れ出て止まらなくなったのは翌日の午後に目覚めてから。そして、ひとりでわんわん泣いてる時に地震が来た。あの地震が。函館は震度4だったけど。

事件のことを知って？　……うーん……ケンジくんに対する感情ってそれほど変わらないのよね、自分でも意外なことに。いっしょに暮らした半年間の思い出がくすむってこともない……最後に置いていってくれたトルコギキョウみたいに純白のまま。もし今、その扉が突然開いてケンジくんが駆け込んできて「やっぱ行くとこないんだ、助けてくれないか」って頭下げてきたら、わたし「わかった」って言っちゃうような気がする、あの時と同じように。そりゃあもちろん、人を殺めて逃げるなんて最低のこと。法律に基づいて相応の罰を受けるべき。でも、それとこれとは別でしょ。法律なり道徳なりとわたしの心とは。

以上……わたしが話せるのはこれくらいね。言っとくけど、これでも警察や新聞記者には話してないこともあなたには話したのよ。警察って苦手。マスコミは嫌い。あなたは小説家だって言うから。どうせ、あることないことを書かれるんだったら、わたしは小説に書いてほしいと思ってるの。小説の中でしか描けない真実ってあるでしょ。フィクションという水槽に入れられてはじめて生き生きしてくる真実。わたしはそういうのを信じてる。そういう

真実だけを求めてる。正直、他はどうだっていいの。場末のホステスだからってバカにしないでほしいわ……わたし、こう見えてもむかしは文学少女だったんだから。今だってけっこうな読書家よ。カラマーゾフだってアンナ・カレーニナだってドン・キホーテだってぜんぶ読破してるんだから。

私はおそらく、この地上では
いかなる使命も担っていないのだ
——フェルナンド・ペソア
『不断の書、断章』

6

何者かが自分を捜している。

しかも、その何者かは自分が函館にいることをどうやら嗅ぎつけているらしい。

久保田輝之が突然に函館を去った理由はしかし、その何者かの追跡から逃れたいがためだけではなかった。

じつはひと月ほど前から人知れず苦悶《くもん》し、冷たい泥で全身の毛穴を覆われたかのような息苦しさを味わい続けていたのだった。こんな生活を続けていていいのか。こんな生活を続けていった先にいずれ遭遇するのはどんな事態なのだろうか。

函館での暮らしに不満があったわけではない。不満どころか、自分でも信じ難いほどに首尾よく暮らせていた。雨露をしのげているだけでなく、日々の糧をもたらす仕事もあれば、余計な詮索は一切しないままに自分を好いてくれる女もいた。しかし……。いや、だからこ

そ……。

本州から北海道へと渡る——それは過去を葬り去ってまったく別の人生を歩むという決断をいみじくも象徴していたわけだが——船上で出会ってお互いに好意を抱き、まもなくいっしょに暮らし始めた植村《うえむら》麻子にはいくら言葉を重ねても言い尽くせないほどに感謝していた。そして、その麻子の口利きで働くことになった食品加工会社の社長である大谷靖《やすし》にも深い恩義を感じていた。パートの主婦を含めてもたったの五人ではあったが職場の同僚たちにしても無骨ではあるものの心根の優しい人間ばかりだった。そして、そんな人たちだからこそ、輝之もつい気を許してしまいそうになるのだった。

言わずもがな、麻子に対しては、どこまで心を開きどこからは閉じていなければいけないのか、わけがわからなくなりつつあった。とりわけ、激しく体を重ねた後などに、なにもかもをぶちまけてしまいたい衝動に駆られた。いっそ洗いざらい打ち明けて許しと助けを乞うのが得策なのだと考えることもあった。しかし、それはあまりに危険だった。だいいち、すべてを吐露した上でなお、これまでと変わらない暮らしを続けていくなど、いくらなんでも虫が良すぎるだろう。麻子だってそこまで聖女じゃないだろう。たとえ同じような暮らしを続けていくにしても（仮にそんなことが可能だったとしても）、その時には麻子も潔白ではいられなくなる。寄る辺のない自分を受け入れてくれた女を悪行に巻き込むことになるのだ。

言い換えれば、このひと月ばかりの輝之は、沢口健司という偽名を騙《かた》って、どんなに地味にであれ市井《しせい》の人として生活していくことに、最小限のものであれ社会性を身にまとって生

きていくことに、限界を覚えていたのである。

だから、自分を追っている人間がいる（らしい）と知ったことで、麻子との暮らしを捨てて函館を去る踏ん切りがついたのだった。

追跡者に関しては、心当たりがないわけではなかった。「東京のヤクザだと思うけど」という麻子の話を聞いた後で、輝之の脳裏に浮かび上がったのは、美佐恵の愛人だった。会ったことがないどころか写真ですら見たことがなかったが、易々と話が通じるような相手じゃないことはなんとなく窺い知れた。当然、その男は美佐恵が唐突に姿を消したことを不審に思っているだろう。その男なりに美佐恵を捜してもみただろう。しかし、亭主の自分を追ってわざわざ函館くんだりまでやってくる理由はわからなかった。そこまでして美佐恵の行方を突き止めたいのはなぜなのだろう。それほどまでに美佐恵を愛していたとでも？　というか、そもそも自分が函館にいることをどうやって知ったのだろう？　いくら考えても合点が行かなかった。

輝之は函館発札幌行きの深夜高速バスに乗り込んだ。防寒用の衣服や替えの下着を別にすれば函館にいる間に買い足したものはほとんどなかったので、いっさいの荷物は40ℓサイズのバックパックに収まった。冬の間に夜な夜な読みふけった小説のひとつに極東のロシア人がひたすらメランコリーを避けるためだけにウォッカを飲み続ける描写があったのを思い出し、出発間際にコンビニでギルビーウォッカのハーフボトルを買って、読書灯のみの薄暗い

座席で瓶から直に飲み続けた。たしかにメランコリーを撃退することには成功したような気がするものの、強ばった心身をほぐすことにはならず、まんじりともできぬままに夜を過ごした。

夜明け前、高速バスが札幌市の中心部にほど近いバスターミナルに着くと、開店したばかりのキオスクでホットの缶コーヒーとともに地方紙と全国紙とタウン誌を買い求め、人影のまばらな待合室でそれらをめくった。それから、タウン誌に一面広告を出していた「チェックイン後二十四時間施設利用可」という謳い文句の大浴場およびサウナ付きカプセルホテルを、掲載されていた住所と簡易な地図を頼りに自力で見つけ出し（札幌の市街地は碁盤の目になっているので東西南北さえわかればよそ者の輝之でも歩き回ることができた）、そこにチェックインした。フロントデスクで記入するよう求められた「御利用者カード」には咄嗟《とっさ》に「小林伸一《こばやししんいち》」というまったくでたらめな名前と「東京都練馬区向山」という劇団員時代に住んでいた住所を（しかし、その後に続く番地にはいいかげんな数字を）書き込んだ。

風呂に浸かりサウナで汗を流し、出勤前の勤め人とおぼしき男たちで混み合うカフェテリアで紅鮭定食を食し、カプセル／寝台に戻ると、ようやく靄のような眠気に包み込まれた。

午後二時すぎに目を覚まし、カプセルの中であらためて新聞に目を通している時に地震が発生した。といっても、札幌市内の震度は3で、その時点ではとくに慌ても驚きもしなかった。それがこの列島にありがちな小規模の地震ではなく、日本での観測史上最大のものとなるかもしれない大地震であることを、しかも被害が史上最悪のものになりつつあることを知

ったのは、それから一時間ほど後で食事をしに出かけた、カプセルホテルにほど近いラーメン店で流されていたテレビを通じてだった。

翌日の午後、カプセルホテル内のリクライニングルームで、大津波の映像を繰り返し映し出すテレビを見ていると、隣のシートに座る中年男が話しかけてきた。いくぶんためらいながらも輝之は応対した。

「しかし、とんでもないことになってますよねえ」「……ええ、ほんとですね」「わたし、本当ならば今日から仙台出張だったんですよ」「ああ、そうなんですか」「ひさびさにちゃんとしたベッドで眠れると思ってたのになあ」「……はあ」「ところで、おたく、ゆうべもここにいましたよね？」「え、あ……はい、昨日から」「ひょっとして、わたしと同類？」「え？　同類？」「ええ、つまり、家に帰りたくなくてここにいるのかと」「いえいえ、そういうわけじゃ」「じゃあ、奥さんに追い出されて、とか？」「……いえ、ぼく、独り身なんで」「これは失礼……もしや、札幌の方じゃない？」「ええ、まあ、東京です」「あ、東京の方ですか。出張……というかんじでもないよね？」「まあ……いろいろと」「いろいろ、ねえ。ほんといろいろだよねえ、人生ってのは」「……はあ」「地震で家や家族をなくしちゃったっていう気の毒な人もいれば、わたしみたいにちゃんと家も家族もあるのに帰りたくないって人間もいるんだから。まったくねえ」

この中年男との会話に限らず、大震災が、大震災から遠く離れた人々のコミュニケーションのあり方にいくばくかの変化をもたらしていることに輝之は気づかずにはいられなかった。

湯船に浸かりながら放心していると傍らの人間が話しかけてきたり、エレベーターでいっしょになる束の間や通路ですれ違う時などに控えめな（しかし、社交辞令以上の）笑顔を向けてきたりした。震災地の同胞に対する憐れみや慈しみの気持ちを確認し合うという以上に、人々の心に潜むさみしさの仕業なのだと輝之は思った。以前から心の洞窟に潜伏していたさみしさが、大震災という悲劇を機に地上に姿を現して同類を求めて徘徊しているのだと。

結局、合計三晩を、輝之はそのカプセルホテルで過ごした。その間、近くのコンビニエンスストアやラーメン店に出かける以外はずっとカプセルホテル内にとどまり、リクライニングルームや寝台で地震の被害状況（原発事故が明るみに出てからはとりわけその模様）を映し出すテレビに我を忘れて見入った。そうして時々思い出したように今後の身の振り方を考えた。

このまま札幌に滞在して新たな仕事を探すべきか、あるいは別の土地に移るべきか。

札幌くらいの規模の都市になれば、偽名を使うしかない自分のような身分でも——すなわち身元を証明することができない身であっても、なんらかの仕事は見つかるだろう。それに、人口が多くなれば多くなるほど、人はよそ者に対して無関心になる。ようするに、大都市でのほうが、社会性をまとわずに生きていける。

しかし、輝之の心は、知らず知らずのうちに、さらに北へ、そして人の少ない土地へと向かってしまうのだった。さながら天敵を避けるために極地での生活を選ぶアザラシのごとく。

とにかく北の果てまで行ってみよう。いっそ観光のつもりでもいいじゃないか。ひょっと

したら流氷を見られるかもしれない。三月十四日の朝、そのように思い立つと、輝之は午後〇時三十分発の稚内《わっかない》行き特急列車「サロベツ」に乗り込んだ。


「繁春《しげはる》先輩、どうお礼を言っていいのか、こんなに手厚くもてなしてもらって」

「何言ってんだ、琢也、お互いさまだ。前回の東京ではおまえにずいぶん世話になったんだ」

「あの頃は俺も羽振りがよかったっすから」

「人生、山あり谷あり。そう悲観的になるなよ」

「まあ……そうっすね」

「それに、オレは嬉しいんだよ、琢也に久々に会えて」

「そう言ってもらえると俺も嬉しいっす」

「今度札幌に来る時は前もって言ってくれよ、もっと面白いところに連れてってやる」

「あざーっす。しかし、それにしても、女たち、最高っすね」

「女ってのは、北海道名物の一つだからな」

「いったいどこで調達してきたんすか、あの、クレイジーな女たちは」

「はっはっは。ま、オレもこの道を究めて四半世紀だからな」

「じつは俺、はじめてで……4Pまではあるんすけどね……5Pってのは」

「そうか、それはよかった。オレはいろいろ試したけど、５Ｐってのがいちばんだと思うね、男二人に女三人の５Ｐってのが」

「かなわねえなあ、いくつになっても繁春先輩には。俺はもう腰がへろへろで」

「何言ってんだ琢也、おまえまだ若いだろ」

「つっても、俺ももうすぐ三十六っすよ」

「バカやろ、オレなんて四十四だぞ」

岩館琢也は「繁春先輩」こと安井《やすい》繁春とともに、登別《のぼりべつ》温泉のとある高級旅館の露天風呂に浸かっていた。酒色に耽った北国の長い夜が明けそめているところだった。針葉樹に覆われた雪山が青みを帯びてきた空を背景におぼろげな輪郭を浮かび上がらせている。

岩館は函館での久保田夫妻捜しにけりをつけて札幌にやってきたのだった。さすがに札幌規模の大都市ともなると写真一枚では埒《らち》があかないだろうとは思ったが、携帯電話販売店でアルバイトスタッフとして働いていた、いわば駆け出しの時代に何かと目をかけてくれた、当時店長の安井繁春が、札幌での事業を成功させており、今やススキノの飲食店の多くに顔が利くという話を、当時のバイト仲間から聞かされていたので、そういった噂には尾ひれが付くものだと認識しつつも、とりあえず根回しだけはしておこうと思ったのである。

札幌へ向かう前夜に約五年ぶりとなる連絡を入れたのだが、安井からは予想外の歓待を受けることになった。札幌第一夜は（その日の午後、大震災が発生していたにもかかわらず）毛ガニ食べ放題からスナックとキャバクラを経てソープランドにいたるまでのもてなしを受

けた上に、この日は安井の情婦だかプレイ仲間だかの女たちを三人も引き連れて登別温泉にまで足を延ばしたのだった。

「しかし、琢也、おまえ、瘦せたよなあ。最初に見た時はドキッとしたよ、ガンにでもなっちまったかと思ったぜ」

「いやもう、去年の九月くらいから、踏んだり蹴ったりで」

「ミャンマーに三か月だっけ？」

「二週間の予定だったんすけどね、思うように事が運ばなくて」

「おまけにビョーキまでもらってきたんだろ？」

「ビョーキって……そんな人聞きの悪いことを。ただの肝炎っすよ。まあ、一時はどうなるかと思いましたけど」

「健康あっての商売、健康あっての悪さだ、はっはっは」

「ほんとっすね。さすがに精神的にもきましたよ。医者にウツの一歩手前だって言われましたから」

「冗談だろ？」

「いや、真面目な話」

「そいつは笑えるなあ。岩館琢也がウツとはなあ。はっはっは」

「いやでも、繁春先輩、考えてもみてよ、ミャンマーみたいなさ、食いたいものは食えないわ、抱きたい女は抱けないわ、暑いわ蒸すわの、とんでもない僻地《へきち》で三か月も過ごしてね、

その間に中国人マフィアには殺されそうになるし、責任のなすり合いで相棒とは喧嘩するし、やっとこさ日本に帰ってきたと思ったら今度は肝炎患《わずら》って入院でしょ。そんでもって退院して初めて酒を飲んだ日に飲酒運転で捕まって免許取消っすよ。そりゃあ、俺だってウッの一歩手前まで行きますって」

「はっはっは」

「いや、マジ、笑い事じゃないんだから」

「笑うしかないよ、はっはっは」

「ま、そもそもの災厄のはじまりは、女なんすけど。あいつが行方をくらましやがるから」

「女になんか、ブツを預けるからだよ」

「まあ、そう言われてしまえば返す言葉はないんですけど……」

「しかし、ふつう、一キロものブツを持ったままばっくれないよな」

「ええ、それはないでしょ」

「自分でさばくってこともないよな」

「それもないでしょ。俺が思うに、どっかに保管したまんまなんすよ。トランクルームとか貸し倉庫とか」

「いずれにせよ、鍵の類いが必要ってわけか」

「ええ。暗証番号なんかも必要かもしれません」

「心当たりはないのか？　なんか聞いてるだろ？」

「それが……完全に信用してて」

「アホんだら」

「ええ、ほんとに」

「亭主のほうも行方不明なんだよな？」

「亭主の足取りは青森まで摑めてるんですけどね」

　運転免許が取り消された二月の頭、生まれて初めてといっていい鬱屈した日々を過ごしていた岩館は、自宅PCの中に残っていた一枚の写真に目を奪われた。

　それは久保田美佐恵と知り合って間もない頃の写真で、そこには美佐恵と、夫妻の所有するストラトブルーのマツダ・デミオが写っていた。岩館が知る限りただの一度だけ、美佐恵は車を運転してデートに現れたことがあり、駐車場まで送った際にほんの軽い気持ちで撮影したものだった。写真には車のナンバーも写り込んでいた。

　その車とナンバーを手がかりに、岩館は（ミャンマーでの長期滞在と肝炎での入院という物理的な理由もあって）しばらく保留にしていた美佐恵捜しを再開することにした。懐具合の変動により、ほんの数か月前には「痛いことは痛いが、しょせんは端金」と思い込めなくもなかった一千万円――それが「ブッ」のおおよその値打ちだった――が、いまや紛れもない大金に様変わりしていたこともまた、岩館の心の中の種火を煽《あお》ることになった。

　三月に入ってまもなく、青森市内の業者がくだんのデミオを、売却に必要な書類なしで、つまり非合法に買い取ったという情報が岩館の元に入った。岩館はさっそく青森に出向いた。

鼻薬を嗅がせると、業者は、そのデミオならとっくにロシアのディーラーに流したと白状した。さらには、売りにきた男の風貌や交わした会話についても話してくれた。

「北海道に渡ったっていう情報はたしかなのか」

「車を売却する際に漏らしてたそうです。もう東京に帰るつもりはない、北海道に渡って人生をやり直す、とかなんとか」

「でも、函館では見つからなかった」

「いろいろと手は打ってきましたけど」

「北海道は広いぞ」

「函館で仕事が見つからなかったら、どうです？　やっぱ札幌にやって来るんじゃないっすか？」

「札幌だって相当に広いぞ」

「まあ、そうでしょうけど」

「もちろん、オレの網に引っ掛かったら、すぐに連絡するけどな」

「ええ、頼みます」

「しかし、亭主のことはともかく……写真で見る限りいい女じゃないか」

「あっちのほうもなかなかっすよ。なかなかっていうか、ほとんど名器の域っすね。俺はもう味わい尽くしましたけど」

「オレが見つけた際にはたっぷり味わわせてもらうぞ」

「そりゃもちろんっす」

「女の実家とかは調べたのか？」

「愛知県まで行ったんですけどね……」

「なんだ？」

「父親がひとりで暮らしてるんですけど、飲んだくれの生活保護受給者で、もう四年以上連絡を取っていないらしい」

「なるほど。亭主の実家には？」

「ええ、そっちには継母と腹違いの弟がいるんですけど、最後に会ったのが一昨年《おととし》だそうです。電話でもしゃべってないと」

「どちらの実家とも没交渉ってことか」

「つーことです」

「女は今も亭主といっしょにいると思ってるのか」

「いや、俺は……」

「なんだ？」

「臭いと思ってるんです」

「なにがだ？　はっきり言え」

「つまり……女はすでにこの世にいない……早い話、殺されてるんじゃないかと」

「亭主にってことだよな？」

「……ええ」

「オレも同意見だ」

「やっぱ、繁春先輩もそう思いますか」

「あくまでも勘だけどな。それならすべてのつじつまが合う」

「ようするに……妻の不倫がバレて、大喧嘩になったあげく、夫は妻を殺し、遺体をどこかに埋めるか捨てるかして、そのまま逃亡……」

「一方、窮地に追い込まれた妻の愛人がブツを取り戻すために亭主を追跡してる。はっはっは」

「なんか、出来損ないの犯罪ドラマみたいっすね」

「人間ってのはしょせん出来損ないだからな。はっはっは」

登別温泉から再び札幌に戻ったその晩も岩館と安井はススキノで飲み歩いた――再会の時を楽しんだ札幌第一夜に比べると、明らかな目的意識を持って。つまり、行く先々のバーやスナックで、マスターやママやホステスに、久保田夫妻の写真を配布してまわったのだった。心当たりのある人間には出会えなかったが、今後そういうことがあったら速やかに報告してくれるように頼んでおいた。

飲み歩きの締めは第一夜同様、ソープランドだった……もっとも、岩館はとうに精力を使い果たしていたのだが、性豪の安井は「どうせホテルに戻ったら風呂に入るんだろ？　それ

なら一人で入るよりは女と入って体を洗ってもらったほうがいいじゃないか」と言って譲らなかった。その午後に入った相棒の豊島光夫《とよしまみつお》からの電話で、翌晩久々の打ち合わせをすることが決まっており、すなわち、それが札幌最後の夜だったので、岩館も先輩の厚意を断るわけにはいかなかった。


「ねえ、今ピンチに陥ってるでしょ？」

湯船に浸かっている時にソープランド嬢が唐突に振ってきた。冷静に見れば、顔立ちにしろスタイルにしろ美肌にしろ相当にハイランクな二十代後半の女だったが、放蕩《ほうとう》に明け暮れた三日間ですっかり疲弊していた岩館の心身を疼かせはしなかった。むしろ、ざっくばらんな態度が癪《しゃく》に障るほどだった。

「はあ？　いきなりなんだ？」

「あたし、運命の流れが見えちゃうのよ」

「俺は運命なんて信じないね」

「じゃあ、ちょっとした座興のつもりで聞いてもらえればいい」

「おう、聞いてやろうじゃないか」

「今のままだとひどい災厄に見舞われる」

「おいおい」

「心当たりはあるみたいね」

「まあ、そう言われれば……どうすりゃいいんだ？」

「頭を切り替えなきゃ」

「……つまり？」

「古い水を捨ててしまわなければ、新鮮な水は注がれない」

「けっ。そういう格言の類いが俺は嫌いなんだよ」

「しょうがないじゃない、そんなふうにでも言わないことには。あたしはあなたがどんなことをやっているのか、具体的にはなにひとつ知らないんだから」

「クソ生意気な女だ」

「よくそう言われる」

「よくそんなんでこの商売ができるな」

「それもよく言われる」

「ちっ」

「ねえ、悪いことは言わない。気をつけて。とくに……」

「とくに、なんだ？」

「これから三日間」

「三日間？」

「ええ、明日からの三日間が、あなたにとって人生最悪の時になるかもしれない」

「まじかよ？」

「だから気をつけて。過去に拘っちゃダメ。未来に意識を集中するの」

「……」

「わかった？」

「おまえはいったい……こらっ、何しやがる！」

「何しやがるって、コレがうずうずするからここに来たんでしょ？」

「おい、やめろ！　はなせ！」

安井繁春と遠くない将来での再会を誓って別れ、夜更けにホテルの部屋に戻った岩館は、一度は消え去ったと思っていた塞ぎの虫が、再び自分の元に舞い戻ってきていて、今度はよりいっそう心の深部を蝕《むしば》んでいるのを感じ取らずにはいられなかった。

翌日の昼過ぎ、岩館はJR札幌駅から新千歳《しんちとせ》空港行きの快速電車に乗り込んだ。窓側のシートに腰を深く沈めると、クールミントガムを噛みつつプラットフォームを行き交う人々を眺めるともなしに眺め、ほどなく鳴りはじめた発車のベルを耳に入れながら、ぼんやりと考えていた。この憂鬱を退治するには久々のシャブで、一度はやめると決めたシャブで、景気をつけるほかに手はあるまい、今夜豊島にあったら何よりもその話から切り出そう。

快速電車が動き出してまもなく、岩館は頓狂《とんきょう》な叫び声とともに座席から飛び上がった。

「あっひゃあ〜！」

たった今、隣のプラットフォームに停車していた電車の窓に見えていた男の顔が、ぼんや

り考え事をしていた岩館の網膜でも像を結んでいた男の顔が、ここしばらく自分が捜しまわっていた当人のものだと、数秒遅れで気づいたのだった。

ほかの乗客の驚き呆れる視線を尻目に岩館はさらに叫んだ。

「止めてくれ〜！　電車を止めてくれ〜！」

きみがぼくを無視すればするほど、ぼくはきみに近づいてゆく

――モリッシー

『The More You Ignore Me, The Closer I Get』

7

「あの……大丈夫？」

「……す、すみません」

久保田輝之の乗った稚内行き特急列車「サロベツ」が札幌を発《た》って五分と経たないうちに、隣席に座る、二十歳になるかならないかの女の子がすすり泣きを始めたのだった。どうせ恋人と喧嘩したとか親に素行を咎められたとかその程度のことだろう。輝之はそう思って、素知らぬ振りをして窓の外の景色を眺め続けた。しかし、女の子はいっこうに泣き止まず、それどころか嗚咽《おえつ》はいっそう激しくなっていくようで、席を移ることも考えたがぱっと見渡したところ座席はほぼ埋まっており、しまいには周囲の乗客もこちらをちらちらと窺うようになり、肘が触れそうなほどの至近距離にいながら知らんぷりを続けることに輝之自身が耐えられなくなったのだった。

何かあったの？と口から出かかったのを飲み込み、輝之はポケットティッシュを差し出し

た。「よかったら、これ使って」

女の子はこっくりと頷いてそれを受け取ると、しゃくり上げの隙間から言葉を絞り出した。

「ほんと……すみません」

人目もはばからずに泣き続ける理由を考えないわけではなかったが、声をかけたことでひとまず胸のつっかえが取れた輝之は、札幌駅構内の売店で買ったカツサンドをすっかりぬるくなったペットボトルのカフェオレで流し込みつつ（女の子のすすり泣きは依然として聞こえてきたものの）再び窓の外の流れゆく風景を眺めて過ごした。

三月も半ばだというのに北海道の中央部は雪が深く、函館ではほんのり感じられた春の到来は（今にも雪が降り出しそうな曇天《どんてん》だったせいもあるが）車窓から見る限りどこにも見受けられなかった。というか、函館の真冬以上に厳しい冬がいまだ大地にあまねく根を下ろしているようだった。途中停車駅のプラットフォームに見かけた人々の装いはまったくの冬仕様で、マフラーやフードや帽子になかば隠れた表情も寒さに強ばっており、仲間とふざけ合っている中高校生を含めても、誰もが本当は冬眠するのを望んでいるかのように見えた。

たしか二月中旬のこと、ニュース番組で東京の羽根木《はねぎ》公園で梅の花が咲き始めたのを報じた後に、女子アナと天気予報士が「春の足音が聞こえてきましたね」「気持ちがソワソワしてきますよね」などと屈託なく言い合っているのを見て、麻子が「まるで別世界」と苦笑しながら呟いていたのを思い出した。そのニュースに限らず、東京基準での天気や気温に関するトピックから完全に外れた辺地で暮らしていることを、函館で過ごした一冬のあいだに切

々と感じたものだが、その函館でさえ雪が少なく温暖に感じられる酷寒の大地を列車は走り抜けているのだった。

旭川を過ぎたころには隣席のすすり泣きは聞こえなくなった。延々とつづく雪景色にも飽きた輝之は読みかけの文庫本を開いて虚構の世界に沈み込んでいった。自分が何者かを忘れていられる虚構の世界に。字面を追っていきさえすればおのずと次の展開が開けていく虚構の世界に。

函館で暮らした半年近くのあいだに読書の習慣を取り戻していたのだった。劇団員時代はまわりの影響もあって小説や戯曲や随筆——つまるところ、文芸作品を常に読んでいたものだったが、結婚して定職に就いてからというもの新聞やネット以外に読むものといえば「仕事の効率が上がる七つの法則」だの「良いことを考えると良いことが起きる！」だの「出社するのが楽しくなる経済学」だのといった、少々の即効力はあるような気がするものの根本から人生を豊かにするわけではない、所謂《いわゆる》ビジネス本や自己啓発本ばかりで、本来の読書からはすっかり遠ざかってしまっていた。

「あの……さっきはありがとうございました」

輝之が文庫本から顔を上げたすきに、ようやく落ち着きを取り戻したらしい女の子が話しかけてきた。特急列車は少し前に名寄《なよろ》を出たところで、いつのまにか座席は半分ほど空き、窓の外では雪が降りだしていた。

「いえ、ぜんぜん」

輝之はそう答えて再びアル中の探偵が奮闘する世界に目を落としたのだが、女の子は続けた。

「じつは……カレと連絡が取れなくて」

そんなふうに打ち明けられると輝之も顔を上げざるをえなかった。女の子のまぶたがピンク色に腫れ上がっている。

「ほんとはすぐにでも捜しに行きたいんです。でも、飛行機も新幹線も止まってるし、今は信じて待つべきだって友達にも言われて……あ、話が見えませんよね、すみません」

「もしかして……地震？」

「ええ、わたしのカレ、石巻《いしのまき》の出身なんです。札幌の大学に通ってて、先週から実家に帰省してて……そうしたら……」

「ああ、なるほど。それは……お気の毒に」

「お気の毒……やっぱりそういうことですよね、カレとはもう会えないってことですよね――」

「あ、いや、そういうことを言いたかったんじゃないんだ」輝之は慌てて言い直した。「カレとはきっと会えるよ」

女の子の目が再びみるみると潤んでくるのを輝之は為す術なく見つめた。

「……いけない」涙が溢れる寸前で自分に言い聞かせるように言って女の子はかぶりを振った。「悪いほうにばかり考えが行っちゃうんです」

「気持ちはわかるよ。けど……」

輝之が言葉を継げないでいると女の子はいくぶん声音を変えて自分も札幌の看護学校に通っているのだと言った。学生寮に住んでいるのだが、寮の友達の多くは春休みでそれぞれの地元に戻っていて、一人で部屋にいると気がおかしくなりそうだし、前日は無理にバイトに行ってミスを連発してしまったので、しばらく稚内の実家で過ごすことにしたのだと。

「どちらまで行くんですか？」

「きみと同じ」

「稚内の人じゃないですよね？」

「東京です」

輝之はそうこたえて、今度こそ会話を打ち切る意志を持って文庫本に目を落とし、しばらくは読書に没頭した。しかし、いったんトイレに立って戻ってくると、女の子が再び話しかけてきた。

「黙っているとまた泣いちゃいそうです。おしゃべりしてもらってもいいですか？　迷惑ですか？」

窓の外ではいつしか雪が激しさを増していた。

「いや……そういうわけじゃ」

そうして稚内に着くまでの残り一時間半のあいだ、女の子は輝之を相手に身の上話を繰り広げたのだった。輝之は小娘の身の上話など聞きたい心境ではなかったのだが、また泣き出

されても厄介なので、おざなりな相づちを打ちながら聞き流した。

「ところで、稚内には仕事で？」列車が豊富《とよとみ》駅を過ぎたところで、女の子は尋ねた。

「いや、そうじゃないんだ」

「じゃあ……旅行？」

「うん、まあ、そんなところ」

「こんな時期に稚内へ旅行だなんて……」

「流氷は見られないのかな」

「流氷？　だったら網走《あばしり》のほうに行かなくちゃ」

「そっか。ぼくはてっきり――」

「昔は稚内にも接岸してたみたいですけど……ウチの親が小さい頃とかは」

「なるほどね」

「ほんと何もないところです」

「べつに何もなくていいんだ」

「……変わった人なんですね」

「そんなことないと思うけど」

「……ホテルとか決まってるんですか？」

「着いてから探すよ」

「……じゃあ、よかったら……ウチにきませんか？」

「え？……きみのウチ？」

「ええ。ウチ、民宿をやってるんです。もっとも、冬は観光客がいないから、もっぱら居酒屋営業なんですけど……お母さんもきっと喜ぶ」

「……ていうか、そんな簡単にぼくなんかを招いていいの？」

「どういう意味ですか？」

「だって、ほら、ぼくがどんな人間かわからないじゃないか」

「どんな人間って……テロリストとかそういうことですか？」

「そう、体じゅうにダイナマイトを巻き付けているかもしれない」

輝之がそう言うと女の子はその五時間半の列車の旅ではじめて頬をゆるめた。

「来てくれますよね？」

何か不都合なことがあるだろうか。何も不都合なことなんかないだろう。むしろラッキーなんじゃないか。そんなふうに考えてから「じゃあ、お言葉に甘えて」と同意すると女の子はにっこり笑って「わたし、中西留美《なかにしるみ》といいます」と言った。輝之も「小林です」と苗字だけを名乗った。

午後六時すぎ。兄妹にもカップルにももちろん親子にも見えない二人が稚内駅に降り立った時にはほとんど吹雪になっていた。女の子は「ひどい天気」とため息まじりに漏らしたが、その「ひどい天気」こそが最果てまでやって来たのだという輝之の気分をほのかに昂らせていた。

「止めてくれ～！　電車を止めてくれ～！」

岩館琢也は座席から飛び上がって声の限りに叫んだものの、一度動き出した新千歳空港行きの快速電車は一人の乗客が騒ぎ立てたところで止まるはずもなかった。

最初の停車駅である新札幌駅で飛び降り、すぐに札幌方面行きの電車に乗り換えたが、再び札幌駅に戻った時には、くだんの列車はとっくに札幌を発った後だった。それが稚内行きの特急列車「サロベツ」であったことは駅員に尋ねてまもなく判明したが、次の稚内行きはなんと五時間近くも後だった。

岩館は改札を出て駅ビルの書店で『るるぶ』の北海道版と『道内時刻表』を買い、最初に目についたカフェに入った。そしてクール・ライトを吸いつつカプチーノを啜りながら『るるぶ』の折り込み付録である地図と時刻表を開き、考えを巡らせた。考えがおおむねまとまったところで豊島光夫に電話を入れた。手短に事情を話して今夜の打ち合わせを延期してくれるように頼むと相方は舌打ちしてから言った。

「おいおい、たいがいにしろよ。あきらめが肝心だ」

「おまえに言われたかないね。ミャンマーではいくら俺が切り上げるべきだって言っても――」

「それとこれは別の話だ。つーか、フォーム越しに見かけただけなんだろ？　人違いかも

「──」

「絶対に間違いない」

「じゃあ、間違いないとしてだ、その久保田とやらが稚内まで行くとは限らないだろ？　途中下車ってこともじゅうぶんにありえる」

「いいや、稚内だ。途中の僻地に用事があるとは思えない」

「稚内に用事があるとも思えないが」

「やつは逃亡者なんだ。最果てまで行ってみたいはずだ」

「逃亡者……ねえ。なんだか大げさな気がするが。だいいち、逃亡者イコール最果てってどういう論理なんだ？　最果てってのは行き止まりってことでもあるんだぞ」

「俺にはわかるんだ、やつの心境が」

「つーか、おまえ、そいつに会ったことないんだろうが」

「会ったことはないが、わかるんだ。だいたい、札幌みたいな大都市でニアミスすること自体、奇跡じゃないか。久々にツキがまわってきたってことだ」

「はい、はい、わかったよ、そいつは稚内まで行くよ。それで？　稚内でどうやって捜すんだ？」

「さっき調べたら、稚内の人口は三万九千。そんな小さな市《まち》の、こんなオフシーズンによそ者が紛れ込んだら目立つだろう」

「なるほど、そいつは背中に〝よそ者〟って書いたゼッケンを着けてるってわけか」

「なあ、豊島。真面目な話、もしおまえが稚内に行ったら何をする？　次に何処に行く？」

「さあね。……カニだかホタテだかをたらふく食ってからサハリンにでも渡るか」

「サハリンってのはいかにもおまえらしいが、あいにく、サハリン行きのフェリーは夏の間しか運行していない」

「いいからおまえの考えを言えよ」

「稚内まで行ったら次は宗谷岬《そうや》だろ。日本最北端の」

「そこで〝バカヤロー〟とか叫ぶんだよな」

「あるいは来し方を振り返って——」

「つーか、おい、今思いついたんだが、飛行機はないのかよ？　札幌から飛んでるだろ？　飛行機なら先回りできるじゃねえか」

岩館ははっとして時刻表をめくった。日に二便だけだったが新千歳から稚内への航空便があった。午後の便は十五時四十分新千歳発十六時三十五分稚内着。これなら先回りして列車が到着するのを待つことができる。

「おまえみたいなキレる男が相方でよかったよ。飛行機のことは考えもしなかった」

「おまえみたいな抜け作にキレる男って言われたところで——」

「黙りやがれ」

「まあ、とにかく、たいがいにしとけよ。しょせん、はした金だろ」

「いや、もはや金だけの問題じゃない」

「は？　金以外に何がある？」

「言ったところでキレる男にはわからないさ」

「けっ。抜け作めが」

電話を切るとすぐに航空会社に電話を入れた。応答した女子職員はしかし、自動音声サービスかと思わせる抑揚のない口調で、本日の稚内行きは現地の悪天候のために欠航となりました、と告げた。ちっ。岩館は舌打ちした。ったく、豊島らしい。思いつきはいい。しかし、ツキがない。どのみち、飛行機が飛ばないんなら、列車で行くしかあるまい。待ってろ久保田。最果ての地で会おうじゃないか。そう胸の内でつぶやくと岩館は「スーパー宗谷3号」の発車時刻まで時間をつぶすために、今朝札幌駅に向かう途中で見かけたサウナへタクシーで向かった――そこがその日の朝まで久保田輝之の泊まっていたサウナ（兼カプセルホテル）だとはつゆ知らずに。

午後十一時、岩館が稚内駅に降り立った時には、雪は小降りになっていた。

駅前は予想以上に閑散としていた。ロータリーには客を拾い損ねたタクシーが数台。だだっ広い駅前通りには往来する車はほとんどない。まさに最果ての市《まち》。ガラスが多用された真新しいJR駅舎がかえって悲しげに感じられる。そして凄まじく寒い――心も凍るほどに。スマートフォンのアプリで調べると零下五度。岩館は思わず知らず口走った。こんな極寒の僻地に俺を導きやがって。

閉店間際の大衆食堂で蟹ラーメンと焼き餃子をかき込むと、間近のビジネスホテルに駆け込み、駅舎の出入り口とバスロータリーが見下ろせる部屋を求め、そこに（ツインルームだったがシングル料金にするよう強引に掛け合い）チェックインした。その際にホテルスタッフから宗谷岬にまつわるいくつかの情報を聞き出した。宗谷岬まではバスで一時間ほどかかること、食堂やレストランの類いは冬の間は休業していること、おみやげ屋が一軒あるはずだが平日は閉まっているかもしれないこと、タクシーを使うと今の時期は冬期割増だから一万円以上はかかること。岩館は運転免許が取り消されたことをまたしても悔やんだ。レンタカーを借りて現地に赴き暖かな車内で久保田が現れるのを待つ、という策が取れないことを。

部屋に入って荷解きすると、フロントで借りてきたノートパソコンを起動させて「稚内観光協会」のサイトにアクセスした。そこに掲載されていた全二十一軒のホテルに片っ端から電話し、「警視庁捜査一課の鈴木」と騙《かた》って、久保田という名の男性客がいるかどうか、さらに、その日にチェックインした男の単身客がどれだけいるかを聞き出した。久保田という名前の客は皆無だったが、十二軒のホテルに二十七人の単身男性客がいた。どうやら偽名を使っているらしいがその二十七人に久保田輝之が含まれているはずだ、と岩館は確信した。想定していたよりはホテルの軒数も人数も多いが、確率としては悪くない、少なくとも函館や札幌に比べたら雲泥の差だ。しかし、一軒一軒あたるより駅前で網を張っていたほうが得策だろう。サイトには旅館や民宿も掲載されていたが、稚内は温泉地ではないのだからホテルが満室でもない限り小規模の旅館や民宿に泊まることはないと判断し、（ちょうど浴槽に湯

が溜まったところでもあったので）その日の捜索を打ち切って風呂に浸かった。入浴で体が温まると、緊張はほぐれ、高揚は鎮まり、ベッドに体を横たえるやあっという間に眠りに落ちた。

翌朝は五時半に目を覚ました。夜のうちに雪は止んだようだった。早朝の薄明かりの中で降り積もった雪が青白く光っている。電気ポットでお湯を沸かしつつ、窓から駅舎の出入口とバスロータリーを見下ろした。そろそろ宗谷岬経由浜頓別《はまとんべつ》行きの始発バスが出る時刻だった。その半時間後には名寄行きの始発列車、さらにその四十分後には札幌行きの特急列車が出る。久保田輝之はバスに乗って――タクシーを使う可能性もないことはないが――宗谷岬に行くはずだと確信していたが、一方で、再び列車に乗って稚内を去ることも想定しておかなければならないと思っていた。いずれにせよ、飛行機で札幌ないし東京へ飛ぶか、あるいはフェリーで利尻《りしり》島ないし礼文《れぶん》島へ渡らない限り、稚内駅に現れるはずだったし、飛行機やフェリーを使ってそれらの場所へ向かう可能性は（岩館が考えるに）極めて低いのだった。

久保田らしき男は現れなかった。そりゃそうだろ。岩館は思った。このクソ寒い中、午前五時台の始発バスに乗って宗谷岬に行くバカがどこにいる？

午前八時になると、通りを挟んで駅前ロータリーや駅舎と向かいあう昭和風の喫茶店――見張るにはベストなポジションだと昨夜のうちに目星を付けていた――が開店したので、そこに入って窓側の席に座り、給仕と調理を兼ねているらしい五十がらみの女主人にモーニングセットを注文した。厚切りトーストに固ゆで卵にごまドレッシングのかかりすぎたグリー

ンサラダ、それに薄すぎるコーヒー。それらを食しながらも岩館は窓の外に目を凝らし続けた。宗谷岬へ向かう二本目のバスは午前八時半すぎの出発だったが、今度もそれらしき男は現れなかった。まだ早い、と岩館は思った。俺は旅先で朝の八時なんかにホテルを出たことなどない。今朝を除いては。

三本目の列車は午前十時すぎ、そこにも現れず。

三本目のバスは十一時半発だった。岩館は四杯目のコーヒーをすすりながら、ロータリーに目を凝らした——これまで以上に注意深く。なぜなら、もし自分ならこのバスを使って宗谷岬に向かうだろうから。

しかし、久保田は姿を見せない。にわかに岩館は焦りと不安とを感じた。見逃したのかもしれない。トイレで排尿している隙に。顔を洗っている隙に。ホテルを出て喫茶店までやってくる隙に。喫茶店のトイレで排便した隙に。喫茶店のテレビから流れ続ける震災のニュースにふと見入った隙に。そんな、せいぜい二、三分の隙に久保田は駅にやってきてタクシーに乗り込んだのかもしれない。あるいは……駅なんかに来ず、港に行ってフェリーに乗り込み、利尻島だか礼文島だかに渡ったのかもしれない。男の単身客が泊まっているという十二軒のホテルをしらみつぶしにあたるほうが得策だったのか？……いや、そもそも、俺の勘が外れていたのか？……途中下車だったのか？……つーか、札幌駅で俺の目に映ったのはひょっとして幻影だったのか？……そういえば、あの時俺はシャブのことに心を奪われていなかったか。こめかみがキリキリするほどにシャブを欲していなかったか。やはり……あのソー

プ嬢の言うとおりに……。

この三か月ですっかりなじみとなった思考の悪循環にともなって気持ちと視界が陰り始めてまもなく、発車したバスがロータリーを周回して駅前通りに出、喫茶店の前を通り過ぎて行った。

バスの重たげな動きに釣られるように岩館は空になったコーヒーカップを手にしたまま椅子から立ち上がり、カウンターの中に座ってテレビに見入っていた女主人に向かって叫んだ。

「お勘定！」

最前列に男の顔が見えたのだった。間違いない。幻影じゃない。久保田輝之だ。ビッチの間抜けな旦那だ。いつのまにバスに乗り込んだんだ？　俺としたことが見落としていたのか？

ちんたらと電卓を打つ女主人にしびれを切らすと、岩館は財布から千円札を三枚取り出してカウンターに投げ置き、「釣りは……後で」と告げながら店を出た。そうして、赤信号を無視して道路を渡り、雪に足を滑らせながらもタクシー乗り場へ走ると、居眠りしかけていたらしい、ハゲが後頭部にまでおよんだ運転手に指示した。「今出てったバスを追いかけてくれ。絶対に逃すなよ。俺の命運がかかってるんだ」

そして、どんな希望が人間に許されるのでしょうか？
――シモーヌ・ボーヴォワール『人間について』

8

晩冬の空は晴れ渡っていた。

青銅色の海は厳めしくも美しかった。

しかし、寒さと風は凄まじかった。

わざわざこんなところまでやってきたのは自分が壊れはじめている証拠かもしれないと疑ってみたくなるほどに。

どうしておれはこんなところに？

久保田輝之は日本最北端の宗谷岬を見下ろす宗谷丘陵の端にひとり立ちすくんでいた。宗谷岬を分かれ目に右側がオホーツク海、左側が日本海ということになるのだろうか。そして、宗谷海峡を挟んで正面におぼろげに見えるのがサハリンの島影だろう。輝之はふと想像してみないではいられなかった。あの島に住み着いて、あの島の言葉をしゃべって、まったく別の――巨大な罪悪感と悔恨とに押しつぶされることのない、あるいは自分の正体がいずれ露見するのではないかという恐怖に怯えることのない、そしてさらに、ウイルスのような孤独

感に体じゅうを食い荒らされることのない——人生を送っている、ありえたかもしれないもうひとりの自分のことを。ここにやって来るまではロシアのことなどまったく考えもしなかったのに。もっとも、現実的にはサハリンへのフェリーが出ているのは夏の間だけらしかったし、たとえ通年でフェリーが出ていたとしても、肝心のパスポートがないのだったが。本籍地である東京に戻らずにパスポートを手に入れることは可能なのだろうか？　運転免許証すら捨ててしまったというのに？……いや、そもそも、ロシア語などただの一言もしゃべれない、「こんにちは」や「ありがとう」すら言えない。たとえ片言のロシア語が話せたにしても、そこから先はさっぱり見通せない。ようするに、ロシアへ渡るなんて、滑稽極まりない空想だということ。しかしながらあそこに、と輝之の想像は意思とは裏腹になおも膨らんでしまうのだった。あそこに見えるのがロシアではなくアメリカだったら、単なる空想では終わらなかったかもしれない。なんとか渡航できるように方策を練ってみたかもしれない。だってアメリカは……いくら腐ってもアメリカなのだから。もしあの島がアメリカ合衆国の一部だったなら、稚内のまちは寒冷地なりにもっと華やいでいただろうし、渡航のためのさまざまな便宜をはかるシステムだって構築されていたことだろう。おそらくは非合法なものも含めて。

事実も願望もいっしょくたになった輝之のそんな想像はやがて、ある身近な現実へと連結していった。すなわち、父親の葬儀以来、ながらく音信不通になっている妹のことへと。高校を卒業してまもなくニューヨークに渡ってそのまま彼の地に住み着くことになった妹のこ

とへと。香織《かおり》は元気にやっているのだろうか。ちゃんと暮らしは立っているのだろうか。あのザックとかいう髭もじゃの造形アーティストと今も生活しているのだろうか。日々の忙しさと煩いの中で連絡を取りそびれて……もう三年か。自分も自分ならあいつもあいつだ。どういうことなんだ？　いや、ひょっとして、去年のクリスマスか今年の正月にでも久しぶりに帰国して連絡をくれたのかもしれない。携帯もメールも繋がらない兄をどう思っただろう……というか、とっくに日本からあいつの元に連絡がいってるか。紗子《さえこ》さんから――。

「ミハエル」

風と波の音に混じって背後から男の声が聞こえた……ような気がした。ん？ミハエル？　空耳？　輝之は目をサハリンに向けたまま耳を澄ました。

「ミハエルだろう？」

今度ははっきりとそう聞こえた。ミハエル？　誰それ？　輝之は左右をすばやく確認してから後ろを振り返った。目の形がかろうじてわかる濃さのサングラスをかけた三十なかばとおぼしき男が、輝之から三メートルほどの距離を置いて立っていた。チャコールグレイのロングコートに、シルバーグレイのストライプが入った黒のスラックス、アッシュグレイのマフラー、黒の革手袋、黒のブーツ。背は高くも低くもなく――輝之よりは数センチ低いだろう。しかし、筋骨たくましいのはその立ち姿からも容易に想像できた。

「いいえ……ちがいますけど」

なんだこの男？びっくりするじゃないか。そう思いながら輝之はこたえた。無意識のうち

に腰に巻いてあるウエストバッグをダウンジャケットの上から右手で押さえていた。今一度確かめるまでもなく周囲には自分とこの男以外には誰もいない。男の背後に見えるのは、強風によってところどころ地吹雪が起こっている白い丘陵と、地平線近くに林立する風力発電用の白い風車だ。

「そりゃそうだ」そう言って相手の男は、はっはっは、と少なからず芝居がかった笑い声を上げた。「ミハエルなわけがない。でも、あんたは振り返った」

「いや、だって、そりゃ——」

「あんたと俺以外に誰もいないんだからな」

輝之は訝しみながら頷いた。あんた、とはずいぶんな物言いじゃないか。……ん？もしや？

「こんなところで誰かを呼ぶ声が聞こえたら振り返らない人間はいない。ミハエルだろうがノブナガだろうが。もしあんたが振り返らないとしたら、久保田さんって呼ばれた時だけだろう」

心臓の鼓動が一気に速まり、輝之は後ずさりした。返す言葉がないどころか息をするのもままならない。そんな輝之の慌てぶりを面白がるかのように、男は薄笑いを浮かべて先を続けた。

「ともあれ、やっと会えたんだ、じっくり話をしようじゃないか、久保田輝之さん」

「……あ、いや——」

「それにしても寒くてたまったもんじゃない。今日の予想最高気温は零度だそうだ。東京じゃそろそろ桜の季節だってのにな。おかげさまで貴重な体験をさせてもらってるよ」

輝之は舌の上にたまった唾を飲み込むと、相手の男をその時の精神状態で許される限り注意深く観察した。面長な輪郭とでっぱり気味の広い額、それに、あえていったん刈り込んでから伸ばしたような髪型は、輝之が小学生の頃にテレビドラマでヤクザを演じていた、そしてその後どんどんマッチョになっていったフォークシンガーを連想させた。……この男が美佐恵の。この男が麻子さんの店にも。しかし、どうしてこんな最果ての地にまでおれを追いかけてくるんだ？ というか、そもそも、おれがここに来ていることをいったいどうやって知ったんだ？

「歩いて三分ほど行ったところの食堂がこの時期も営業してるそうだ」男は言った。「タクシーの運ちゃんの話だと海鮮どんぶりが絶品らしい。ものの弾みだ、俺がおごるよ」

「話が……話が、あるならここでしてほしい」輝之は喉から言葉を絞り出すように言った。舐められてはいけない。上手《うわて》に出なければ。そう思った。猫だって池に放り投げられたら泳ぐんじゃなかったか。「あいにく腹は減ってないんだ。それに、まずは名乗るのが礼儀じゃないか」

男は唇を歪めた——相手の変化にいささか面食らったかのように。サングラスのせいで相手の目は見えにくかったが、それでもじっと見据えられていることは輝之にもわかった。

「なるほどね。それは失礼した」男はそう言って輝之に歩み寄り、すっと右手を差し出した。

「岩館だ、岩館琢也」

　輝之は革手袋をはめた右手にちらりと目をやったが、それに応えるには自分も一歩か二歩前に進み出る必要があった。そこまでして――いや、たとえ腕を三十センチ動かすだけだとしても、この男と握手を交わす必要がどこにある？

「まあ、今さら、ごまかしても仕方がない」男――岩館も輝之の心中を察したのだろう、なかば自分自身に言い聞かせるように言って右手を元に戻し、やおらに告げた。「あんたの奥さんのことはよく知っている」

　よく知っている、か。いろんな言い方があるものだ。輝之はそう思ったが口には出さなかった。それで？

「ここでしか話せないというなら、単刀直入に言おう。久保田さん、せっかくだが、あんたに用があるわけじゃないんだ。俺が会って話さなきゃならないのはあんたの奥さんだ。久保田美佐恵だ」輝之が黙っていると岩館はさらに続けた。「彼女の居場所を知らせてくれれば、それで用件は終わりだ。今後二度とあんたに会うことはないだろう。ここであんたに会ったことも他言するつもりはない。俺の言ってる意味、わかるよな？」

「残念だけど」輝之は感情を表さないよう気をつけながら言った。「お役に立てそうにない。美佐恵についてはおたくのほうが知っているんじゃないのか。さっき、よく知っている、と言った」

「ああ、よく知ってるよ、姿を消す前のおよそ一年間についてなら。あんたより知ってるか

どうかは……つーか、久保田さんよ、どう考えてもしゃれた会話を楽しむような環境じゃないぜ。いったい彼女はどうしたんだ？　あるいは」そこで岩館はいったん間を置くと、唇の片端を釣り上げた。「あるいは、彼女をどうしたんだと訊くべきかもしれないが」

岩館は輝之から目を逸らさなかった。輝之も岩館から目を逸らさなかった。すぐ下の国道を大型トラックが走り抜けていった。トラックが去ってしまうと風音と波音以外は聞こえなくなった。足下の新雪が風で舞い上がって白煙のごとく二人を包み込んだ。次に口を開いたのは輝之だった。

「美佐恵はある晩、家に帰ってこなかった。それだけの話だ」

「それで、彼女を捜して旅に出たってことか？　職場とも家族とも連絡を絶って？」

「そういうふうに解釈してくれてかまわない」

「けっ。しらばっくれるのもいいかげんにしてくれ。足の指がしもやけになっちまうぜ」

「しらばっくれてなんか――」

「黙れ！　しゃれた会話は終わりだってさっきも言っただろうが！」

そんな岩館の怒号にしかし、輝之は肩をすくめるという一見鷹揚《おうよう》な動作でこたえた。声を荒らげたところで相手からの回答は引きだせないと判断したのか、数秒の沈黙の後に、岩館は一転して声を低めて言った。「……わかったよ、ちゃんとわけを話そう。こっちの手の内を見せないで、あんたの手の内を見せろってのも、まあ、虫が良すぎるよな」

岩館はもう半歩ぶん輝之に接近した。目がぬらりと光ったのがレンズ越しに見えた。

「どこから話せばいいかな……さっきも言ったように、俺とあんたの奥さんは一年ばかり仲が良かった。当時、俺はちょっとばかりヤバい商売に手を出していた。ちょっとばかりとはいえ、警察に見つかるとエラいことになる商売……ぶっちゃけ、シャブの売買だ。ある日、近く警察のガサ入れがあるという情報を得て、手元にあるブツをそっくり小型のスーツケースに入れてあんたの奥さんに預けた。奥さんが近所にトランクルームだか貸し倉庫だかを借りていて、そこをクロゼット代わりに使っていることを耳にしたことがあったし、その時はそれがベストの方法に思えたんでね。しかし、ブツを預けてからひと月ほど経ったころに奥さんとは突然に連絡が取れなくなった。メールをしても電話をしても応答がない。東大和のアパートを訪ねてみたが、夫婦ともどもしばらく帰った様子はない。ようするに忽然と姿を消したんだ。美佐恵──いや、奥さんはスーツケースの中身がなんなのか重々承知していた。しかし、それをくすねてばっくれるというのは考えにくい。素人が自分でさばけるほど世の中は甘くないし、自分でちまちま使うには量が多すぎる。奥さんがどこにいるにせよ、あるいはすでにどこにもいないにせよ、おそらくブツは、そのトランクルームだか倉庫だかに保管されたままなんだ。ここは強調しておきたいが、俺があんたの奥さんを捜しているのは預けたブツを取り戻したいからであって、奥さんとの関係をどうこうしたいわけじゃない。ブツをなんとしても取り戻したいのはそれがけっこうな大金に相当するものだからだ。無事に取り戻せたなら、情報を提供してくれたあんたにも、いくらかの謝礼を払うつもりだ。……まあ、そうだな、百万ってとこでどうだろう」

そこで岩館は相手に考える時間を与えるかのようにたっぷり間をあけた。澄みきった青空を仰ぎ見、厳めしくも美しい海原を見渡し、果てしない雪の大地に視線を投げかけた。依然として輝之が口を開こうとしないのを見て取ると岩館はいくぶん語気を強めて言った。

「もう一度、繰り返す。俺が、知りたいのはブツの保管場所であり、入手したいのはそこを解錠するキーの類いだ。それさえ手に入れたら、俺はとっとと東京に戻る。そして、ブツを取り戻したら、あんたに謝礼の百万を送る。その後は、あんたがサハリンに渡ってロシアの金髪女とよろしくやろうと、稚内で漁師になってつましく生きようと知ったこっちゃない」

「何度訊かれても答えは同じだ」輝之はようやく口を開いた。「おれは何も知らない。美佐恵がトランクルームを借りていたことも知らなければ、行方も知らない」

「おいおい、いいかげんにしろよ。俺が何のためにここまできたと思ってるんだ？」

「あてが外れたのを人のせいにするのはよしてくれ」

「なあ、久保田さん。もしや、俺をバカだと思ってるな。なんにも知らないバカだと。なんにも考えることのできないバカだと」

「いったい何を知ってるって言うんだ？」

「ああ、わかったよ。そこまで言うなら話してやるよ」そう言うと、岩館は革手袋をはめた右のこぶしを胸の前で左の手のひらに何度か叩きつけた。「あんたたち夫婦が暮らしていたアパートを訪ねたってのはさっきも言ったよな。あんたが勤めていた会社も捜し出して上司や同僚から話を聞いた。それからあんたの実家に電話して母親とも話した。さらに美佐恵の

実家も訪ねた。あんたの車が――マツダのデミオが、青森のディーラーに不法に売られていたこともわかった。その売却の際に、あんたが北海道に渡って人生をやり直すとかなんとか漏らしていたことも。そうして得られた情報を組み合わせていけば、おのずと結論は導かれる。つまり、だ。理由や経緯はともかく、あんたは美佐恵を――」

「うるさい！」輝之は声を荒らげて岩館を遮った。「帰ってくれ！」

「ははん」岩館は輝之の怒号には微塵も動じる様子はなかった。「取り乱したところをみるとやっぱりそうなんだな。いや、ぶっちゃけ、あんたがとった行動はわからないでもない」

「黙れ！あんたに何がわかる！」

「奥さんは元々締まりのいい女じゃなかった。ようするに、やりまんだ。あんなやりまんを女房にしたんじゃご主人もたまったもんじゃないだろうな。おまけにシャブにまで手を出した」

「あんたが……あんたがシャブ浸けにしたんだろう！」

「おいおい、人聞きの悪いことを言うのはやめてもらおうか。欲しがらないやつに俺は与えたりしない。俺がいようといまいと手を出してたさ。遅かれ早かれシャブ中に――」

「ざけんなあ！」

耳をつんざく絶叫で岩館の言葉をかき消しながら輝之は相手に突進した。虚を衝かれた岩館のみぞおち付近に不恰好ではあるものの輝之の捨て身のタックルが入り、双方ともに昨晩降り積った雪の中に倒れこんだ。

「おまえが何もかもをめちゃくちゃに！」そう叫びながら輝之は体を起こしかけた岩館に殴りかかった。最初の右フックは相手の左顎を捉え、その弾みですでに外れかけていたサングラスが傍らへ飛んでいった。「くっそー！」次の左フックは相手の鼻先をかすめただけだった。「糞野郎！」大振りすぎた三発目の右フックを岩館は両手で受け止め、摑んだ輝之の腕をねじり上げた。輝之は右腕をねじり上げられつつ（ふざけんなー）、左手で岩館の脇腹や腕や肩をやみくもに連打したが（くっそー、糞野郎、くっそー）、もはや体勢不十分のために、非力ないじめられっ子が必死で抵抗する程度のパンチにしかならなかった。そうして、輝之がねじり上げられた右腕をなんとか外すべく上半身を傾けたその隙に、岩館の蹴りが輝之の左耳を直撃した。

その蹴りによって形勢は完全に逆転した。岩館が立ち上がり際に放った渾身の右ストレートは、輝之の顔面のど真ん中——鼻頭を強打し、グシャという鈍い音に続いて、鼻血がふき出した。

「おらーっ！　てめえ、舐めんじゃねえぞ！」岩館は叫び、倒れ込んだ輝之の胸や腹や下腹部に、続けざまに鋭い蹴りを浴びせた。「俺をなんだと思ってんだ！　おとなしくしてりゃいい気になりやがって！　おら！　おら！」

「おまえのせいだ！　おまえが何もかもめちゃくちゃにしたんだ！」輝之は蹴りを食らい続けながら叫んだ——途中からはほとんど泣き声になって。「おまえが美佐恵とおれの人生をめちゃくちゃにしたんだ！　おまえさえいなければ！」

「なんとでも言え！　女房殺しのヘタレ男め！」岩館も蹴りを浴びせ続けながら叫んだ。

「ビッチに溺れたヘタレ男め！」

やがて輝之がうめき声しか出さなくなると、岩館は輝之の側頭部にブーツの底を押しつけて体重をかけた。輝之の血みどろの顔がなかば雪の中に埋まる。

息も絶え絶えに悶《もだ》える輝之を見下ろしながら岩館は言った。「てめえを警察に引っ張ってくことだってできるんだ。でもな、繰り返すが、俺が取り戻したいのはブツなんだよ。女房の愛用のバッグはどこにやった？　俺が買ってやったシャネルのショルダーバッグだよ。その中に何かしら入ってるはずなんだ。ええっ！　なんとか言えよ、こら」

岩館は輝之の頭から足を離した。すでに勝負の大勢は決していた——相手を殺す気がない限り。

「……捨てた」輝之はうめいた。

「なんだと？　捨てただと？　どこに？　どこに捨てたんだ？」

「……コンビニ……」

「コンビニ？　コンビニのゴミ箱に捨てたっていうのか？　貴様、なんつうことを——」

そこで、輝之は素早く下半身を回転させ、岩館の足を後ろから払った。

岩館はバランスを崩して再び尻餅をついた。逆に奮然と立ち上がった輝之は岩館の顔面に向かって飛びかかる。それは結果的に必殺のニードロップとなって、相手の眉間をしたたかに打撃した。岩館はそのまま動かなくなった。

輝之は失神した岩館の両足からブーツをもぎ取ると、それを宗谷丘陵の大雪原に放り投げた。そうして大急ぎでその場を離れると、小一時間ほど前に路線バスに乗ってやってきた国道238号線を、血の滴る鼻と脇腹を押さえながら走った。鼻の骨が折れているのは確実だった。おそらくは肋骨にもひびが入っているだろう。鼓膜も破れたに違いない、左耳がくぐもっていた。

十分ほど走ったところで、後方から空車のタクシーが来るのが見えた。なんとしてもそれを捉まえたい一心で、輝之は道を塞ぐようにしてタクシーを止めた。

倒れ込むようにして後部座席に乗り込み、運転手に民宿の名前を告げると、ハゲが後頭部にまでおよんだ運転手は、思わぬ場所で拾った客の悲惨な様子を見てとり、助手席に置いてあったティッシュを箱ごと手渡しながら、先に病院へ行くことを勧めた。

「……それは困る」

「だって、あなた、耳からも血が出てるよ」

「病院へ連れていくくらいなら……」

「……なんです？」

「そのへんの雪の中に埋めてほしい」

「……はあ？　何言ってんだよ、あんた」

「おれなんてほんとは死ぬべきなんだ。生きてる資格なんかないんだ」

運転手はそれにはこたえず、渋々といった体《てい》で車を発進させた。ためらいがちにではあっ

たが、運賃メーターも起動させた。

タクシーは路面の凍結した最北の国道を稚内市街に向けて走り続けた。

しばらくは怪訝かつ困惑した表情を見せながらルームミラーでちらちらと後部座席の様子をうかがうだけだった運転手も、客が血だけではなく涙も流しているのに気づくと、さすがに黙っていられなくなったのだろう、遠慮がちに口を開いた。

「あの……お客さんね。出過ぎたことを言うようだけどさ……死ぬべき人なんてこの世にただのひとりもいないんじゃないかな。生きるってのは資格があるとかないとかじゃないよ」

「しかし……おれは」輝之は吐き捨てるように言った。「何のために生きてるのか、もうさっぱりわからない。どんな希望も持てない」

「何のために、ねえ。希望、ねえ」運転手は緩やかな弧を描く宗谷湾を、これまでもずっとその北の果ての海から人生の知恵を学んできたかのごとく一瞥してから言った。「ただ生きる。それだけでじゅうぶん大変な仕事だよ。もし、あたしらに使命というものがあるんなら、与えられた命をまっとうするってことだけじゃないのかな」

アドレナリンの分泌がおさまるにつれ、いっそう激しくなる全身の痛みに苛まれながら輝之は考えていた。もし自分がこの運転手の立場だったなら、あるいは似たようなことを言ったかもしれない。もし自分たちに使命というものがあるなら、それは与えられた命をまっとうすること——じつにまっとうな考え方だ。けれども、運転手が自分の立場だったなら、そ

んなことを言えただろうか。おそらく言えやしまい。完全に失敗した人生を完全に失敗したとわかりきっていながらなおも生き続ける、それが使命だなんて。そんなむちゃくちゃな使命がいったいどこにある？

人は結局のところ自分の立場からしかものを考えられない。みんなそれぞれに正しく、みんなそれぞれに正しくない。絶対的な真理なんてどこにも存在しないのだ。残念ながら。残念だけど。

そんなことを思いながら輝之も北の果ての海に目を向けていた。

人と人は牛舎の牛のように横に並んで生きている
牛との違いは、ときどき一本の酒を分け合うことがあるくらいだ
――ミシェル・ウエルベック『プラットフォーム』

9

二〇一一年五月の第一土曜日。

客足が戻りつつある仙台市内の大衆居酒屋で、藤野栄治は石巻市の仮設住宅建築現場で知り合った二まわり近く歳の離れた松尾純一《まつおじゅんいち》という名の青年と安酒を酌み交わしていた。

「すっげえなあ……藤野さん」藤野の長い身の上話を聞き終えると、松尾は口を開いた。「只者《ただもの》ではないと最初から思ってましたけど……」

「なんだ、松尾」松尾の声音と顔色に先ほどまでは見られなかった怯えや恐れが含まれていることに気づいて藤野は問いかけた。「おまえ、ビビってんのか？」

「そりゃちょっとは……だって……傷害致死に刑務所だもん」

「誰にも言うなよ」

「言いませんよ。つーか、言えませんって」

「松尾の事情も話せ」

「いやいや、藤野さんの話を聞いた後じゃ、しょぼすぎて」

そう一度は断ったものの、藤野にせき立てられているうちに、松尾も話さないわけにはいかなくなった。

藤野はタバコを吹かしながら耳を傾けた。しかし、そもそもが聞き上手ではなかったし、それがぱっとしない話となるとなおさらだった。

松尾は話しながらも藤野の顔色を窺っていた。そして、さほど楽しんで聞いていないことを察すると、話の後半はできるだけ端折《はしょ》ることにした。

「それでまあ、消費者金融からの借金も膨れ上がって、人生どん詰まりだなあって思ってる時に、この震災があって……」

「人生観が変わった」

「まあ、そういうことになるのかなあ」

「もしくは、渡りに船ってやつか」

「いや、そういう言い方はやっぱ……」あたりを見回しながら松尾は声をいっそう低めて言った。「まずいんじゃないすか」

しかしながら、藤野はかまわず言う。「おれはそうだったね、明らかに」

「藤野さん、正直だなあ……ていうか、危険だなあ」

「あのまま新潟にいたら、また何かしでかしてたかもしれない」

冗談とも本音ともつかない物言いに松尾が固まっていると藤野はテーブル越しに相手の肩

を突いた。

「やめろよ、そういう顔は。さらっと流せ。つーか、おまえの話だ」

「はあ。……おれの場合は、震災があったことで、思い切って環境を変えてみようって思えたんですよね。それに……ずるい言い方かもしれないけど、この仕事って人を助けることにダイレクトに繋がるじゃないですか」

「まあ、そうだよな。それは動機の一つになるよな。……しかし、おまえの歳なら東京でいくらでも仕事があるだろう？　大学だって出てるんだし」

「大学って言ったって専門学校に毛が生えたようなとこですよ……いや、専門学校のほうがよっぽどマシかもしれない。それに……なんつーか、もう、東京にうんざりしてて」

藤野は、なるほど、というように二度三度と頷いた。自分もかつて味わった、あのやるせない感覚をふいに思い出したのだった——東京もしょせん大きなムラ社会に過ぎないことがわかったときの脱力感を。

「どういえばいいんですかね……さっきもちらっと言ったけど、おれ、クリーニング工場でしばらく働いてたじゃないですか。そこを辞めた後、東京という街が巨大なクリーニング工場に思えてきちゃって」

「クリーニング工場、ねえ。まあ、わからないでもないが。しかし、離れてみると、やっぱ東京がいちばんって気がするな。はみ出し者にもどうにか居場所がある」

「そうっすね、離れてみるとたしかにそう思いますね。今日だって、仙台に出て来ただけで、

なんかアガってますもん。やっぱ都会はいいなあって。きれいな女の子も多いし」

「なあ。そうだよなあ。……おまえ、まだ飲めるよな？」

「もちろんっす」

藤野はそばを通りかかった学生バイト風の女子店員を呼び止めると、宮城県産の純米酒を二合とタコわさびと砂肝を追加で頼み、用を足すべく席を立った。

トイレの壁には「がんばろう、東北。いまこそ、絆を」というキャッチフレーズが前面に打ち出されたビール会社提供のポスターが貼ってあった。藤野は苦笑いをもらした。なぜなら「がんばる」という動詞や「絆」という名詞は、藤野の頭の中ではどうしてもムラ社会的なものに繋がってしまうからだった。かつては心の底から忌み嫌い、忌み嫌うほどではなくなった今もできるだけ近寄りたくはないムラ社会に。

「意外だったんですけど」藤野が席に戻ると松尾は言った。「現場の雰囲気ってわりと明るいですよね。もっと重苦しい雰囲気を想像してたんですけど。建築現場ってどこもこうなんすか？」

「とんでもない」藤野は新しい酒に口をつけると言った。「新潟の道路工事現場で働いていたときなんか、みんなジメジメしてるわ、ピリピリしてるわ。じっさいの仕事のきつさ以上にそんな現場のムードがおれにはこたえたね」

「そういう感じはないですよね、今のところ」

「まあ、この仕事のそもそもの出発点が悲惨だからなあ……潑剌《はつらつ》とふるまって盛り上げてい

こう、みたいな乗りはあるんじゃねえ？　とくに社員連中に」

「ああ、それ、すごく感じますね」

「それに、さっき松尾が言ったように、全員の中に良いことをしてる、困ってる人のために尽くしてる、みたいな気持ちもあるだろうし。だいいち、周囲の目もなにげにあたたかいじゃないか。こういう仕事ってふつうは見下されるだろ。土方ってのは差別語じゃなかったか？」

「差別語かどうかは知りませんけど、藤野さんの言ってることはわかります。つーか、自分だってそういう感覚を持ってましたもん」

「まあ、そのうち変わってくるだろうけどな。新鮮味とか緊張感ってのはいずれなくなるから。松尾がいつまでここにいるのか知らないが」

「仕事があるうちはいるつもりです。藤野さんは？」

「おれは……おまえと違って、よそに行っても仕事はないからな」

「やっぱ……そういう……じつはわけありって人が多いんすかね？」

「そうなんじゃねえの？　多かれ少なかれ食い詰めて東北に集まって来てるんじゃねえの？　復興に尽力しようっていう健気なやつもいるだろうけど、そういう連中はふつうヴォランティア団体とかに参加するわけだし」

「おれ、気になってるんですけど……このあいだ、ちょっと毛色の違うやつが入ってきたでしょ？　いっけん真面目そうで……けど、ぜんぜん笑わないやつが」

「ああ……あの、小林とかいうやつのことか」

「そうです、そいつです。あの男、ヤバくないすか？　キレたら何するかわからない、みたいな空気を感じるんすけど、おれ」

「あいつねえ……おれ、見覚えがある気がするんだよなあ」

「マジっすか？　やっぱ……ムショで？」

「最初はそう思ったんだけど……ムショじゃないな」

「じゃあどこで？」

藤野は手短に話した。出所した日の深夜、弟の家に向かうべく新宿発新潟行きの高速バスに乗り込んだこと。しかし、途中で怖気をふるってしまい、無理を言ってパーキングエリアで降車させてもらったこと。そこで気弱な勤め人風の男と出会って、その男に三時間ほどかけて新潟市内の弟の家まで送ってもらったこと。

「そいつがあいつ……小林なんですか？」

「確信はないんだけどな。おれは、ただでさえけっこう酔ってたし……まあ、状況も状況だから平常心にはほど遠かったし……ようするに、記憶があやふやなんだよ」

「名前とか聞かなかったんですか？」

「聞いたはずだけど……覚えてないんだよなあ。小林ではなかった気がするけど……」

「あいつにそのことを言ってみました？」

「言いかけたんだけどよ、しれっとされちゃって。だいたい、あいつ、目を合わせないだ

ろ?」

「そうそう。それでなおさらヤバい印象が増すんですよね。ほとんど無表情だし、飯もいつもひとりで食ってるし。宿舎に戻っても部屋から出てこないでしょ。あんな狭い部屋から」

「話しかけるな、みたいなオーラが出てるよな」

「出てる出てる。なんなんすかね、あれ」

「じつは……そいつが……ていうのは、車で送ってくれたやつのことだけど……別れ際に物騒なことを言ってたんだ」

「物騒なこと?」

松尾の問いかけに藤野はいったん間を置くべく酒を口に含み、タバコに火をつけた。そうして紫煙をゆっくり吐き出しながら言った。「人を殺したって」

「うわ~。本当にやりそうですよ、あの男」

「しかし、その時は、そういう雰囲気はまったくなかったんだよ。顔は似てるんだけど、雰囲気はまるで違う。だから、人違いかもな」

「そっかなあ。なんか、おれ……」

「おまえ、面白がってるだけだろ?」

「ま、それもありますけど……で、その時は、藤野さん、どうしたんです? 人を殺したとか告白されて」

「よくは覚えてないけど、おいおい冗談よせよ、みたいなことを言ったんじゃないかな。つ

ーか、ちょっとムッとしたんだよな。そういう冗談を出所したてのおれに言うっていう神経に」

「冗談じゃなかったら？」

「……でもよ、ふつう、そういうことを初対面の人間に話すか？」

「けど、藤野さんもいろいろと話したんでしょ。さっき、おれに話してくれたみたいに

「聞きたいって言うから話してやったんだ」

「相手は話しやすくなりますよね。話しやすくなるというか、打ち明けたくもなりますよね、藤野さんがそんな話をした後だと」

「まあ……そういうのはあるかもな」

「だいいち、ちょっと変じゃないすか、パーキングエリアでたまたま知り合った男が三時間もかけて送ってくれるなんて。映画じゃないんだから。そいつはどこへ行く途中だったんすか」

「どこへっていうか、海が見たいとかって言ってたな」

「うわ。それも変ですよ。言いますかね、ふつうそんなこと？　アホ学生じゃあるまいし」

「おれも笑ったね」

「……ほかには？」

「うーん……」藤野はおぼろげな記憶を辿った。「まあ、変なところはあったかもな」

松尾はいつしか前のめりになっていた。「例えば？」

「そいつ、手がぶるぶる震えてたんだよな。それで、おれがタバコを勧めて……それをきっかけに話が始まったんだ。あと……ズボンとか靴とかがいやに汚れてた気がするんだよなあ。いや……あやふやな記憶に勝手に上塗りしてんのかなあ」

「おれ、興奮してきました。明日から、あの男をじっくり観察することにします」

「ほどほどにしろよ」藤野はいやに目が輝きだした若者をたしなめた。「放っておいてもらいたいやつだってたくさんいるんだから。おれみたいに自分のことをしゃべったほうが気が楽になるってタイプばかりじゃないんだから」

「いずれにしても、藤野さん、これからも月に一度は仙台に出て来て飲みましょう」

「おう。目の保養にもなるしな」

「ハハハ。ほんとっすね。やっぱ都会はきれいなコが多いんだよなあ」


春が終わり、梅雨が来て、夏になり、夏が過ぎていった。

仮設住宅建築現場で働いていた非熟練労働者の多くは、仮設住宅の建築がおおむね終わると、今度は瓦礫《がれき》撤去を請け負う会社にそのまま雇われた。藤野や松尾もそうだった。二人の話題にのぼった小林という男もそうだった。

藤野はしばらくのあいだ小林の挙動を気にかけていたが、やがて見慣れてくるにつれ、そして自分の殻に閉じこもった小林の態度に慣れてくるにつれ、見覚えがあるというのはやはり自分の勘違いだと思うようになった。いったんそのように判じてしまえば、小林という男

はまったく人畜無害な存在だった。仕事はひたすら真面目にこなしていたし、そのような現場に場慣れしている他の労働者のように面倒な上下関係を築き上げようとすることもなかった。

一方、その数か月のあいだに藤野と松尾はさらに親交を深め、月に二度ほどのペースで（時にはほかの仲間も加え）仙台市の歓楽街に出てきては廉価のキャバクラやスナックに行き、大衆居酒屋で安酒を酌み交わした。

そうして秋の気配が色濃くなり始めた九月半ばの週末、いつものごとく終業後に二人は仙台に出てきて、すっかり行きつけとなった大衆居酒屋のカウンター席に座っていた。

「いやあ、今日のキャバクラは良かったっすねえ」

「おう。あたりだったよな」

「最初の女の子が言ってたけど、このごろはめっちゃ景気がいいらしいっすよ」

「ああ、おれについた女も言ってたよ。まあ、よく考えりゃ、さもありなんだよな」

「そうっすよね。おれたちみたいな土木作業員も、報道関係の人も、ヴォランティアの人も、たいていは仙台付近を拠点にしてるんですからね」

「しかも野郎が多いからな。野郎が集まって酒を飲むとなれば――」

「そりゃキャバクラとかに行きますよね。……それはそうと、藤野さん、ほんとに今月いっぱいでやめちゃうんすか」

「ああ、もう話はついてる」

「それで、福島に？」

「向こうのほうが金がいいからな」

「けど、放射能とか……そのへんは怖くないんですか？」

「そりゃ、怖くないって言ったら嘘になるけどな。でも、誰かがやんなきゃいけない仕事だろ」

「まあ、そうなんでしょうけど……それにしても」

「いつも言ってるけど、おれはおまえとちがって、仕事を選べるような身分じゃないんだよ。歳も歳だし……わかるだろ。老後のことを考えると、少しでも実入りのいい仕事に就きたいんだ」

「そっかあ。めっちゃさみしいです、藤野さんがいなくなると」

「よく言うよ」

「いや、ほんとですって。石巻に来ていろんな人と知り合いになったけど、いっしょにいて心から楽しめたのは藤野さんだけですから」

「嬉しいこと言ってくれるねえ、松尾」

「藤野さんがいなくなって……あの男と組まされることになったらって考えるだけで、憂鬱になりますよ」

「あの男ってのは……小林のことか？」

「ほかに誰がいます？」

「山崎《やまざき》とか黒沢《くろさわ》とか」

「まあ、あの人たちも苦手だけど……小林に比べれば」

「なら、大丈夫だ」

「大丈夫って？」

「小林はもういなくなった」

「いなくなった？　マジで？」

「ここ二三日、見てないだろ？」

「そう言われてみれば……まあ、いても最近は幽霊みたいだったけど。いなくなったっていうのは、つまり……」

「消えた」

「消えた？　それこそ幽霊みたいに？……まさか。もしや……藤野さんが絡んでるとか？」

「つーことになるんだろうな」

「ちょっと、藤野さん、もったいぶってないで教えてくださいよ」

藤野は話した。週のはじめに（普段はスポーツ新聞を買っているが、前の晩にジャイアンツが惨敗したこともあって）珍しくふつうの新聞を買ったこと。その社会面に、ごく小さくではあるが、埼玉県秩父郡の山中で女性の白骨化した死体が発見されたというニュースが載っていたこと。その記事がどうにも頭に引っ掛かって翌日以降も同じ新聞を買ったこと。二日後その続報が、同じようにごく小さくではあるが載っていて、そこでは、死体の身元は依

然として不明だが、女性は三十代で死後およそ一年が経過していると報じられていたこと。

藤野がそこまで話すと松尾の目つきが変わった。

「おれ、ドキドキしてきたんですけど。藤野さんが出所したのっていつでしたっけ？」

「去年の九月一日」

「つまり、ほぼ一年前。で、その男——小林に似た男と会ったのって関越道のどこですか？」

「群馬県内だと思うが、パーキングエリアの名前までは覚えてない」

「まあ、いずれにしろ、埼玉の秩父と群馬って近いですよね」

「ああ、遠くはないよな」

「つーことは……藤野さんがそいつに会ったのは……そいつが死体を埼玉の秩父に埋めてきた直後ってことだ」

「ああ。それで、手が震えていたのも、ズボンや靴が汚れていたのも、説明がつくよな」

「ばっちりですよ。それで……」

「その日の昼……松尾が別の現場に駆り出されてた日だ」

「ああ、はいはい、えっと……水曜日っすね」

「そうだ。昼飯の時に、おれ、思い切って、小林のそばに行ったんだ」

「うわあ……度胸あんなあ、藤野さん」

「まあ、ともかく行ったんだよ。新聞、小脇に抱えて」

「いきなり新聞を突きつけた？」

「さりげなく渡したんだ。面白い記事を見つけたって言って」

「そうしたら？」

「面倒くさそうに受け取って……一応は記事に目を落とした」

「そんでそんで？」

「その時はとくに反応はなかったんだよ。無表情のまんま。そのうち、勝手にほかの記事も読み始めて。だから、読み終わったからそれやるよって言って、おれは昼寝すべく場所を移った。ぶっちゃけ、おれは拍子抜けしてたんだけど……翌日になると——」

「小林は消えてた」

「ああ。箕田《みのだ》さんの話だと、夜のあいだにいなくなってたそうだ。給料ももらわずに」

「藤野さんが渡した新聞記事のせいでってことですよね？」

「つーか、ひょっとしたら、記事が掲載されてること自体は知ってたのかもしれない、まったく動じなかったところをみると。しかし、このおれが渡したとなるとな」

「自分と記事を結びつける存在ですもんね、藤野さんは」

「そういうことだ」

「いずれにしても、おれたちの知ってる小林ってのはやっぱり——」

「おれが去年の夏、関越道のパーキングエリアで出会った男で、その男が言ってた、人を殺したっていうのはほんとの話だったってことじゃないか」

「うわ〜！　そんな男とおれたちは何か月もいっしょに働いてきたわけですか！」

松尾は今や席から飛び上がらんばかりになっていた。藤野はそんな若者のはやる心から身を躱《かわ》すようにタバコに火をつけ、深々と吸い込んだ。

「藤野さん、どうします？」藤野が何も言わないでいると松尾が切り出した。

「なにがだ？」

「やっぱ、警察に行きますよね？」

「苦手なんだよなあ、警察は」

「もちろんおれもいっしょに行きますけど？」

「いや、そういう問題でもないんだ。それに……」

「それに、なんすか？」

「いずれ、懸賞金がかかったりしないか？」

「うわ〜、藤野さん、極道だ〜。かなわねえ〜」

松尾はまるで喜んでいるかのごとく声をはりあげたが、藤野はそれにはこたえずに紫煙を吐き出した。そうして忽然とさとったのだった。つい懸賞金なんて言葉を口にしてしまったが、たとえ高額の懸賞金がかかったとしても自分は警察に通報するつもりはないということを。この事件がどんな進展を見せようと自分は傍観者であり続けることを。なぜそうなのかは他人には説明できそうになかったし、それどころか自分自身を納得させる理屈をも持てそうになかったが、それでも藤野はいかんともしがたく明白にそうさとったのだった。

そう、これは人生の真理だ
口を閉じて聞き耳を立てていれば、いろいろなことを学ぶ
――ローレンス・ブロック『殺し屋』

10

午前一時すぎ、二階建てのバラック全体が静まり返り、三十人ほどの労働者たちが眠りについたのを確信すると、（そこでは「小林伸一」という名で通っていた）久保田輝之は、四月の半ばから約五か月間にわたって暮らしてきた石巻市郊外の飯場をあとにした。

荷物は半年前に函館を去った時に持って出た40ℓサイズのバックパックに詰め込めるだけ詰め込み、入らないものは（とはいえ、作業着や安全靴、作業用の革手袋、古びたタオルや擦り切れた靴下、それに読み終わった文庫本、という程度だったが）部屋に置いていった。

濃紺のキャップに黒のカーゴパンツ、白のTシャツにグレイのパーカー、それにグレイのランニングシューズ、という身なりだった。最初のうちは輝之自身かなりの違和感を覚えていた顎鬚や口髭も、いつしかしっくりくるようになっていた。

所持金は小分けにしてビニール袋で包み、それをウエストバッグに入れて腰に巻いていた。函館を去るときには五十万ほどあった金も、札幌、稚内、そして再び札幌を経て、東北にや

って来るまでには二十万ほどに減っていたのだが、石巻で約五か月にわたって「土工」として週六日の肉体労働に勤しんだこと、そしてその間は極力出費を避けてきたことで、七十万近くにまで増えていた。この〝夜逃げ〟により、直近の十日間はただ働きということになってしまったが。

部屋にいるあいだも聞こえていたコオロギやスズムシの鳴き声は屋外に出るといっそう大きくなり、音が粒子となって鼓膜に張りつくかのようだった。わずかに潰れた白い月が薄い雲のショールを纏《まと》いながら初秋の空に浮かんでいた。星々もつましい光をたたえながら空全体に散らばっている。輝之は五十メートルほど進んだところで今一度バラックを振り返り、キャップを取ると深々とお辞儀をした。その所作が正確に何に対してなのか、そして何を示しているのかは自分でもよくわからないままに。

もっとも、藤野栄治に対しては感謝の気持ちを抱いているのは確かだった。

輝之は、同僚の藤野が、あの藤野栄治であること――つまり、昨年九月二日の未明に、関越自動車道の谷川岳パーキングエリアで出会って新潟市まで送り届けた男であることに最初の段階で気づいていた。しかし、仕事を求めて北海道から宮城にやってくる道中でかたく決心していたのだった。函館での経験をふまえ、今度の職場ではどんな人間ともいっさいの関わりを持たずに、ただの〝作業ロボット〟になりきって黙々と働こうと。だから、働き始めてまもなく、藤野に話しかけられた時はしらを切った。厄介なことになった、別の職場を探そう、とまで一時は考えたのだが、どういうわけか藤野はそれ以降は自分にまったくかまわ

ずに放っておいてくれた。ほかの労働者からもおおむね放っておかれたのも藤野が何かしら手を回してくれたからに違いないと、やがて思うようになった。そして、遺体発見の新聞記事を見せてくれたのも、藤野からの一種の厚意でさえあるように、今や感じていたのだった。そろそろ居場所を変えたほうがいい——そんなシグナルを彼なりの無骨な方法で送ってくれたのだと。

遅かれ早かれ妻の遺体が発見されるというのはわかりきったことだった。なぜなら、人里離れた山中とはいえ、車でもどうにか入り込める場所であった上に、パワーショベルなどの重機を使わずに自力で掘る墓穴など、深さにおいてもたかが知れたものだったから。しかし、青函連絡船の船上から財布や携帯電話を海に放り投げて以来、輝之はそういった事実を意識からできるだけ排除していた。あまりにも長い間、意識から排除してきたためにだしぬけに遺体発見についての新聞記事を見せられた時は、いったい何のことなのかわからなかったし、ようやくわかったあともしばらくは砂漠に浮かぶ蜃気楼を見ているような、心もとない感覚しか持てなかった。

事実の認識と、それにともなう焦燥や恐怖や悔恨やその他もろもろは、その後、午後いっぱいかけて徐々に押し寄せてきた。病原体が体内でひそやかに繁殖していくように。

ああなんてことをおれは。

いったいなんてことをおれは。

やがて、手に感触が戻ってきた。妻の細い首に手をかけたときの感触が。ほんのり湿った感触が。頭の中が白い光に満たされて自分が何をしているのか皆目わからなくなっていたにもかかわらず、手はその感触を覚えていた。少なくとも覚えているような気がした。

それから事切れた直後の妻の苦悶の形相《ぎょうそう》を思い出した。この世のものとは思えない恐ろしい形相。にもかかわらず、最初は死んでいるとは思わなかった。気を失っただけだと思った。しかし意識は戻らなかった。頬を叩いても口から息を吹き込んでも肩を揺すっても戻らなかった。それでもしばらくは自分が殺したのだとは認めたくなかった。事故かなにかが起きたのだと思いたかった。取り返しのつかないことをしたのだと明白に認識したのは数分が経過してからだった。

ああなんてことをおれは。

いったいなんてことをおれは。

ここから出なくては。自分が何者かわかっている人間がいる限りここにはいられない。いや、これはきっと藤野さんからのシグナルなんだ。ここを出て行けというシグナルなのだ。

そうして夜逃げを決心したのが午前〇時。

その一時間後にはバックパックを背負って飯場をあとにしていた。

しかし、行くあてはなかった。行きたいところもなかった。

その時に輝之が思っていたのは、とりあえず仙台まで出よう、ということだけだった。

最寄りのJR駅への道すがら、石巻に来て最初に建設作業にかかわった仮設集合住宅を通り過ぎた。ほとんどの部屋からはすでに明かりが消えていたが、いくつかにはまだ明かりが灯っていて、その一つからは言い争うような男女の声が漏れ聞こえていた。明かりは消えているが、テレビモニターの明滅する青い光が薄いカーテン越しに漏れている部屋もあった。輝之はいったん立ち止まると、自分の暮らしていたバラックにそうしたように、この仮設集合住宅に対してもキャップを取って深々とお辞儀をした。その行為の意味することはまたしてもわからないままに。

半時間あまり歩いたところでJR石巻線の前谷地《まえやち》駅が視界に入った。わざわざ考えてみるまでもなくそんな深夜に（しかも単線のローカル線に）列車が運行してるはずはなかった。正確な発車時刻は知らないが、いずれにしても始発列車が出るのは数時間先のことだろう。周囲には開いている飲み屋もなければ終夜営業のファミリーレストランの類いもなかった。こんなところで所在なく待っているくらいなら先の駅まで歩いたほうがましだ。そう判断して再び石巻別街道に戻ると、そのまま内陸方向へ歩を進めた。

そうして深夜の国道を輝之はひたすらに歩き続けた。

ひたすらに歩き続ける輝之の脳裏を過去のさまざまな出来事がフラッシュバックしていった。葬り去ったはずの過去のさまざまな出来事が。とりわけ、妻との出会いの夜や付き合い始めのころに行った深夜のドライヴ。妊娠が判明した時に胸を駆け巡った動揺と不安。娘が生まれた時の胸が弾けるような喜び。

そんなあれこれを思い出しながら歩き続ける輝之の頬がいつしか涙で濡れていた。

しかし、歩みは止めなかった。

涙を流している自分を侮蔑しながらひたすらに歩き続けた。

心が乱れて叫びだしたくなった時には走った。走って走って息が乱れるとそのぶんだけ心の乱れはおさまるように感じた。だから心が乱れるたびに走った。

やがて次の駅も過ぎた。

歩き始めた時は南の空の高い位置にあった月が黄色味を帯びて西の空の低い位置に移動していた。夜空もかすかに青みがかっていた。虫の鳴き声はずいぶんと静かになっていた。

心と口を閉ざして働き続けたこの五か月の間、とくべつ聞き耳を立てているつもりはなかったが、それでも、現場での食事時間や休憩時間に、そして、夜間や休日に飯場の食堂兼休憩室や両隣の部屋で、労働者たちの交わすさまざまな会話が、しぜんと輝之の耳に入ってきた。

妻と子どもを妻の実家のある対馬《つしま》に帰して震災後の東北に職を求めてやってきたという元自衛官は、ギャンブルでこしらえた多額の借金を踏み倒してきたと豪語していた。

刑務所とシャバとを何度も往復しているらしい元ヤクザの男は、強姦の経験と真珠を埋め込んだ性器を誇っていた。

一度はホームレスに落ちぶれて生ゴミすら漁っていたらしい五十男は、百万を貯めたら世

界一周旅行に出ていちばん気に入った場所で死ぬのだと話していた。

児童養護施設で育った身寄りがないらしい青年と、引きこもりとフリーターの成れの果てであるらしい青年は、どうやらできているらしかった。

彼らの話を耳に入れ続けることで輝之が図らずも学んだことは、生き残ることにかけての人間の恐るべきたくましさだった。端から見れば耐えがたい窮地に陥ってもある種の人間は生き長らえていく。人としての尊厳をかなぐり捨ててでも彼らは生き残る道を選ぶ。

輝之は、時にそのたくましさに感銘を受け、時にそのたくましさに含有されるけがらわしいほどの強欲さを嫌悪した。人間というのはなんと得体の知れない生き物なのだろう。そして、人間の生きる世界とはなんとむごたらしい場所なのだろう。

そんな思案の果てで、輝之は誰よりも自分を侮蔑した。自分以上にあさましく下等な人間はどこを見回してもいないのだった。

そんな思いがあったからこそ、過酷な労働に耐えられた。どんな理不尽も受け入れられた。むちゃくちゃな命令にも従えた。なぜなら自分は虫けらのような存在なのだから。踏みつぶされて当然な虫けらなのだから。

いつしか夜が明けていた。

新聞配達とおぼしきミニバイクが通り過ぎていった。そして、パトカーも。

この数か月のあいだ、パトカーを見かけるたびに、そこに吸い込まれていきそうな感覚を

味わってきた。

この時もまた突発的にそんな感覚に陥り、腕を挙げかけた。あたかも空車のタクシーを止めるかのごとく。じっさい、タクシーの運転手なら挙げかけた腕に反応してスピードを緩めたかもしれない。しかし、パトカーを運転する警察官はそんな所作にはまったく反応しなかった。スピードを緩めることさえせずに走り過ぎていった。

輝之はさらに歩き続けた。しまいには膝ががくがくしてきた。足指や腰にも痛みを感じるようになった。いったい、何キロ歩いたのだろう。いや、何キロどころの話ではない。おそらくは二十キロ近い距離を歩いたことになるのではないか。

JR東北本線の小牛田《こごた》駅に着いたのは午前六時を少しまわったころだった。

仙台行きの普通列車に乗った。まだ混雑するほどではなかったが、スーツを着た勤め人や制服を着た高校生が、携帯をいじったり参考書を開いたり新聞を読んだり浅い眠りを貪《むさぼ》ったりしていた。大都市圏ではごくありきたりの光景だったが、輝之にとっては久しく目にしていない光景だった。不思議と心動かされる光景だった。

車窓から朝の光に染まった仙台市の街並が見えてくると、ふいに郷愁に駆られた。これまでは一度も故郷だと認識したことのない東京に対して激しい郷愁を覚えた。

東京に戻ろう——そう思った。もう一度、東京の空気を味わいたい。あの、背筋をしゃんとさせる、ぴりっとした東京の空気を。夢も希望も挫折も失意も愛も憎しみも喜びも悲しみも野心も諦念も奇跡も必然も美しさも穢れも……この世のありとあらゆるものがシャッフル

されて溶けこんだ、あの独特な空気を。せめてもう一度だけでも。つかの間だけでも。

仙台駅のみどりの窓口で時刻表をチェックすると、新宿行きの昼行高速バスが出ていることがわかった。

キオスクでおにぎりと緑茶を買うと、輝之は新宿行きの高速バスに乗り込んだ。

東京。自分でも信じがたいほどに気持ちがたかぶっていた。

東京。輝之はマントラのごとく胸の内で繰り返していた。東京、東京、東京。

何せ、どこでもいい
どこかに行かなくちゃならないときってのが
あるもんなんですから！
——ドストエフスキー『罪と罰』

11

ひさしぶりの東京はとても眩しかった。

さまざまな大きさと形状の建造物に縁取られた初秋の空から照りつける陽光だけでなく、見事なまでに不揃いなビルディングも、あたりを行き交うおびただしい数の人間も、通りを往来するあまたの車輛も、そこかしこに設置されているいろいろなタイプの看板や広告も、それらに書かれている幾種類もの文字——漢字、カタカナ、ひらがな、そしてアルファベット、さらにはハングル——も……つまるところ、目に飛び込んでくるありとあらゆるものが眩しいのだった。

仙台発の高速バスが代々木駅にほど近い新宿駅高速バスターミナルに到着したのは午後の早い時間だった。降車した輝之は明治通りに出、最初に目についた食事処である中華食堂で麻婆茄子定食を食べて空腹を満たすと、明治通りを北上して、新宿三丁目から歌舞伎町にか

けての雑踏をあてもなくうろついた。カフェ、レストラン、ファストフード店、ドラッグストア、カラオケボックス、洋服屋、靴屋、宝石店、眼鏡店、百貨店、大型電気店、量販店、携帯電話ショップ、書店、銀行、美容室、エステサロン、リフレクソロジーサロン、不動産屋、質屋、消費者金融、風俗店……そのいずれにも足を踏み入れはしなかったが、生まれてはじめて大都会に出てきた片田舎の少年よろしく、恥ずかしげもなくきょろきょろとしながら、そぞろ歩いた。

平日の午後だというのに、行き交う人間の数は半端じゃなかった。いや、数だけでなく、その種類も。というか、数よりもむしろ種類の多さ、いわば人間の多様性こそが、東京の雑踏を東京の雑踏たらしめているのかもしれなかった。「勤め人」や「学生」や「主婦」や「観光客」といったカテゴリーでは、とうてい収まりきらない多種多様な人間が同じ空間を往来していることが。

もっとも、首都圏で生まれ育ち、ほんの一年前まで東京郊外で暮らしていた人間にしてみれば、これらのいかにも東京的な光景は、慣れ親しんだ、とは言わずとも、ことのほか珍しいものではなかったはずなのだが、一年あまりにわたって首都圏を離れて、しかも、その間のほとんどを辺地の小都市で過ごしたことで、以前とはまるきり別の感覚がもたらされていた。それは、外界からやってくる強い刺激によって徐々に自分の内面が空洞化していくような、自分というものがどんどん希薄になっていくような、あるいは透明にすらなっていくような、奇妙な感覚だった。

そんな感覚を味わいながらのそぞろ歩きは日が暮れ始める時分まで続き、足が棒になりかけたところで出くわした大浴場付きカプセルホテルをその晩の寝所とした。

翌朝はカプセルホテル内のレストランで納豆定食を食べ、午前八時すぎにホテルを出た。前日とは打って変わってどんよりとした曇り空が広がっていた。そして、どんよりとした空に呼応するように、輝之の心の中もどんよりとしていた。たった二十数時間前には東京への郷愁に胸を高鳴らせていたというのに。

とりたてて考えもないままに山手線の外回りに乗り、上野駅で降りた。おのずと上野公園方面に足が向いた。一時間ほど公園内をぶらついた後で、再び山手線の外回りに乗った。有楽町駅で降り、今度は日比谷公園へ向かった。そこでも一時間ほど時間をつぶすと、来た道を戻り、最初に目についた映画館に入った。

しかし、かかっていた邦画はひどくつまらなかった。ひどくつまらないだけではなく、嫌悪感さえもよおした。半時間後にはスクリーンから逃れるように外に出ていた。

営団地下鉄日比谷線に乗って広尾《ひろお》に行き、ハンバーガー・チェーン店でハンバーガーとフライドポテトをコカ・コーラで流し込み、それから有栖川宮《ありすかわのみや》記念公園に寄って一休みした。その後、六本木や乃木坂《のぎざか》を経由して青山霊園を抜け、さらに表参道を通って代々木公園まで歩いた。

代々木公園のベンチに座って鳩にえさをやり、それから足元の地面を行き交う蟻んこを観察し、それにも飽きると公園を往来する人々をぼんやり眺めた。

人々を眺めているうちにじわじわと人恋しさが募ってきて、やがて胸がつまり、しまいには息をするのさえ苦しくなった。函館を去って以来、約半年分の人恋しさが……いや、ひょっとすると小学生の時に母親に去られて以来、二十数年分の人恋しさが……いっぺんに襲ってきたかのようだった。

あたりが薄暗くなってきたところでベンチから腰を上げて代々木八幡駅まで歩き、そこから小田急線に乗って、下北沢へ向かった。下北沢なら誰か知り合い──劇団員時代の知り合い──にばったり会えるかもしれない。そんな考えが人恋しさに苛まれたあまりに現在の身のほどを失念した輝之の頭の片隅に、人魂《ひとだま》のごとく浮かんでいたのだった。

下北沢に着いたのは宵の口だった。

かつて出演したり観劇に訪れたりした小劇場へと自然と足が向いた。ちょうど開演前の時間帯だったせいで、いくつかの小劇場の前では客の列ができていた。列を誘導したりチケットをもいだりするスタッフの姿も見えた。函館の理容室でたまたま手に取った週刊誌に、下北沢界隈の小劇場が盛況だというコラム記事を見つけたことがあったのだが、どうやら事実のようだ。しかし、知った顔に出くわすことはなかった。もう十年も時が流れているのだから当然だが、それでも幾ばくかのさみしさを覚えてしまうのだった。

その後も、下北沢の街をあてもなく歩いた。当時はほとんど行ったことのなかった界隈にも足を延ばした。さすがの下北沢も世の趨勢《すうせい》とは無縁ではいられないようだった。十年前に比べると、携帯電話ショップやゲームセンターやカラオケボックスなどが増えている気がす

る。居酒屋にしろラーメン店にしろスニーカーショップにしろチェーン店が増えている気がする。一番街にあった行きつけのバーは店を畳んでしまったようだった。

歩いている人間のタイプも、微妙に変わったような印象を受けた。バンドマンをはじめとする芸術系ないし、はぐれ者系の若者にくわえて、ごくふつうの、ようするに、ほんの二三年もすれば変哲のない勤め人になっていくだろう若者たち、新宿や原宿をうろつく若者たちとほとんど変わりない若者たちの割合が増えているような気がした。

下北沢徘徊を一時間半ほど続けただろうか。あずま通りを歩いている時に道ばたに落ちている財布を拾った。二つ折りにするタイプのこげ茶色の財布だった。持ち主はいつも尻のポケットに入れていたのだろうか、財布は小皿のようにわずかに湾曲し、表面の革がてらてらと光っている。そこでやにわに、自分が警察に財布を届けられるような立場ではないことに思い当たり、その拾った財布を穢らわしいものにでも触れてしまったかのようにあわてて放りだした。

そのまま何事もなかったように歩き続けた。しかし、十秒と経たないうちに肩を叩かれた。振り向くと、就活を目前に控えているかのような、生真面目そうな青年が、放りだしたはずの財布を突き出してきた。

「落としましたよ、これ」

「あ、いや……それは、その……」

「は？」

どう弁明していいものやら輝之は言葉に窮した。青年は輝之が財布を拾ったところは見ていないのだ。かりに、拾ったものであることをわかってもらったところで、じゃあどうして捨てるのかと問われたら、言葉に詰まる。仕方なく、すみません／ありがとうという表情を浮かべ頭をペコンと下げて、財布を受け取った。青年はいまいち腑に落ちないという表情を浮かべながらも歩き去っていった。前からも後からもどんどん人が歩いて来る。こんな人通りの激しいところで財布を捨てるなんて迂闊だった。いや、なにより拾ってしまったことが迂闊だった。

と、三十メートルほど前方で、警察官二人がゴス系のファッションに身をつつんだ男女の荷物検査をしているのが目に入った。おそらくはドラッグ所持を疑っての職務質問だろう。やにわに動悸がした。まずい。もし、いま自分が呼び止められて、荷物検査を求められたら？　財布には持ち主の身分証明書が入っているにちがいない。

「これはあなたのものではないですね？」「ほんのいま、そこで拾ったものです」「拾った？」「ええ、これから交番へ届けようと思ってました」「ふむふむ。あなたの身元を証明するものは？」「……持っていません」「持ってない？　健康保険証くらいあるでしょ？」「いいえ、持っていません」「じゃあ、そのウエストバッグを調べさせてもらうよ」

警察官とのそんなやりとりがすばやく輝之の脳裏をよぎった。ウエストバッグにはビニール袋に詰めた現金が数十万入ってる。身元を証明できない男がウエストバッグに現金数十万……あやしまれて当然だろう。

ゴス系男女の職務質問が終わった。警察官は新たな不審人物をさがしているのか、あたりを鋭い視線で見回した……ように輝之には見えた。まずい。

輝之はすぐ傍らのビルに足を向けた。二階がカラオケボックスになっており、そこまでは専用の外階段が設えられていた。その外階段を足早に駆け上がった。

「ご利用人数は？」と受付カウンターの若い女に訊かれ、とっさに「あとで、ひとり、友人が」とこたえた。大の男が一人で利用するという恥じらいと、そのほうが従業員に安心感を与えるだろうという思いに加え、先刻からの人恋しさが図らずも表出してしまったのかもしれない。

六畳ほどの個室に通された。

心臓がばくばくしていた。喉もからからに渇いている。バックパックを肩から外し、キャップを脱ぎ、ハンカチで額や首筋の汗を拭った。

中生ジョッキを注文して半分ほどを一気に飲み下すと、いくらか動悸が鎮まった。

ちょっとした好奇心にも駆られて輝之はついさっき拾った財布を調べた。現金は一万円札が一枚に千円札が三枚。そのほかにキャッシュカードやDVDレンタル店の会員証や歯科クリニックの診察券など。ゴールドの運転免許証も入っていた。中山《なかやま》英徳――ひでのり、と読むのだろうか――という名の精悍な顔つきをした青年だった。生年月日を見ると輝之の二つ下で、誕生日も近い。星座でいうと同じ双子座だ。住所は東京都世田谷区桜丘《さくらがおか》。厄介なものを拾ってしまったと思う。この部屋に置き去りにしていこう……いや、あとで駅のトイレ

にでも捨てて置こう。それがいい。持ち主のところに無事戻るかどうかは次に拾った人しだいだ。中山英徳くんには申し訳ないけど仕方がない。そう思いながらも一方で、これ使えるかも、という考えがしけたマッチの火さながらにぱっとひらめく。自分に似ているというわけじゃないがまったく別人物というほどにはかけ離れていない。身分証明書というのは多くの場合、提示するという行為自体に意味があるんじゃないだろうか。厳密に本人と写真とを照合することはあまりないような気がする。これまでの経験から言ってもマンガ喫茶とかならまかり通るだろう。そんなことを思いながら輝之は免許証を財布に戻すと、それをひとまずパーカーのポケットに収めた。

周囲の個室から歌い騒ぐ声が漏れ聞こえてくる。こんなところでぼけっとしてるのも間抜けだし、なにか曲をかけるか。輝之は選曲用タッチパネルを手に取った。劇団員時代、付き合いでカラオケを歌うことになった際に、よく歌っていた、そして、周囲の受けがなにげに良かった（と記憶している）曲を選んだ。RCサクセションの『雨あがりの夜空に』。それからハイロウズの『胸がドキドキ』。

カラオケ演奏を聴きながらモニターに現れる歌詞を目で追っただけだが、それらの歌は、輝之のいまの心情にはちっともそぐわなかった。そりゃそうだよなと自分でも思う。女だろうが車だろうが乗ってブッ飛ばしたい……なんていう気分じゃないし、たしかに胸はドキドキしているものの、ドキドキの種類がまるで違う。

次に、函館の麻子の店で一度、ほかの客からマイクがまわってきて歌うことになった、尾

崎豊の『シェリー』を選曲した。あの時、妙に気持ちが入ったのを思い出したのだった。

モニターに現れる歌詞を目で追っている時に、ふいに視線を感じた。

ドアの小窓に坊主頭の男が額を張りつかせていた。油性のマジックペンで書いたようなくっきりした眉の下のギョロ目が輝之を食い入るように見つめている。

な、なんだ、この男、気色悪～、と思うが早いか、あっ！と思わず声が出た。

男はぎょっとした輝之を見て、おもむろにドアを開けた。

「やっぱ、久保田だよな！ ずいぶん変わった気がするけど、久保田だよな！」

男は声高に言って、部屋に足を踏み入れた。ヴィンテージものっぽいデニムに、縞の織り模様がある白のノースリーヴという恰好だった。V字の胸元にはティアドロップのサングラスが引っ掛かっており、ほどよく日に焼けた肩や二の腕が筋肉で盛り上がっている。

「やっほー、久保田！ なんとなんと！」

輝之は呆気にとられて言葉が出なかった。男は後ろ手でドアを閉めた。

「なに、ぼけっとしてる？ いいから歌えよ！ ♪転がり続ける俺の生きざまを～時には無様なかっこうでささえてる～」

マイクなしで歌いだす男を輝之はしばし呆然と眺め、それからテーブルの上のマイクを手に取り、深いエコーのもやを通して相手の名前をつぶやいた。「……サガワ。佐川か」

佐川と呼ばれた男はシェリーのカラオケ演奏に負けじと声を張り上げた。「しかし、おまえも青いねえ！ シェリー、ときたか！ つーか、おれの記憶にある久保田はシェリーを歌

うほど青くなかったぜ！　はっはっは！」

輝之が歌う気がないのを見て取ると、佐川は旧友とハイタッチを交わすべく両手を上げて近づいてきた。

今さらどうしようもなかった。輝之はマイクをテーブルに置いて、そのハイタッチにこたえるべく、自らも両手を上げた。

「ひさびさー、久保田」ハイタッチを交わすと、佐川はあらためて言い、ソファのとなりの、膝と膝とが触れ合うほどの位置に、どかっと腰を下ろした。「元気だったのかよ、おい」

「ああ、佐川」輝之は、迫りくるような旧友からさりげなく退きつつ、言った。「まあまあだ。……つーか、なんで、佐川がここに？」

「なんでここに？　それはこっちのセリフだろ、久保田。おまえ、まだ東京にいたのか？」

大急ぎで頭を巡らせた。まだ東京に、という佐川の尋ね方が引っ掛かった。こいつは何かを知っているらしい。「いや……いまは仙台だ」

「仙台？　仙台で何をしてるんだ？」

「うん、まあ……震災関連の仕事」

「震災関連……なるほどね」佐川は大きくうなずいた。「しかし、あれから何年だ？」

「九年と四か月」輝之はあえて正確にこたえる。

「九年と四か月！」佐川は再び声を張り上げた。「そんなになるか！　そりゃあ、おまえもおれも変わるわけだ。で、その仕事で東京へ？」

「いいや、こっちには、親父の法事で。昨日は柏の実家にいたんだ」

「なるほどね。そんで、懐かしのシモキタにふらりとやって来て、一人でカラオケボックスに入り、シェリーを熱唱か。ははははは。かなわんよ、久保田には！」

「佐川はどうしてこんなところに？」

「どうしてもなにも」佐川は余裕たっぷりの笑顔を見せて言った。「いまやシモキタがおれのホームグラウンドだよ。家だってここから歩いて十分もかからない。今日は後輩連中の付き合いでカラオケに来たんだ。で、トイレに立ったついでに、他の部屋をちらちらのぞいてた。よくやるんだよ、おれは。ちょっとした人間観察のためにな。まさか、おまえを見つけるとは思ってもみなかったが。まったくたまげたぜ！」

そう言うと佐川は立ち上がって、ドアの脇に設置されているインターフォンの受話器を取り、輝之には何も訊かずに、中生を二つお願い、と告げた。それから、デニムの尻ポケットからスマートフォンを取り出し、どこぞへ電話を入れた。昔のダチにばったり会ってさー、とかなんとか言ってるのが聞こえたから、電話の相手はおそらくは別の部屋で盛り上がってる後輩なのだろう。

「いまでも芝居を？」佐川が電話を切ると輝之は尋ねた。自分のことを根掘り葉掘り尋ねられるよりも、先に質問して相手にしゃべらせるのが得策だと思った。

「ああ、もちろんさ」佐川は即答した。「どうやら知らないようだから自分で言っちゃうけどな、最近は芝居だけでなく、映画にもちょくちょく出てる。演じるのがおれの生きる道、

唯一の道なんだ。おまえみたいに器用じゃないからな！」

「別に……器用なんかじゃないよ」

「いや、あえてそう言わせてもらうよ。ひょっとしたら、天才だって言ったほうがおまえは気分がいいのかもしれないが。なあ、久保田、今だからはっきり言うが、当時、おれはおまえに激しく嫉妬してた。演技の訓練はほとんど受けていないくせに、次々に良い役が与えられるおまえにな。訓練を受けていないどころか、努力だってしているようには見えなかった」

「それはいいすぎだよ。おれだって——」

「いやいや、少なくともおれはおまえ以上に努力してた。それだけは自信をもって言える。なあ、いつだったか、おまえとおれでルンペン役をやったのを覚えているか？　あのとき、おれは座長から何度お叱りを受けたか、ちっとも雰囲気が出てないって。それで、おれは、丸一週間、家に帰らずに、野宿したんだ。代々木公園、上野駅、渋谷や新宿の地下通路、いろんなところで夜を明かしたさ、本物の路上生活者に交じってな。知ってたか？　知らないだろう。きっと誰も知らないさ。それでも、舞台が終わると、観に来てた連中が口々に褒めたのは、おれではなく、おまえだった。あの時は、ほんとに悔しかったぜ。おまえに殺意を覚えるほどにな、はっはっは」

　店員が中生ジョッキを持ってくると、佐川は、再会を祝してということだろう、ジョッキを高く掲げた。輝之もそれに倣った。佐川はビールのＣＭよろしく、いかにも美味そうにご

くごくと音を立てて飲むと、先を続けた。

「しっかし、皮肉なものだよなあ。いま、役者で食えているのはこのおれで、おまえは……仙台に流れて震災関連？　いずれにしろ、羽振りがいいようには見えないな。……図星だろ？　結局、カメはウサギに勝つってことだ。生まれもっての才能も日々の地味な努力にはかなわないってことだ。おまえがチヤホヤされてるあいだに、おれは人知れずに努力した。人の芝居だってたくさん見たし、本だってたくさん読んだ。今こうして、役者の仕事で食えているのはその時に腐らずに努力したおかげだ。そういう意味では、おまえにも感謝しなくちゃいけない。おまえがおれを発奮させたんだからな！」

陳腐なことを言うやつだと輝之は内心で思いながら聞いていた。だいいち、おれはウサギなんかじゃない。そんなことあるわけないじゃないか。きっと顔立ちのせいでそんなふうに思われるんだろう。それから、佐川という人間が陳腐なことを陳腐だとはつゆ思わずに平気で口走る傾向があったことを思い出した。しかし、当時と同様に、何も言い返さなかった。

佐川の今の境遇を羨《うらや》ましいとも思わなかった。一年前ならそう思ったかもしれない。しかし、今や、そう思うにはあまりにも遠くへ来てしまった。むしろ、佐川と自分とのあいだの距離を、果てしなく広がってしまった距離を、共感も嫉妬も友情も及ばなくなってしまった圧倒的な距離を、痛感した。

「ところで、久保田」輝之が次の質問を思いつけずにいると、佐川はいささか含むところのある顔つきになって言った。「べっぴんの奥さんは元気なのか？」

「いや、じつは……」心臓がどくんと脈打ったのを意識しながら輝之は言った。「離婚したんだ」

「ははん。そういうことなのか。なるほどね」

それで腑に落ちた、という口ぶりが気になったが、ひとまず聞き流した。どうやってこの状態から抜け出せるだろうか。そんなことを考えながら逆に尋ねた。「佐川は今も独り身なのか？」

「ああ、独り身だ。独り身が性に合ってる。ま、おれのことはいいじゃないか」佐川はさらりと言うと、すぐに話を元に戻した。「で、奥さんは今どこに？」

「……知らない。別れたっきりなんだ」

「別れたっきり、ね。そういうこと、ね。ははん、ははん」

「ていうか、佐川、何が言いたい？」佐川の奥歯に物が挟まったような物言いに、輝之は思わず問い返してしまった。佐川はよくぞ訊いてくれたと言わんばかりに、身を乗り出してきた。

「あゆみちゃんがさ、去年の――」

「あゆみちゃん？」

「木暮あゆみだよ、おまえの奥さんの……いや、元奥さんの親友。……ん？　何をあわててる？」

「いや、その、なんで、佐川があゆみさんと？」

「おいおい、忘れたのか？　おれはおまえたちの結婚パーティに出席してるんだぜ？」

「……そうか……そうだった」

「おれはその後、何度かあゆみちゃんと会ってるんだ。まあ、ぶっちゃけ、セフレっぽい関係だった時期もある。おれは彼女に会うために福岡に行ったし、彼女はおれに会うために東京に遊びに来た」

「それは知らなかった」

「知らなくていいんだよ。そんな半端な関係を、あゆみちゃんにしろおれにしろ、いちいちおまえたち夫婦に報告しなくちゃいけないってこともなかろう」

唾を飲み込んだ。動悸が再び激しくなっていた。佐川はそんな輝之の状態を知ってか知らずか、弱り切った野良猫をじわじわと追いつめる残虐な少年のような顔つきになって続けた。

「ま、それはともかくさ、あゆみちゃんから去年……たしか今ぐらいの時期だったと思うけど……ひさしぶりに電話があったんだ。いま、東京に来てるから会えないかって。けど、おれはちょうど通し稽古の最中《さなか》で……しかも、その、わかるだろ、昔みたいに、女に不自由してるわけじゃない。おれの対応がすげなかったのか、連絡もそれっきりだ。ただ、その時に、彼女がひとつ気になることを言ってた。おまえたち夫婦と連絡が取れないって」

輝之は青森のホテルで携帯の着信履歴を確認した際に、木暮あゆみの名前があったことを思い出していた。留守電にメッセージが入っていたことも。「別れたのが九月だから、二人とも大変な時期だったんだ」輝之は努めて淡白な口調で言った。「そういう時って音信不通

になりがちだろ。今ごろは、美佐恵にも連絡が取れてるさ」

「だろうな。そうだろう」

佐川はニッと笑ってホワイトニングが施されたような前歯を見せると、尻のポケットからスマホを取り出した。まるで残虐少年がポケットナイフを取り出すかのごとく——輝之には、そんなふうに見えた。

「何をする気だ?」輝之の声はうわずっていた。

「その時、あゆみちゃんに約束したんだ」佐川は事もなげに言った。「何かわかったら連絡するって。とはいえ、おれはおまえに電話もしなかったし、共通の知り合いにあたってもみなかった。忙しかったというのもあるが、結局のところ、おまえの動向などおれにとってさしたる問題じゃなかったということだ……しかし、あゆみちゃんとの約束は約束だ。こうしておまえに会った以上、報告しないわけにはいかない。それに……来週、福岡へ行くんだ。ローカル局の仕事で。グッドタイミングだよ。はっはっは」

佐川は短い笑いをおさめると、真面目な表情になってスマホのタッチパネルに触れた。

まずい。輝之は直感的な判断でソファから立ち上がり、足早にドアへ向かった。

「おい、どこへ行くんだ?」佐川がスマホを耳に押し当てたまま言った。

輝之はソファの端に置いてある自分のバックパックにちらりと視線を投げ、「トイレだよ、トイレ」と言った。

佐川は輝之の荷物が置いたままであることに納得し、早く行ってこい、というように身振

りで示した。そこで電話が繋がったらしい。「ういっす。ごぶさた〜。あゆみちゃん、元気?」

そんな佐川の言葉を耳に収めながら、輝之は個室を出た。

むろん、トイレではなかった。

その足でカラオケボックスから抜け出した。茶沢通りに出ると、車道を走った。空車のタクシーをつかまえる前に、客を乗せた三台をやり過ごさねばならなかった。ようやくやってきた空車のタクシーに乗り込むと運転手に、新宿西口へ、と告げた——ほんとうは行き先などどこでもかまわなかったのだが。

置き去りにした荷物に未練はなかった。もはや東京にも下北沢にも未練はなかった。

ここではないどこかへ。

ここではないどこか遠くへ。

いまや輝之の胸にあるのはそれだけだった。

シートに深く身をうずめながら窓の向こうを見上げると、オレンジがかった月が東の空の低い位置で禍々しい光を放っていた。どういうわけか、その禍々しい月光に見守られているような気がした。その月光の禍々しさだけが自分のことを、自分自身でさえわからなくなってきている自分のことを、理解してくれているような気に。

「お客さん、ひょっとして新宿から夜行バスに乗られます?」脱サラして四半世紀といった雰囲気の運転手がルームミラーを覗き込みながらだしぬけに尋ねてきた。

「……は？　夜行バス？」虚を衝かれた輝之は問い返した。

「違うんならべつにいいんですが」運転手は勇み足だったと自覚したのか、少々きまり悪そうにこたえた。「いやね、ここんとこ、新宿から夜行バスに乗るっていうお客さんが続いてたんでね……といっても二人ですが、今夜もかと思って、ちょっと驚いたんですわ……違うんなら気にしないでください」

「……はあ」輝之はものは弾みと思い、逆に訊いてみた。「その人たちって、新宿から夜行バスに乗って、どこに行ったんですか？」

「それが不思議なことに！」おしゃべり好きらしい運転手は、がぜん弾むような口調になって言った。「二人とも四国でした。ひとりは徳島から出張で来てた方で、どうしても朝までに戻りたいからって……夜行バスだと朝の六時半ごろ徳島に到着するらしいんです。で、もうひとりは会社を辞めたばかりだっていう中年男性でしたけど、五十日だかをかけて徒歩で遍路するって言ってましたね」

「へえ……そうなんですか」

「四国遍路はわたしもぜひやりたいと思ってるんですよ。べつに修行に出たいってわけじゃなくてね……八十八箇所をぜんぶまわると軽く千キロを超えるんでしょ……それだけ歩き通せば、自分の中になにかしら変化は起きますよ……いやね、この歳になって、ちゃんちゃらおかしい話かもしれないけど、いまだに自分を……なんていうかなあ、まあ、刷新したいっていうんですかね、そんな気持ちがあってねえ……ははは」

輝之は、そんな運転手のおしゃべりを聞くともなしに聞きながら、建物のかげに隠れたりまた現れたりするオレンジの月を眺めていた。四国遍路——この言葉が、荒廃した輝之の心の地平線に、それこそ月のごとくぽっかりと浮かび上がった。

道端の犬の糞を見て、不意にさとったんだ
そうか、人生とはこのようなものだとね
――フランシス・ベーコン

12

じつは、その前日に彼を見かけていたのです。午後の二時ごろでしょうか…… いずれにせよ、まだ早い時間だったはずですけど、四万十《しまんと》川のほとりで。雨もよいの中、彼がひとり……遊びというより、それがあたかも果たすべき責務でもあるかのように、一心不乱に水切りをしているのを、わたしは橋の上から見ていました。時間にしてみれば、ほんの一分かそこらのことですが。彼はわたしにまったく気づいていなかったと思います。翌日、じっさいに彼と出会ってからも……出会って、という表現もどうかと思いますが……そのことは話しませんでした。まあ、見かけていたから何なんだ、と問われればそれまでですし、あんなことがあったあとで、じつは昨日あなたを見かけました、なんていう話題を持ち出すのもひどくピント外れな気がしまして。

ただ、彼を見かけたことをわたしがはっきりと記憶しているというのは、我ながら不思議なんです。なぜって、その数日間のわたしは、まるで四十度の高熱に浮かされているかのよ

うな、朦朧《もうろう》とした状態にありましたから。いや、冗談抜きに、ほかのことはあまり覚えていないんです。今こうして、あの数日のことを思い返そうとしても、物心がつく以前の淡い記憶を、無理に呼び起こそうとしているみたいで、歯がゆい……いえ、歯がゆいどころか、胸苦《むなぐる》しいです。そんな有様だったのに、どういうわけか彼が水切りをしている光景は鮮やかに脳裏に焼きついているんです。やはり、彼の佇まいには尋常じゃないものがあったということなんでしょうね……もっとも、身なりは……ええと、腿の脇に大きなポケットがついてるズボン……なんていうんでしたっけ？……カーゴパンツ？　そう、それに、ダンガリーシャツという、ありふれたものでした……まあ、お世辞にも清潔とは言えないものでしたけど、四国っていうのはご存知のように遍路がありますから、少々不潔だったり、くたびれた恰好で旅している方をけっこう目にしますので。そう考えると、彼うんぬんではなく、やはりわたしの問題なんでしょうね。ほら、類は友を呼ぶっていうじゃないですか。心の奥に深い闇を抱えた人間っていうのは、同じような人間に否応なしに反応するんだと思います。

その日は朝から、秋らしい抜けるような青空が広がっていました。わたしの意識というか心持ちも前日までの朦朧状態とは打って変わって、すっきりしていました。つまるところ、吹っ切れたんでしょう……他人事のような物言いですけど。ホテルをチェックアウトした時に、財布に残っていたのは千円札が三枚のみ、あとは硬貨という状態でした。それが全財産です。もう銀行口座はすっからかんでしたし、クレジットカードはぜんぶ止められていまし

たから、キャッシングはおろか、買い物だってできません。荷物は部屋のクロゼットに置いてきました。あとで清掃係の人が見つけるでしょうが、わたしの携帯はすでに止まってますから、連絡のしようがありません。ホテルの送迎バスで中村駅まで送ってもらい、そこから足摺岬《あしずりみさき》までの路線バスに乗りました。日和も良かったですし、秋の行楽シーズンということもあって、座席は三分の二ほど埋まっていました。運賃はたしか千九百円だったと思います。終点でバスを降りて、最初に目についた食事処で、カツオのタタキ定食を注文しました……ええ、最後の食事のつもりで。それがちょうど千円でしたかね、残りは五百円足らずだったと記憶しています。たとえ後戻りしたくても金銭的にそれができない……そういう物理的な意味においても、人生のどん詰まりに、二週間近くかけて自分を追い込んだということになります。

そのあとは、岬の周辺をぶらぶらしながら、日が陰って、人けがなくなるのを待ちました。お遍路さんを含め、観光客がたくさんいましたから。さいわい……という物言いも変ですけど、あのあたりは海と森に囲まれている上にお寺や神社もあって、ぶらぶらしながら時間をつぶすにはもってこいの環境なんです。三十八番札所の金剛福寺《こんごうふくじ》や白山洞門《はくさんどうもん》はもちろん、自然植物園までありますから。もっとも、あのときのわたしは、とうてい名所や風光を楽しむような心境ではなかったのですが。そのそぞろ歩きのあいだに場所も決めました……というのは、あのあたりってポイントがいくらでもあるんですよ。さすが、自殺の名所と言われるだけのことはあります。踏みとどまらせるための立て看板もいくつか見かけました。「命に

代わる借金はありません！　解決は必ずできます！」などと記してある看板を。二三百万の借金で死のうとしている人には、あの看板もひょっとしたら効果があるかもしれません、ちゃんと連絡先の電話番号も書かれてますしね、サラ金被害者協議会とかいう団体の。まあ、わたしくらいの度合いになると鼻白むだけですけど。それに、わたしの事情を言わせてもらえば、わたしが死ぬことは、子どもたちを生かすことに繋がっていたんです。つまり、けっこうな額の死亡保険金が入ることになりますから。もちろん、それが唯一の動機というわけではありませんけどね。

日が暮れかけた午後五時半すぎに、中村駅や土佐清水《とさしみず》市街方面への最終バスが出るんですが……ええ、それが最終でした、いやに早いですよね、わたしも驚きました……そのバスが出てしまうと、人の姿はめっきり少なくなりました。わたしはあらためて、決めた場所に向かいました。怖さといったものはさほど感じていませんでしたね。むしろ、ひさしぶりに……いや、ひさしぶりどころか、これまでに経験したことがないくらいの、平らかな心境でした。足かけ五十年、よくぞここまで生きてきたなあ——そんな感慨さえ覚えていたのを記憶しています。

決めた場所に着くや、すぐに行動を開始しました。淡々と、そして、粛々と。遺書が内ポケットに入ってるのを今一度確認して、ジャケットを脱いできちんと畳み、灌木《かんぼく》の茂みの下に置きました、さりげなく人目につくよう、かつ風に飛ばされないような塩梅で。それから靴と靴下を脱ぎ、わたしの腰ほどの高さの木の柵を……たぶん、景観を損ねないように低く

してあるんだと思いますが……越えました。そうして、石の上に……その先には宙があるのみっていう、まさしく崖っぷちの石の上に座って、残していく家族のことを思い、それから最後に、あの世にいるはずの父と母に向かって語りかけました。これからそちらへ行くのでどうか迎え入れてください、というようなことを。

脳が発する指令のほうがわずかに早かったと思います。まあ、あくまでもわたしの感覚なんですけどね……脳が〝飛べ〟という指令を出し、肉体がその指令に従って始動しはじめた、まさにその瞬間に、骨盤のところをガシッと押さえられたんです。あたかも緊急安全装置が……そんなものがあったらの話ですけど……作動したみたいに。最初はなにがなんだかわかりませんでした……わたしは目を瞑《つむ》っていましたから。一瞬、神というか仏というか、そういう人知の及ばない存在のことが、頭をよぎったくらいです。でも、目を開けると、わたしの腰に巻きついているのは人間の腕でした。もし、わたしの体重があと十キロ……いやいや、五キロでも重かったら、止めた人間……ようするに彼のことですが……もろとも、数十メートル下の岩畳だか海面だかに落ちていたんじゃないでしょうか。

「離せ！」って叫びましたよ、わたし。「おれの人生はおれ自身でけりをつけるんだ！」って。

わたしはなんとか、その腕から逃れようとあがきましたが、彼は離してはくれませんでした。気づいたらわたしは柵の内側の地べたに突っ伏していました。ぶたれた記憶はないですけど、腕をひねり上げられていましたね。その数秒か、せいぜい十数秒の間の、小競り合い

というか、悶着のあいだに、わたしは観念したように思います。これはもう生きていくしかないんだなって。いくらしんどくても生きていく以外に道はないんだなって。ここは強調しておきたいですが、前向きな心境とかじゃぜんぜんないです。まさに諦念ってやつですね。昴奮がいくぶん鎮まって、多少なりとも話ができるようになると……その時にはわたしも彼も、柵を背もたれにして地べたにへたり込んでいたんですが……わたしは言いました、「あなたは自分のしたことがどういうことなのか、わかっていますか？」って。

彼はしばらく……けっこう長い時間でした、答える気がないのかと思うくらい……考え込んでから、わたしに向き直ると言いました、「すみませんでした」って。

そりゃ、わたしの口ぶりも咎めるような調子だったかもしれませんがね……それにしても、拍子抜けしましたよ。いや、だって、人の身投げを力ずくで止めておいて、すみませんでしたって、何ですか、それ。ふつうは、諭したりするんじゃないですか。命を粗末にしてはいけないだとか、生きていればいつか必ずいいことがあるだとか、それこそ、自殺防止の看板に書いてあるようなことを。ねえ？

彼があまりに神妙に謝るんで、わたしもつい……というか、会話の流れ上、返しました、「いえ、謝られても困るんですけど」って。

彼はばつが悪そうに言い添えました、「出過ぎたことをしてしまいました」って。「もしも、まだその気がおありなら、どうぞ決行してください。今度はぼくも止めませんから」

いやはや、今さらそんなことを言われてもね……わたしは言いました、「いや、もういい

です、こういうことってタイミングが肝心ですから」って。……しかし、間抜けだなあ、わたしたちの会話って、今思うと。

そんなやりとりの最中ですね、彼が彼であることに……ええ、つまり、わたしの自殺を止めたその男が、前日の午後に四万十川のほとりで水切りをしていた男であることに、はたと気づいたのは。繰り返しますが、それを口にはしませんでしたけど。

わたしたちはへたり込んだまましばらく黙っていました。岩壁に当たって砕ける波の音と吹きすさぶ風の音だけが聞こえていました。なんとも滑稽な光景ですよね。身投げしようとした五十にならんとする男と、それを止めた——歳はあとで知ったんですが——三十すぎの男が、無言のまま肩を寄せ合い、薄闇に包まれた断崖絶壁の縁にへたり込んでいる、なんて。

どのくらいそうやって座っていましたかね……まあ、三十分くらいのことだと思いますが……わたしはふいに思い出すんです。自分の全財産は数百円で、もはや現世のどこへだって行けやしないってことを……いやまあ、昔の修行者のように托鉢《たくはつ》をしながら歩き通すって方法もないわけじゃないですけど……俗物のわたしはそこまで考えが及びませんから。それで、わたしてしまった、バスに乗るお金さえ持ってないって。家はどこかと彼が尋ねるので、わたしは答えました、自宅はもう手放してしまった、妻と二人の子どもが横浜の妻の実家で暮らしている、と。

すると彼は、ウエストポーチの中をごそごそとやって、一万円札を三枚取り出し、それをわたしに差し出すと言いました、「これを使って、横浜の奥さんのところに帰ってください。新幹線に乗るのは無理かもしれませんが、夜行バスを使えば、少しはおみやげも買って帰れます」って。

彼の信じがたい気っぷの良さといいますか、男気に、いたく感銘を受けながらも、わたしは、大のおとなとしての面目なさもあって、躊躇したんですが、彼はわたしの手に畳んだお札を握らせて、すっくと立ち上がりました——その時にちらっと見せた、かなしげな、それでいて、さばけた彼の笑顔が、いまだに瞼の裏に焼きついているんですけども。

「じゃあ、ぼくはこれで」

そう言って彼は、傍らに投げ出してあったリュックサックを背負うと、歩き出しました。その後ろ姿を見て、遅ればせながらわたしは、彼が歩き遍路をしているのだと気づきました。まあ、いかにも遅ればせながらなんですが、彼は白衣《はくえ》や輪袈裟《わげさ》といったお遍路さんの目印になるものを身につけていませんでしたから。

先ほども述べたように、路線バスの運行はすでに終了しています。わたしとて、身投げするのをあきらめた以上は、どこかで夜を明かさなければなりません。わたしは彼を追いかけました。あれこれ考えた上でそうしたというより、考える前に体が動いていました。

わたしは彼の背中に声をかけました。「今夜はどこまで行くんですか?」

彼は振り返ってこたえました。「決めてはいません。歩けるところまで歩いて、適当な場

所で横になります」

わたしは思い切って請いました。「一晩だけ、同行させてもらってもかまいませんか？」

彼は数秒、間をおいて……おそらくまごついていたんでしょう……すでに闇も濃くなっていて、表情の微妙なところまでは見えませんでしたが……こたえました。「お好きなように」

いささか疎ましげな口調でしたけどね、その時のわたしは……お恥ずかしい話なんですが……暗闇の足摺岬にたったひとり残されるのが心細くてね、ずうずうしいのを承知で彼についていくことにしました。

彼の足取りは速かったです。けっこうな大きさのリュックを背負っているにもかかわらず。一度だけ自動販売機の前で立ち止まってドリンクを買いましたが、それ以外は足を止めることもなければ、後ろを振り返ることもほとんどなかったです。今思うと、彼はわたしに置いてけぼりを食らわすつもりでいたのかもしれませんね。あるいは、わたしから逃げようとしていたっていう表現のほうが……事件のことを知った今となっては……よりふさわしいのかもしれませんが。でも、そのときのわたしは、そうは考えず、つまり、彼がわたしを置き去りにしようとしているとは考えず、必死に彼の後を追いました。父親の後を追う、よちよち歩きの子どもさながらに……ええ、おかしな喩えであるのはわかっています、けれどわたしの心境としては、そんな感じでした。わたしも高校までは野球をやってたんですが、もう三十年以上運動らしい運動をしていませんから……まあ、付き合いで少々ゴルフをやっていた時期もありましたけど……一時間も歩くと、息は乱れ、足や腰も痛みだしました。しかも、

途中からはずうっと上り坂ですからね、あんなに切迫した状況でなければ、とっくに音《ね》を上げていたでしょうね。さいわい、手ぶらでしたし、履いている革靴がゴム底のものだったので、どうにか歩き続けられましたけど。

そんなふうな……彼が先を行き、その後ろを数メートルからしまいには数十メートルも離れて、わたしがやっとこさ追いかけるといった歩みが、二時間半ほど続いたでしょうか、大きなU字カーブのあとの急な坂道で、ついに彼の姿を見失った……と思ったのも束の間、坂を上りきったところの道端に彼が腰を下ろしているのが見えました。わたしはもはや、這《ほ》うの体《てい》でしたが、なんとかそこまでたどり着いて、彼の横にへたり込みました。周囲に街灯はなかったはずですが、空には白い月がかかっていて、その月明かりで、彼の、二時間半も歩き続けたとは思えない凜々しい顔が見えました。わたしの息切れがどうにかおさまったところで、彼は藪から棒に言いました。じつは、ぼくも四国に来た当初は死ぬことばかりを考えていました、って。

「だから、足摺岬が待ち遠しかった。四国に来て最初に読んだ本に、投身者の死体は二度と海面に浮かび上がらないという、まことしやかな話が出てきたので。でも、日ごとに数十キロを歩くという経験を積んでいくうちに、自分の命なんて殺めるほどの価値さえないんだって思うようになったんです。せいぜいが道端の石ころ程度の価値しかないと。謙遜じゃありません。そのことは誰よりもぼく自身が知ってますから。そして、そうであるならば、石ころのように転がっていればいいじゃないか、だらしなく生きていればいいじゃないかって考

わたしはどうこたえていいのか、言葉に窮しました。いやね、彼もまた自殺を考えていた、というのにはなんとなく合点がいったんですが……だからこそ、わたしは彼に惹きつけられたんでしょうし……石ころのように転がっていればいい、などと言われてもね。そもそも、わたしは物事を観念的に考えるくちではないんです。石ころと人間はまったく違います。人間は食べなければ生きていかれません。そして、食べていくために頭を悩ませ、時には心を患い、体をこき使うんじゃないですか。でもまあ、彼のほうもわたしからのなんらかの反応を期待してそんな話をしたのではなかったみたいです。それきり、また口を閉ざしました。

その道端で十五分ほど休憩したと思いますが、その時に感じたのは、彼って黙っているのが絵になる男だなってことです……いや、絵になるっていうのは言いすぎかな。いずれにしても、彼といると、わざわざ言葉を交わさなくても、時間と空間を共有している、って気になれるんですよね。なんとも不思議な感覚でした。あれってなんなんでしょうかね……やはり、彼は石ころへの変貌の途上にあった、ということなんでしょうか……いやまあ、なかば冗談ですけども。

結局その晩は、さらに二時間ほど歩いてから……後半の二時間はあらかた下り坂で、いくぶん楽でした……横道に少し逸れたところにあった、古寺の境内《けいだい》の草むらで夜を明かしました。

四国の西南端とはいえ、十月もなかばにさしかかっていましたから、野宿するには寒かっ

たのですが、彼が防寒用にと、ジャージの上着と雨ガッパを貸してくれました。

食べ物は、彼がクラッカーや菓子パンの類いを持っていまして……もっとも、菓子パンの賞味期限は切れていましたが……それをわたしに分けてくれました。飲み物は、道すがらの自動販売機で仕入れていましたし、境内にも水場がありましたので。あと、彼はペットボトルの中にウイスキーを入れてまして……眠り薬の代わりだとか言ってましたけど……それもわたしに分けてくれました。

それほど話はしませんでしたが……なにしろ、わたしはくたくたでしたし、到着したのも零時近くで、周囲にはちらほら民家もありましたから……遅まきながら、互いに自己紹介をしました。名前とか年齢とか出身地とか、その程度の簡単なやつですけど。中山、と名乗ってましたね……もちろん、その時は偽名だなんて思いもよりませんけど。年齢も三十二と聞きましたので、二つほどサバを読んでいたことになるんでしょうか。あとは、そこまでの四国遍路のことを少し話してくれました。歩き始めて三週間を過ぎたがまだ三度しかお風呂に入っていない、とか、最初は白衣を身につけていたけど、地元の人から受ける〝お接待〟や他のお遍路に気安く話しかけられるのがうっとうしくなって身につけるのをやめた、とか、そんな話をね。でまあ、そんな話を聞いた後に、わたし、どうしても気になってしまって、尋ねたんですよ、どうして自殺しようだなんて思ってたのかって。

「あなたの若さなら、いくらでもやり直しがきくでしょうに」

彼は問いにこたえるのではなく、わたしが言い添えたことに反応しました。

「やり直しがきかないこともあります。歳の問題じゃありません」

そうぴしゃりと言うと、寝返りを打って……すでに横になっていましたので……わたしに背を向けてしまいました。わたしもそれ以上は話しかけませんでした。まあ、たしかに、そのとおりですしね。我ながら野暮なことを言ってしまったと思いました。

翌朝……疲れきっていたのと、ある種の緊張から解放されたせいでしょう、それにウイスキーのおかげもあったと思います、草むらでの野宿にもかかわらず、わたしの眠りは思いのほか深かったですね……六時すぎに目覚めると、彼はすでに起きていて、寝袋にくるまったまま、A5くらいのサイズのリングノートになにやら記していました。旅日記をつけているんだな、と最初わたしは思いましたが、ようやくペンの動きを見ると、どうやら絵を描いているようでした。

ほどなく、ひとりの女性がわたしたちのほうに向かって歩いてくるのが見えました。あごひも付きの登山帽を被っていましたが袖無しの白衣も身につけていましたので、すぐにお遍路さんだとわかりました。そうですね、三十なかば……いや、ひょっとしたら四十に届いてるかもしれません。ぱっと見は、なかなかきれいな女性でしたよ……すらっと背も高くて。で、おはようございます、というようなというより も、全体の雰囲気がね……すらっと

挨拶を交わしたあとで、彼女が言うには、自分は住職に頼んでお堂で寝かせてもらった、深夜にあなたたちの話し声が聞こえた、けっこう迷惑だった、と。

「それはそうと」と彼女は続けました。「靴擦れがひどいんだけど、絆創膏《ばんそうこう》を切らしてしまって。もし持っていたら譲ってもらえません？」

わたしはもちろん持っていませんが、彼が持っていました、絆創膏というよりテーピングのようなものでしたけど。それで、彼女は、そこいらに座って、足の手当をはじめたんですが、まあ当然ながら、ちょっとした世間話になるわけです。なんといいますか、わたしが考える、お遍路のイメージにてんで合わない、さばさばとした女性でしたね。いやいや、お遍路どころか、日本人離れした……あるいは、日本語よりも英語とかスペイン語とかのほうが似合いそうな、と言いますか、そんなタイプの女性でした。じゃっかん関西のイントネーションがありましたね……それを露骨に出さないところなんかに、わたしも最初は好感を持ちました。

そうこうするうちに、ものの弾み、というか、お遍路をしているということは、進む方向が同じですから、その女性と……名前はなんと言いましたかね、チカだったか、チカコだったか……彼とわたしとで、連れ立って歩くことになりました。もっとも、わたしは、遍路をしているわけじゃありませんし、年齢的にも、それに、ライフスタイルというと大げさですが、趣向的にも、彼らとはいささかタイプが異なっていますから……いや、彼とも彼女とも趣味や信条について話し込んだわけじゃありませんが、そういうのって醸し出す雰囲気でなんとなくわかるじゃないですか……なので、ひとりだけ外れたかんじになりました。彼らは、あくまでもわたしが見る限りですが、うまが合うというか、いいかんじになってましたよ

……いや、いいかんじというと語弊がありますかね、つまり、彼は相変わらず無愛想というか、他者には関わりたくないっていうオーラを出していたんですが、彼女のほうがそんな彼を面白がっていじり、彼は彼で、そんな彼女に根負けして、いつしかまんざらでもなくなってる、というような。これがまた、よくしゃべる女でね……わたしはしまいには辟易《へきえき》してましたけど。

一時間ほどで、土佐清水市街に着いたんですが、そこで、わたしは彼らと別れて、中村駅行きのバスに乗りました。事情をまったく知らない、そして、おもんぱかるという能力や情緒のない……いや、ないということはないんでしょうけど、そういう術に寄りかかるのを良しとしない珍客が……あえて珍客と言わせてもらいますが……いるせいで、ずいぶんあっさりとした別れになりました。「では、お元気で」「ありがとうございます」というような。……もちろん、わたしは、朝の段階で、お金はいずれお返しするから連絡先を教えてくれるよう、彼に言ってたんですが、彼は、その必要はありません、と言って、教えてはくれませんでした。今や、そういうことのからくりもあらわになったわけですけど。

バスの後ろの窓から遠のいていく彼らの後ろ姿を見送りました。ええ、それっきりです。わたしは中村を経由して……不恰好にもホテルに荷物を取りにいき……高知市に出て、その晩のうちに、新宿行きの夜行バスに乗りました。彼に言われたように、少しだけおみやげを買って。

その後のわたしの人生ですか？　ぱっとしませんよ……妻の実家の世話になりながら、週に六日、コンビニ向けの弁当工場で働いています、夜勤でね。さらに、週に二日は、老人ホームへ掃除やメンテナンスの仕事に行ってます。これらが、ハローワークにさんざん通い詰めて、ようやく見つけた仕事です。これでも、かつては、数十人の従業員を抱えるレストランチェーンの経営者だったんですけどね。年収だって、多い時には一億に近かったですし。あの時、すんなり死ねていたら、それはそれで、子どもたちも妻も幸せだったんじゃないかって、しょっちゅう思いますね。今は、ほんとうに肩身の狭い思いをさせてますから。上の娘は、家計のことを考えたんだと思いますが、大学なんて行きたくないってうそぶいて、せっせと働いています。妻も近所のスーパーでレジを打ってますし。

時々、思い返しますよ。彼と過ごしたあの一晩のことを……とりわけ、石ころのように転がっていればいいんだ、だらしなく生きていればいいんだ、っていう彼の言葉を。それを聞いたときは……先ほども話したはずですが……なに言ってんだこいつ、って思いました。でも、時間が経つにつれて、あのフレーズがわたしの胸の内で存在感を増してきたんですよね。じつに難しいです、石ころのように転がりながら、だらしなく生きるのは。……つまり、文字通り、だらしなくなんか生きられないわけですよ。だって、生きていくためには、ご飯を食べる必要があり、ゆえに必死にお金を稼がなくてはなりませんから。でも、その一方で、だらしなくても生きていればいいや、とでも考えないと、しんどくて身が持ちません。

四国から戻ってきてから、わたし、なんとなく興味をそそられて、四国遍路に関する本を

何冊か読んだんです。どの本でしたかね、そこに、帰る場所を――家そのものでもあり家族でもあると思うんですが――失って、延々と四国遍路を続けている世捨て人たちが出てくるんです。いま四十三周目です、というような老婆とかがね。そうやって延々と歩き続けて、ただ歩くことだけがその人の人生になって、いずれはどこかで力尽きて死ぬんでしょう。これは今度の事件を知ってから思い当たったことですが、もしかすると、彼も、あの時点では、そんな生き方、ないし死に方を、考えていたんじゃないでしょうか。石ころのように生きるってのは、究極、そういうことだと思いますよ、わたし。こんなことを言うと要らぬ誤解を招くかもしれませんが、いっそのこと、彼にはそうやって……石ころが転がり続けてすり減り、やがて小石や砂粒になり、しまいには埃となってわたしたち人間の目には見えなくなるように、歩き続ける中で力尽きて死んでほしかったなあ。……ともあれ、彼のような人間に、ああいう状況――わが人生のどん詰まりで出会い、なおかつ彼が妻殺しの逃亡者だったということを知って、わたしの考え方というか人生観が広がったのは、確かです。あの世ではなく、この世に存在する深淵をちらっとのぞかせてもらった……というのかな。いや、そんな恐ろしい場所をのぞく必要なんかないのかもしれないけど、そういうきわどい体験が、人をたくましくさせるっていうのは真理だと思います。じっさい、わたしがそうですから。彼に感謝しているとかそういう話じゃなくてね。

私たちをたえず結びつけるのは何か
愛である

——ヨハン・ヴォルフガング・フォン・ゲーテ

13

他人の自殺をすんでのところで阻止するという経験はさすがにはじめてだったが、久保田輝之が四国遍路の道中で他者に関わりを持ったのは、水原透《みずはらしげる》——それが足摺岬で身投げしようとした中年男の名前である——が最初というわけではなかった。とりわけ、できるだけ目立たぬように、かつ、野宿の際などに不審がられないように、という思慮から白衣や輪袈裟を身につけていた最初の二週間ほどは、ほかの歩き遍路たちからなんやかやと話しかけられることも少なくなかったし、地元の人から〝お接待〟を受けた——ジュース代と称して小銭を握らされたり、昼食をごちそうになったりした——ことが、一度ならずあった（たいていの遍路向けガイドブックには、お接待を断るのは礼を失することだと書かれており、何につけ波風が立たないよう輝之もそれに従ったのだった）。また、バックパックや寝袋や雨具といった必需品こそ、出立前に丸一日滞在した徳島市内で調達したものだが、敷物やジャージの上着や靴擦れ防止用のテープなど、途中の善根宿《ぜんこんやど》や、どしゃ降りの夜にやむを得ず宿泊

した民宿などで、無償で譲り受けたものも多い。

そのどしゃ降りの夜をのぞけば、あらかた天候にも恵まれ、おおむね順調な滑り出しとなった四国遍路も中盤を迎えたところで、こんな出来事があった。

室戸《むろと》岬を過ぎたあたりからちょくちょく見かけるようになっていた、蜂蜜色の眼鏡フレームと千円札の野口英世を連想させる口髭が印象的な中年男に、高知市内にある第三十三番霊場雪蹊寺《せっけいじ》の境内で「いっしょに歩きませんか」と誘われた。やんわりと断ったつもりが相手の男はそうとは取らず、なし崩し的に、次の霊場へ向けて連れ立って歩くかっこうとなった。最初のうちはあたりさわりのないやりとりだったのが、しだいに男は輝之の素性について踏み込んだ問いを投げかけてき、輝之がおざなりな答えを返すと、芸能リポーターさながら表現を変えてはほぼ同様の質問をしてくる……そんな執拗さと狡猾さにうんざりして輝之が無視し始めると、男は「じつは……」と言いながら、名刺を差し出してきたのだった。名刺には全国紙の名前があり、吉澤真人《よしざわまさと》というその男は文化欄を担当する新聞記者で、四国遍路についてのコラム記事を書いているところなのだと、いささか恐縮しながらもどこか誇らしげな様子で告げた——おそらくは、おのが身分と職務を披瀝《ひれき》すると、遍路びとが快く話してくれるという経験を重ねていたのだろう。輝之は、男が新聞記者だと知って、がぜん深淵に臨むがごとき心境になったが、なんとか平静を装って「記事になるような物珍しい話は持ち合わせていませんし、ひとりで歩き通すことがなによりの修行だと考えています」と告げ、以後の同行を拒んだ。

この出来事をきっかけに、輝之は白衣を脱ぎ、輪袈裟を外すことにした。とどのつまり、時として奇異の目で見られることになろうが、遍路びとであれ里の人であれ他者との交わりを極力避ける、孤独なバックパッカーになりきることに。

それからの一週間、輝之は、会話の相手はもっぱら自分自身という時間を過ごしてきたのだが、そんな孤絶状態にひび割れをもたらしたのが、足摺岬での水原透との奇遇であり、さらに、そのひび割れを粉々に砕いたのが、その翌朝の寺岡知佳《てらおかちか》との邂逅だった。

水原が中村駅行きの路線バスに乗り込み、輝之たちの前から姿を消すと、知佳はそれまでにも増してカジュアルな態度になった。いささかなれなれしすぎるんじゃないかと、輝之には思えるほどに。

「あの水原さんとかいうおじさん、自殺しようとしてたんでしょ」宿毛《すくも》方面へと向かう国道の路肩を歩きながら知佳は尋ねた。

「どうしてそう思う？」輝之は知佳の確信めいた物言いに驚きながら問い返した。

「どうしてって、ただの勘だけど。あたり？」

「おれが止めたんだ、足摺岬で。止めるべきじゃなかったのかもしれないけど」

「でも黙って見てるわけにもいかないよね」

「そうなんだ。気づいたら止めてた」

「それで、せっかくだし、いっしょに歩きましょうって？」

そう知佳はからかうように言ったが、輝之はいたって真面目にこたえた。

「一晩だけ同行させてほしいって、泣きそうな顔で頼んでくるもんだから」

そんなやりとりをしながら、輝之は、いつのまにか自分までもが、この知佳という女のペースに巻き込まれて、くだけた口の利き方をしているのに気づいた。たしかに、そう、さながら幼なじみのように、気兼ねしないタイプの女であるのは間違いないが、あまり緊張を解きすぎると墓穴を掘ることになりかねない——胸の内で輝之は自分を戒《いまし》めた。

「ひょっとして、あなたもその気だったとか？」知佳は続けて尋ねた——面白がるような口調で。

「その気？」

「自殺する気のこと」

「それはハズレ」輝之はきっぱりと答えた。「おれは自分で死ぬような人間じゃないよ」

「あっそ」

この話題をきっかけにあれこれと穿鑿《せんさく》されるのだろうと輝之は身構えたのだが、知佳はそれ以上の質問はせず、代わりに自分の身の上話を、あたかも共通の友人のうわさ話をするみたいな調子で、したのだった。

寺岡知佳は神戸市の出身で四十歳だった（これを聞いた時には驚いた。なぜなら同世代……せいぜいのところ一つ上か二つ上だと思いこんでいたし、だからこそタメ口を使っていたのだから）。父親の仕事の関係で小学校三年から中学二年までをカリフォルニアのサンノ

ゼで過ごした。帰国後は、阪神地区の高校と大学に通ったのち、大学でフランス語を専修していたこともあって、卒業後はパリに渡り、語学学校を経て服飾の専門学校に入学し、デザインとパターンを学んだ。その後、アパレル系のアトリエやメーカーをいくつか渡り歩きながら、十年あまりを彼の地で過ごした。その間に、フランス人のグラフィック・デザイナーと結婚したが、二年足らずで破局した。三十二歳の時に、パリに短期滞在していた日本人の商社マンに出会って恋に落ち、まもなくプロポーズされた。パリに残って自分のキャリアを追求するか、日本に戻って男と結婚するかでさんざん悩んだ末に、後者を選んだ。しかし、今度は四年が過ぎたところで、旦那が原因不明の心不全で急逝した。現在は、アテンドや通訳の仕事をしながら東京・千駄ヶ谷のマンションにひとりで住んでいる。またパリで働きたいという希望を持ちながらも、踏ん切りがつかないままにこの二月で四十歳になってしまった。五月に、徳島の第一番霊場から高知の第三十二番霊場まで歩いた。今回は愛媛の第五十一番霊場まで歩くつもり――だいたい、そんなような話だった。

輝之は奇妙に思った。知佳の来歴は、ありふれたとは言わずとも、どこかで見聞きしたことがある類いのものだと思ったが、そんな女性と四国遍路とが、どうにも結びつかないのだった。そのことを訊くべきか訊くまいか、迷っていると、先に知佳が言った。

「あなたが考えてること、あてよっか。わたしみたいな四十女がなぜ、こんな白衣を着て四国の片田舎を歩いてるかってことでしょ？」

「うん、まあ、そうだね」輝之は、タメ口を使うことへのためらいをひそかに覚えながらも、

こたえた——男女を問わず六つも年上の人間にタメ口を利くメンタリティーは本来なら持っていないのだが、今さら引っ込みがつかなかったのだ。

「弘法大師とか般若心経とか、そういうのにことさら興味があるわけじゃないの」知佳は淡々と説明した。「苦しみから救われたいとか、ほんとうの自分を見つけたいとか、その手のことを祈願しているわけでもない。そもそも、ほんとうの自分——なにそれ？って思ってるし。宗教に関して言えば、ずっとミッションスクールに通っていたせいもあって、仏教よりはキリスト教のほうに親しみを感じてる」

「じゃあ……なぜ？」

「ひとつには、歩くことが好きなの。ふだんでも毎朝一時間近く歩く。長い距離を歩いていると気持ちがあがってくる瞬間があるじゃない？　ランナーズ・ハイっていう言葉があるくらいだから、走ればもっとそんなハイを味わえるんだろうけど、心肺機能が弱いのか、根性がないのか、長距離走は苦手なのよね。でも、歩くのは好き。フランスに住んでた時は、サンティアゴ・デ・コンポステーラの巡礼路を歩いた。ピレネーの麓《ふもと》のまちからイベリア半島の西端まで、約九百キロをひと月あまりかけて。それが、四国遍路をしているだいいちの理由。

ふたつ目は、最初の旦那によく言われてたの、きみは日本人のくせに日本のことを知らなすぎるって。彼はフランス人のインテリによくいるタイプで、東洋の美術とか思想とかに入れ込んでたのね。せっかく日本人と結婚したのに、ってしょっちゅうこぼしてた。次の旦那

には、おまえは欧米文化にかぶれすぎだって揶揄《やゆ》されて。侘び寂びを解するセンスが欠落してるとか、察するというたしなみを知らないとか、そんなことも言われた。最初のうちは、さすが帰国子女だ、率直にものを言うからこっちも楽だの、心でっかちじゃなくて助かるだの、って褒めてくれてたのに。そんな不満が高じたんだろうけど、旦那は、よそに女を作った。よくは知らないけど、和服が似合って趣味は生け花に浄瑠璃とかいう人……冗談みたいな話でしょ。不倫がバレて離婚話が持ち上がったとたん、彼は死んじゃったんだけどね。とまあ、そんなこともあって、ここ二三年のあいだに、もう少し日本のことを知りたい、日本の文化や人々の暮らしに慣れ親しみたいっていう気持ちが芽生えてきたのね。で、四十にもなったし、ちょうどいい区切りだから」

「ちょうどいい区切り?」

「うん、女の四十って大きな区切りじゃない。四十を境に、基本的には……あくまでも基本的には、だけど……自分の子どもを持てなくなるし、結婚だって難しくなる。つまり、ひとりで生きていく覚悟を決めなくちゃならないってこと。わかる?」

「うん、まあ、だいたい」

そう輝之がこたえると、知佳は横目で相手を捉えながら頷き、口調をじゃっかん変えた。

「これがわたしの人生のダイジェスト。さあ今度はあなたの話を聞かせて」

「いいや、おれの話なんて——」そこで、大型トラックどうしがすれ違うタイミングに重なったので、道を広くあけるために輝之は知佳の前に出るかっこうとなった。さっと後ろを振

り返って、続けた。「おれの話なんて、面白くもなんともないから」

「あらそう？」トラックが行き過ぎると、再び知佳は輝之の横に並びながら言った。「どんな人生の話にだって面白みってものはあるんじゃない？　それに、あなたは、平凡を装ってはいるけど、絶対に平凡な男じゃない。旅が好きだとか自分探しをしてるとか、そんな理由でここにいるんじゃない。それくらいのことはわたしにもわかる」

「……話したくないんだ」

そう言ってしまってから輝之は、まずい、何を言ってるんだおれは、と思った。「話したくない」という物言いは「他人には話せないことを抱えている」と打ち明けているようなものじゃないか。輝之は胸の内で自分を罵《ののし》る。おい、ユルくなりすぎだぞ。たまたま道連れとなっただけの女に、なんでおまえは気を許そうとしてるんだ？　どのみち、この女は危険だ。今のおまえには毒蛇のようなものだ。身のほどをわきまえろ。深入りしてしまわないうちにとっとと別れるんだ。はっきり言えよ、これ以上の同行は迷惑だって。

しかし、輝之は自分の主張を相手にきっぱりと伝えることが不得手な――それが相手の意に染まないと推測されることとならなおさらに――男である。そんなわけで、ひとりで歩きたいとは言いだせず、のらりくらりと知佳の質問や突っ込みをかわしながら、その日一日をどうにかやり過ごした。知佳のほうも、もともとがさっぱりした性格なのか、あるいは自分の自由をアピールする代わりに相手の自由も尊重するという個人主義の文化で培われた作法を身につけているからなのか、はたまた長期戦に持ち込む魂胆だったのか、くだんの新聞記者

とは違って、執拗に追及するということはなかった。

その日は、途中の浜辺でのんびりしたせいもあって、ふだんの行程に比べて短い距離しか歩かず、朝の古寺から二十キロあまり西に進んだ海岸沿いに見つけたあずまやで、それぞれの寝袋に入って夜を越した。旅慣れている、というか、過去にも似たような経験をしてきたせいなのだろう、知佳は、自分たちが異性どうしであることを相手にほとんど意識させず、道すがらの酒屋で購入した国産ワインを口にすると、あっさりと寝入った。

輝之が行動を起こしたのは夜明け前のことだった。

知佳の寝息を窺って、すみやかに荷物をまとめ、ひとり出発した。

その日は朝のうちに降り出した大粒の雨が、何度か小降りになりながらも一日中降りやまないという、悪天候だったが、輝之は雨ガッパを着込んでほとんど休みらしい休みを取らずに歩き続けた。足摺岬から西向きのルートを選んだせいで、三十九番霊場の延光寺《えんこうじ》へ行くには宿毛でいったん内陸側に進路を取り、おおよそ十キロにわたって往復しなければならないので、思い切ってパスして先を急いだ。ゆうに四十キロを超える距離を歩いたことになるだろう。日が暮れはじめたころには、雨水が下着にまで染みわたり、靴の中はじゃぶじゃぶと音がするほどに水浸しだった。やっとこさ見つけた民宿で空室の有無を尋ねると、拒否こそされなかったものの女主人には嫌な顔をされた。ともあれ、今日の強行軍で知佳からはずいぶんと離れられただろう。明日もう一日、今日のようなペースで歩き通せば、完全に安全圏だ。これでよかったのだ。なんとなく惹かれる女ではあったがこれでよかったのだ。おれは

罪深き世捨て人なのだ、他者と関わりを持つ資格などないのだ。そんなことを思いながら、輝之はしばらくぶりの風呂に浸かり、しばらくぶりの布団に体を横たえ、しばらくぶりの深い眠りに落ちた。

翌日も輝之はひねもす歩き続け、再び孤独な旅人となった。

自分ではそのつもりだった。これでいいのだと思い続けた。これが自分のあるべき姿なのだと。

しかし、眠っている女を海岸沿いのあずまやに置き去りにして三日目の午後、第四十三番霊場明石寺《めいせきじ》の境内の水屋で口をすすいでいる時に、背中をとんとんと叩かれた。

振り向くと、知佳がいた。

「ごきげんいかが？」

輝之は驚きのあまり口に含んだ水を気管に詰まらせて咽《む》せた。こほこほと咽せながら、頭がかっとするほどのばつの悪さを覚えた。と同時に、くすぐったさにも似た安堵をも覚えているのを意識しないではいられなかった。「ど、どうして……いや、どうやって、ここに？」

「そんなに驚かなくたっていいじゃない」知佳はあてつけるように言った。「ひと晩中、歩き通したってだけ」

「……一晩中……」

「冗談、冗談」そう言って知佳はにっこりと笑った。

境内の休憩所に場所を移すと、知佳はことの顚末を明かした。

あの日、降りしきる雨の中を歩いていると、ワンボックスの軽自動車が傍らに止まり、運転席に座る初老の男に、乗っていくよう声をかけられた。「接待だよ」と、長年の日焼けのせいで東南アジア系の人間に見えなくもないおじさんは言った。最初は丁重に断ったが、「雨は当分やまないよ、カゼひくよ」と言うおじさんの人なつっこい笑顔にほだされ、これも縁だと割り切って、お接待をありがたく頂戴することにした。初老に見えたおじさんはまだ五十五歳で、畑作農業を営んでいるとのことだった。車に乗せてもらうだけでなく、その晩は、おじさん（平松《ひらまつ》さん）のお宅に泊めてもらった。後妻だという奥さんは、フィリピン出身の女性（カレン）で、知佳と同い年だった。カレンは十八の時に日本にやって来て、はじめは川崎の、次に新橋のパブで働いていたという。夭折した先妻との間にもうけた二人の子どもはすでに独立して家を出ていたが、カレンが産んだ中学生の娘（カヨちゃん）がいて、今時の日本にこんな中学生がいるのかと思うほどに、聡明で素直な子で、子どもがあまり好きではない知佳も、すっかり彼女のことが好きになった。晩御飯の時間が来るとみんなで食卓を囲んだ。テレビではお笑い系のヴァラエティ番組が流れていた。七分づきのお米にポークカレー、それにナスの漬け物となめこのみそ汁という、つましい食事だったが、とても美味しかった。晩御飯の後はみんなでトランプの大富豪をして遊んだ。それからカヨちゃんの勉強を見てやった。カヨちゃんの部屋に布団を敷いてもらってカヨちゃんと枕を並べて眠った。翌朝、平松さんがカヨちゃんを学校まで送っていくというので同乗させてもらった。カ

レンもいっしょだった。カヨちゃんを学校に送ったあとはちょっとした観光を兼ねたドライヴとなった。平松さん夫婦のむつまじさがとても微笑ましかった。そんなこんなで、歩けば二日はかかるような道のりを、一気に進んだ。本来は遍路に車を使うなんて邪道だが、素敵な時間をすごさせてもらったし、今回はよしとすることにした――。

こんなこと言うと鼻持ちならない女だと思われるかもしれないけど、と前置きしてから知佳は言い添えた。「これまでのわたしって、心のどこかで偏見を持ち続けていたんだと思う。つまり、田舎に暮らすごく普通の人々や、高等教育を受けていない人たちに対して。パブで働くようなアジア出身の女性に対しても。……ねえ、わたしの育った家庭というのは、リビングルームにテレビさえなかったのよ。代々医者という一家に育った父が、テレビに象徴される大衆文化を毛嫌いしてたから。それに、わたしは一度も公立の学校に通ったことがないし、神戸の実家のまわりにはだいたい似たような境遇の人が住んでいた。結婚したのもアッパー・ミドルクラスのフランス男に、東京の山の手出身のエリート商社マン。おおよそ想像がつくでしょ、そういうふうな環境の中で生きてくるとどんな感覚が身につくか？　もちろん頭ではわかっているの、人間に貴賤はないって、出自や学歴なんか関係ないって。そうなんだけど、心の奥のほうでは、そういう人たちとわたしとのあいだには、いかんともしがたい隔たりが存在するって思い込んでいたの。でもね、平松さんのお宅に一晩泊めてもらって、それこそ目から鱗が落ちるような思いだった。素朴な暮らしの中にある、ささやかな喜びとかたわいない幸せとかを、たっぷりと味わわせてもらった。ほんとに貴重な体験だったし、

くすんでいた心が漂白されたような気がする」

知佳のそんな話を聞きながら、輝之は知らず知らずのうちに自分の心までもが漂白されているような気になっていた。もっとも、自分の心が漂白されているのは、話に聞かされた平松さん一家のささやかな幸せによってなのか、それとも、そんなささやかな幸せに心を動かされる知佳の感性によってなのか、よくわからなかったが。

なにはともあれ、そんな話のあと、輝之と知佳は、どちらから誘うでもなく、今度こそ本格的な同行者となった。

その晩、二人は三方に囲いのあるバス停の待合所で夜を明かした。周囲を低い山々に囲まれたそこでは、秋の虫の鳴き声が天から降ってくるかのごとく聞こえた。月のない夜で、インクで染めたような濃紺の空には無数の星々が光の穴を穿っていた。

そうして、知佳が持っていた電池式ランタンの灯りの中で、知佳から促されたわけでもないのに、輝之は訥々と自分のこれまでの人生を語り始めたのだった。

三十四年にわたる半生の物語を。

これまでは誰にも話さなかったことをも。

長らく自分の心の奥深くに封印していたことをも。

ほとんどすべてを語り尽くした。

嘘偽りなく——途中までは。

途中からは嘘をまじえたが、あとは事実を詳《つまび》らかに語ることで、そのまじった嘘が、不

思議と、本当にあったことのように思えてくるのだった。すなわち、妻はヤクザな男と不倫関係を続けていたあげく、男にあてがわれるままに薬物依存になり、しまいにはオーバードーズで死んだ、というデタラメが、本当のことに。

おれはきっと、愛とか何かそういうもののせいで
身勝手になっていたのだ
でなければ鈍感か、ただのバカに
——ケン・ブルーエン『ロンドン・ブールヴァード』

14

「ねえ、中山くん。松山に二三日滞在しない？　道後《どうご》温泉に泊まって」

寺岡知佳が（中山英徳と名乗っていた）輝之をそんなふうに誘ったのは、二人の本格的な同行《どうぎょう》が始まって四日目の朝——とくべつのアクシデントがなければ、その日の夕方までには松山市中に到着するはずの朝——のことだった。前夜は山あいの観音堂で夜を明かしていた。

「帰りの飛行機、明々後日《しあさって》なの。変更可能なチケットではあるけれど。それまでは仕事も入れてないし」輝之がこたえないでいると、知佳は自分から誘った照れもあってか頰をほんのり赤らめながら、じれったそうにまくしたてた。「先を急いでるわけじゃないんでしょ？　いつまでに遍路を終えなくちゃいけないとかってあるの？」

「まあ……そういうのはないけど」

「けど、なによ?」

輝之はもっともらしい理由を探していた。応じるにせよ拒むにせよ、もっともらしい理由が必要だ、何よりも自分自身を納得させるために——そう思った。

「あ、お金?」知佳は尋ね、相手の返答を待たずに続けた。「お金のことなら心配ない。ちょっとした小金持ちだから、わたし。あなたと二人、たとえ三つ星の高級旅館にひと月逗留しようと、どうってことない」

「いや、まあ、お金はたいしてないけどさ、お金の問題でもない」

「ああでもない、こうでもない。あなたってほんと、まわりくどいよね。はっきり言って」

何泊だろうがいっしょに温泉旅館だかホテルだかに滞在する——それがどういう意味を持つのか、あるいは、知佳の誘いにはどんな意向が含まれているのか、もちろん輝之にもわかっていた。というか、もしも、自分が知佳に打ち明けたとおりの男だったなら、つまり——煎じ詰めれば、妻を寝取られたあげくにまんまと死なせてしまい、そのショックで仕事を辞めて四国遍路に出立したという傷心の男やもめだったなら、どのタイミングでかはともかく、自分から松山での同宿を切り出していたにちがいない。どのみち、野宿を基本にしている遍路びとも、適所が極めて少ない松山市内では、どこかに宿を取ることになるのが通常なのだから。

「いいや、たいしたことじゃないんだ。わかった、そうしよう」

「うわ……なにその言い方? しぶしぶってわけ?」

「しぶしぶじゃないよ。うん、ぜひとも」

「なんだか腑に落ちないけど」

「気を悪くしたなら謝るよ。でもほんとにたいしたことじゃないんだ」

輝之はそう言うと、肩をすくめて笑ってみせた——そんな、いわばアメリカ映画的なしぐさが知佳の前では効果を発揮することにはとうに気づいていた。

まったく煮え切らない態度だと自分のことながらに思う。いっそのこと居直れない自分をふがいなく思う。心根をつい露呈させてしまう自分を危ういと思う。しかしながら、今や二人のあいだには、単なる好意以上のものが行き交っているのを、輝之も認めないわけにはいかなかった。

よせよバカが。青二才じゃないんだから。身のほどをわきまえろ。などと、もうひとりの自分がいくら諌《いさ》めても、膨張していく思いを自分の内側に抑え込んでおくのは難しかった。

その日一日を歩き通し、第四十六番霊場の浄瑠璃寺《じようるりじ》から第五十一番霊場の石手寺《いしてじ》までを詣でた二人は、午後四時すぎに、道すがら知佳がスマホで検索して予約を入れておいた道後温泉のとある旅館にチェックインした。

「ご夫婦でお遍路ですかあ。いいですねえ。羨ましいわあ」と言いはやす五十がらみの仲居さんに、知佳は「いいえ、夫婦じゃないんです」とこたえ、しかし仲居さんが「ああ、カップルさんですか。それにしても羨ましいわあ」と言い直すと、知佳は「いえ……そんな……まあ」と言葉を濁しはしたものの、はっきりとは否定しなかった。

仲居さんが「では、ごゆっくり」と言って退くと、二人はさっそく最上階の露天風呂へ向かった。そうして汚れた体のすみずみを丹念に洗い、暮れてゆく茜色の空を仰ぎながら湯浴《ゆあ》みをした。

風呂から上がると、輝之は体があたたまったせいもあって眠気を覚えたので、真新しい畳の上で座布団を枕にしてうとうとした。その間、知佳はスマホをいじったり、フロントでもらった観光案内のパンフレットをめくったりしていた。

午後七時になると部屋に夕食が配膳された。最初はビール、そのあとは地元の純米吟醸酒を飲みながら、豪勢な会席料理をたっぷりと時間をかけて食した。輝之の中でくすぶっていた罪悪感も、酔いがまわるにつれ、そして胃が満たされるにつれ、薄らいでいった。

食事を終えると、知佳がもう一度湯浴みしてくるというので、輝之もそうすることにした。湯船に浸かっていると、傍らにいた初老の男に話しかけられた。禿げ具合と顔の輪郭がウズラの卵を連想させる好々爺然《こうこうやぜん》とした男で、五年ほど前に退職し、今は日本全国の温泉地巡りを夫婦共通の楽しみにしているという。「今がいちばん幸せな時だね」と男は言い、すきっ歯をむき出しにして屈託なく笑った。「いやはや、年を取るってのは悪くないよ、お兄さん。アハハハ」

輝之は「はあ、そんなもんですか」と軽く受け流し、さりげなく内風呂に移動したのだが、「アハハハ」という粘っこい笑い声がいやに耳に残り、やがてその響きはまるで毒が広がるがごとく背筋をぞくぞくさせ、しまいには不愉快とも腹立ちともつかない感情をもたらした。

どうして見も知らぬおれにそんなことを言ってくるんだ？　だれもが自分の物言いに感心すると思っているのだろうか？　そうして、ふいに、いつだったか何かで読むか人から聞いたかした言葉を思い出した――善良な人が寄り集まって邪悪な世の中を作るのだ。

邪悪というのはちょっと言いすぎだろうが、しかし、彼らのような人間がのさばることによって世の中が少なからず窮屈な場所になるのは間違いない。

部屋に戻ると、食膳は下げられ、純白のカヴァーに包まれた布団が並べて敷いてあった。二つの枕が心なしか中央寄りに置かれている。部屋の照明も適度に落とされていた。これじゃあ、まるで昭和の高度成長期における新婚旅行の初夜だ。輝之はおかしみさえ感じながら、縁側の椅子に座って瓶ビールの栓を抜き、知佳が風呂から戻ってくるのを待った。

風呂場でいかんともしがたく湧き上がった不愉快や腹立ちの残滓《ざんし》と、映画の中でしか見たことのない高度成長期を髣髴《ほうふつ》とさせるレトロな雰囲気とが、輝之の内側で妙な具合に混ざりあい、それまでは種火のごとくひっそりと燃焼していた知佳に対する欲情が、にわかにキャンプファイヤーのごとく燃え盛り始めた。

輝之のほうから特別なモーションをかける必要はなかった。知佳は部屋に戻ってくるなり、灯りを豆電球のみにし、輝之を潤んだ目で見つめながら浴衣の帯を解いたのだった。下着はつけておらず、乳首こそ浴衣の掛け襟に隠れたままだったが、陰毛は露になった。豆電球の灯りの下でも、その濃さがはっきりとわかった。輝之はおもむろに立ち上がると、知佳に近寄っていった。

キスをすると、すぐに知佳の舌が輝之の口の中に伸びてきた。舌を絡ませながらヴァギナにそっと触れると、すでに愛液でぐちょぐちょだった。耳たぶに吸い付く。そうしながら左手で乳房をまさぐり、右手の指先でクリトリスをいじる。知佳がたまらずに悦びの声をあげる。その声を聞きながら、輝之は屹立したペニスにさらにいっそう血液が充満していくのを感じた。

知佳の中は生温かかった。その類いの生温かさを初めて味わったわけではないが、その奥に向かって激しく突きながら輝之は、ここそが帰る場所なのだ、と実感した。男というものは巡り巡ってここに帰ってゆくのだ。今すぐには帰れないとしても、いずれはここに帰ってゆくのだ。そう思うと、快楽はいっそう高まり、その快楽の高まりは伝染するがごとく知佳をオルガスムスへと導いていった。

長時間におよぶことが終わったあとで知佳は言った。「わたしのこと、大胆な女だと思ってるんでしょ?」

「そもそも、慎み深い女だとは思ってなかったけど」

「あなたがどんな人かはおおよそわかってたつもり……だけど……」

「だけど?」

「こんなにもすごいとは」

「おれだって自分がこんなにもすごいとは思ってなかったよ」

輝之がそう言うと、知佳はとっておきのジョークに触れたみたいに大笑いし、その大笑いは、どういうわけか輝之の欲情を再び煽り立てた。

翌日は、朝寝坊を楽しんだ後、路面電車に乗って松山の市街地に出かけ、まずは輝之の洋服を買いそろえた。辺地ではともかく都市部ではホームレスと見誤られそうなみすぼらしい服しか持ち合わせていなかったのである。ベージュのチノパン、白いシャツ、グレイのジャケット、そして白のコンバース・オールスター……「わたしにまかせて」と張り切る知佳の言いなりになった。それから理容室へ行き、散髪してもらった。しばらく伸ばしていた髭も剃り落としてもらった。

知佳はその間に自分の洋服を買いそろえた――持っているのはパンツスタイルのカジュアルなものばかりらしく「今の気分には合わないから」と言いだしたのだった。

輝之の散髪が終わりかけたころに理容室に現れた知佳は、シルバーグレイのロング丈のスカート、オレンジ色のカーディガン、青のパンプス、キャラメル色のハットという装いで、理容師のおじさんも「モデルさんみたいや」と目を丸くした。じっさい、上背もありスタイルもいい知佳は、その後もしばしば道行く人に振り返られた。

午後は坊っちゃん列車に乗って市内を巡ったり、松山城を見物したり、パリっぽい雰囲気のカフェでお茶をしたりと、それこそ昭和の新婚旅行カップルのような時間を過ごし、夜は夜で（旅館には晩御飯は不要と告げてあった）老舗《しにせ》の日本料理店で郷土料理を食し、そのあとは、ラウンジ・ミュージックが流れるバーで、ブルゴーニュ産の白ワインを飲みながら、

映画やら音楽やらの話に花を咲かせた。旅館に戻ると、湯浴みし、前の晩と同じように時間をかけて愛し合った。

さらにその翌日は、朝からレンタカーを借り、知佳の運転で今治《いまばり》や大三島《おおみしま》へドライヴに出かけた（輝之は、更新を怠って免許は失効になったままだと嘘をついた）。天気はすこぶる良く、秋の日差しにきらきらと輝く海に、大小さまざまの島が浮かぶ瀬戸内の景色は、穏やかで美しく、まるで夢を見ているようだった。こんなところにいるとなにも考えられなくなりそうだと輝之は思う一方、それこそが自分の求めていることなのだという気がした。そして、いっしょに時間を過ごせば過ごすほど、知佳が魅力的に見えてくるのが不思議だった。最初は、無遠慮でがさつな女だと思っていたのに、今や、自分を別の場所へ——別の次元へ、連れて行ってくれる運命の女であるように感じられる。それに、知佳といると、自分がかつてなりたかった自分になったような、少なくとももう少しでそんな自分になれるんじゃないかという気がするのだった。

ドライヴの夜——翌朝の飛行機で知佳は東京に戻ることになっていた——の食事中に、知佳は言った。

「松山がすっかり気に入っちゃった。越してこようかな」

「たしかにいいところのようだね。けど、二三日いたくらいじゃ、実際の住み心地はわからないよ」

「その時はその時で、また別の場所に越せばいいじゃない」

「ていうか、ふつうは仕事だってあるんだし、現実にはそんなこと――」

「できる、その気にさえなれば。東京だろうと松山だろうとパリだろうと、一つの土地に根を下ろして生きるのはわたしの性に合ってないと思う」

おれはきっとちがう、と輝之は思った。絶え間なく移動しながら生きるなんて性に合わない。ほんとうはどこかに根を下ろしたい。できることなら――。

そんな輝之の思考にはかまわず知佳は言う。「このあいだもちらっと話したでしょ。わたし、とうぶん生活の心配はしなくていいの。夫の生命保険に、預貯金、退職金。それに、千駄ヶ谷のマンションだって、売却すれば相当なお金になるはずだし。今は仕事を続けてるけど、その気になればいつだってやめられる」

輝之は思う。別の状況で出会っていたら、こんな話に興ざめしていたかもしれない。

「中山くん、どう?」

「どうって?」

「わたしといっしょに松山で暮らさない?」

「……は?」

「だって、あなたは今、失業中。そして、家族もいない。何のしがらみもない」

「……まあ、それはそうだけど」

「もちろん、あなたに何年も遊んでていいとは言わないけど、ゼロから仕事を探すんなら、

松山で始めたっていいじゃない」

「……いや、しかし――」

「わたしのこと嫌い？　わたしはあなたのことが好き。あなたとならうまくやっていけそうな気がする」

「……」

「どうしてこういう時に黙り込むのよ？」

「きみのことは好きだよ。でも……」

「でも？　何が問題なの？」

「おれたち、まだ出会ってたかが一週間だよ。そんなんじゃわからないだろ、うまくやっていけるかどうか」

「三年付き合ってから暮らしたって別れる時は別れる。そうでしょ？」

「そりゃそうだけど」

「少なくともわたしはこの一週間であなたがどんな人間かわかったつもり」

「……そんなに薄っぺらいかな、おれ」

輝之がそう言うと、知佳は声を立てて笑い、それからまた真面目な顔つきに戻って言った。

「いずれにしても、お遍路が終わって東京に戻ったら、連絡ちょうだい。もちろん、お遍路の途中でもいいけど。わたしの誘いの有効期限は一か月。それを過ぎたら、話は白紙。それでいい？」

「ああ、わかった。どのみち、連絡するよ」

ひとまず話が一段落してほっとする一方で、輝之は、知佳との暮らしをイメージしてみないではいられなかった。……ありかもしれない。当面は、金の心配だってしなくていいんだ。こんなラッキーな話、どこを探したって見つからないんじゃないか。松山なんて言ってないでいっそのこと瀬戸内海に浮かぶ小島なんてどうだろう。不都合はどこへ行ったって付きまとう。ならば、鏡のように凪いだ海と美しい緑の山々と柔らかな太陽の日差しに囲まれて……。

食事を終え、湯浴みし、三夜連続で愛し合った後、知佳が輝之の耳元でぽそりと言った。

「あなたの左手の親指、変わってる」

「おれの左手の親指？」

輝之は左手をかざした。それを知佳は自分の長い指の腹で包みこむようにして撫でた。

「何か言われたことない？　手相見の人とかに」

「いや、手相なんて見てもらった記憶もない」

「その親指の形状って、キラーズ・サムっていうの」

「キラーズ……英語は苦手なんだ」

「つまり、人殺しの親指」知佳はさらりと言った。「手相見のプロじゃないから、ひょっとしたら違ってるかもしれないけど」

「……手相なんて……見れるの？」

「余興程度にはね。その親指を持ってる人に、これまでに二人会ってる」

「……その二人とも……」

知佳はククと笑った。「二人とも人殺しなんかじゃなかった。ていうか、そのうちのひとりが、最初の旦那だし。ゴキブリだって殺せそうにない人」

「でも、人生は長い。何があるか――」

「ちょっとぉ。真面目に考えすぎ。ただの手相、ただの親指。もし戦争に行くことがあったら、人を撃つかもしれない。せいぜいその程度のことだと思うけど」

輝之の息づかいに異変を感じたのか、知佳はすっと身を起こした。

「どうしたの？　顔が真っ青」

「……もしかしたら、さっきの蟹《かに》があたったのかも。具合が悪い」

そう言うや、輝之は布団から転がり出て、素っ裸のまま部屋のトイレへ駆け込んだ。嘔吐した。胃の中のものをほとんど全部吐き出した。嘔吐した後もしばらく吐き気はおさまらず、そのまま便器の前にしゃがみ込んだ。

知佳がトイレのドアのところにやってきて、「大丈夫？　お薬もらってこようか？」と言った。輝之は「いや、大丈夫。だいぶ良くなった。先に寝てて」とこたえた。

歯を磨き十五分ほどして寝床に戻ると、日がな一日の運転で疲れたらしい知佳はなかば眠りかけていた。「ほんとに大丈夫？」と目をうっすら開けて訊くので、「大丈夫。おやすみ」とこたえて、頰にキスしてやった。

ほどなく、知佳は寝息をたてはじめた。知佳の寝つきが良く、かつ眠りが深いということは、何日かの同行と、旅館で過ごした数日で、わかっていた。

吐き気こそおさまったものの輝之は眠れなかった。いや、それどころではなかった。今度は額や首筋から汗が吹き出してきた。心臓がばくばくしているのがはっきりわかる。というか、体がまるごと心臓になってしまったみたいだった。

たまらず、輝之は布団を出、部屋からも出、一階のロビーに下り、販売機のコーナーに行ってコカ・コーラの缶を買うと、その場でほとんど一気に飲んだ。片隅に設えられた喫煙スペースで、若い男がひとりタバコを吸っているのが見えたので、そこに行って、一本譲ってもらえないかと頼んだ。ひさしぶりのタバコに頭がくらっとしたが、そのぶん気持ちはいくぶん落ち着いた。それから、ロビーのソファに座って、あらためて自分の左手の親指を検分した。とくに変わった形状の親指だとは思えなかった。他の男の親指をじっくり検分したことはないので確信はないが、ぱっと見る限りどこにでもありそうな普通の親指だ。そうだ、知佳の言うとおり、ただの手相じゃないか。単なる占いじゃないか。バカバカしい。

そんなことを思いながら、ふと、傍らのラックに置いてあった全国紙を手に取った。新聞なんて四国に来てから一度も読んでいない。どちらかというと、避けてきた。でも、その時は、思考を別の事柄に向けることが、より心を落ち着かせることになる気がした。見出しを目で追いながら一面から順繰りに捲っていった。相変わらず、国や世界や地球には解決すべき問題が山積みになっていた。所得税増税が与党内で協議されていた、北アフリカの独裁者

が失脚していた、中日ドラゴンズが逆転優勝を決めていた。そうして社会面まできて、後頭部を鈍器で殴られたような衝撃が走った。埼玉県の山中に埋められていた女の身元が判明したという記事が、小さくではあるが載っていた。

〈夫の久保田輝之さん（34）が、美佐恵さんと同じく昨年の九月から行方不明になっており、警察では輝之さんが何らかの事情を知っているものとみて、行方を捜している〉

記事はそのように結ばれていた。

輝之は部屋に戻り、ぐっすりと眠り込んでいる知佳を尻目に、服に着替え、荷物を大急ぎでまとめた。もうここにはいられない、知佳とはいられない、いられるわけがない。地獄の竈《かまど》に放り込まれたがごとくカーッと熱くなった頭の隅でそう思った。

部屋を出る時に、一度振り返ったが、知佳は背中を向けて眠りこけていた。

フロントを通らずに、従業員通用口から表に出た。

夜は更けていた。あたりは静まり返っていた。街灯がいやに眩しく感じられる。まるで自分を監視しているかのようだ。眩しい街灯から顔を背けるようにしてやみくもに歩いた。とにかく松山市街の外へ出るべくやみくもに歩いた。

歩いてるあいだに二度ほど、自分のこの行動が早合点だったかもしれないと思いかけたが、いやいやこれでいいのだ、とその度に思い直した。知佳に申し訳なく思う気持ちも芽生えたが、いやいやあの女はおれがどんな人間か知っていると言ったはずだと思い直した。そうだろう？　おれが最後には逃げ出す男だと知っていたんだろう？　おれが人殺しだと知ってい

たんだろう？

小一時間ほど歩いたところで、突然に、下腹部に異変を感じた。あれ？と思うが早いか、それは強烈な便意に変わった。公園の奥に古めかしい公衆トイレが見えた。ちょうど小ぶりの公園の脇を歩いてるところだった。腹を下してるようだった。そこに走っていき、バックパックを背中から下ろしてトイレの隅に放り投げると、個室に駆け込んだ。すさまじい下痢だった。あと三十秒、いや十五秒でも遅かったら、下着もズボンもクソまみれになっていただろう。夕食に出てきた蟹にほんとうにあたったのかもしれない。下痢はしばらく止まなかった。終わったと思っても、すぐにまた催してしまう。と、改造バイクのものと思われる甲高いエンジン音があたりにかまびすしく轟いた。数台が公園の中に乗り込んできているようだ。おそらく地元のヤンキーだろう。ほどなく、何人かがどたどたと足音を立てながらトイレに入ってきた。用を足しながら何事か喚くようにしゃべり、ケタケタガハガハと下品な笑い声を上げ、それから出て行った。耳障りなエンジン音が遠ざかり、静寂が戻ったころ、ようやく下痢も鎮まった。個室にトイレットペーパーは備え付けられていなかったので、しかたなく下着で尻を拭き取り、それを便器に流す水でさっとゆすぐと、便器の裏に捨て置いた。

下着なしで直にチノパンを穿き、個室から出た。

手を洗い終えて振り向いた。あれ？と思った。ない。バックパックがない。個室をのぞいた。使わなかった個室ものぞいた。ない。なぜだ？　公衆トイレの外に出て、周囲の地面を見回した。ない。やっぱり、ない。強烈な便意を催しながらトイレに駆け込んだ、先刻の自

分の行動を振り返った。バックパックはその時……あ。きっとやつらだ。さっきのヤンキーたちに持ち去られたのだ。くそっ。なんてことだ。……まあ、いい。くれてやろう。どうせ、中に入ってるのは着替えの類い……

いや、ちがう！

たちまち血の気が失せた。

なんということか、ウエストバッグ——少なくとも二十万ほどの現金が入っているウエストバッグも、バックパックの中だったことに気づいたのだった。大慌てで旅館を出てきたために、この時に限って腰には巻いておらず、バックパックの中に入れたままだったのだ。

輝之はショックのあまり膝からくずおれた。

ぼくと未来とのあいだに介在するただ一つのものは食事だ
つぎの食事だ

――ヘンリー・ミラー『北回帰線』

15

久保田輝之は公衆トイレの薄汚れたコンクリート床に両膝と両手をついたまま、しばらくのあいだ立ち上がれなかった。

つまるところ、おれは……。今のおれに残されているのは……。

自分の置かれた状況を把握しようにも気持ちがついていかなかった。

それでも輝之はノックアウト負けをくらってリングを下りるボクサーさながらに、よろめきながら立ち上がり、手洗い場でもう一度手を洗い、顔にも水を浴びせかけた。尻ポケットからハンカチを取り出し、顔面の水気を拭き取りながらトイレから出ると、最初に目についたベンチに身を投げ出すようにして腰を下ろした。

松山市内のどことも知れぬ住宅街にある街区公園はひっそりと静まり返っていた。虫の鳴き声も聞こえるには聞こえるが、秋も後半に入って絶対数が減っているのだろう、深夜の静寂を突き破るほどには高まらない。野球の内野グラウンドがすっぽり入るくらいの大きさの

公園は、中央が自由に使える空きスペースになっていて、その空きスペースを取り囲むようにしてジャングルジムや滑り台やブランコといった遊具が設えられている。あずまやが二つ、それにバスケットボールのネットなしのゴールが片方だけ。そして、ほぼ正方形の公園を縁取るように、クスノキやモチノキやサルスベリといった樹木が植えられている。そのうちの二辺、すなわち輝之の背後と左手の樹木の向こうには何軒かの家屋が見えるが、ぱっと見る限りどこの家にも明かりらしい明かりは灯っていない。ジャングルジムの脇にそびえるシンプルなつくりの時計塔の針は午前二時四十三分を指していた。

澄んだ夜空には星々がちらちらと瞬いていた。まるで、見るものをせせら笑うかのように瞬いていた。

輝之はハンカチをチノパンの尻ポケットに戻すと、他のポケットを探った。それからジャケットのポケットも探った。

そうして、あらためて、自分の置かれた状況を、どうあれ甘受するしかない新たな現実を、把握しようとつとめた。目の前の深淵をおそるおそる覗き込むかのように。

今の輝之に残されているのは、身につけているジャケット、シャツ、チノパン、ソックス、スニーカー、ベルト、ハンカチ、チノパンのサイドポケットに四つ折りで入っていた千円札が二枚、小銭が三百七十円、それにジャケットの右側の、留めボタンがついてるほうの内ポケットに隠し持っていた「中山英徳」名義の運転免許証のみだった。

雨露をしのぐ住処もなければ、買い置きの食料も一切なく、ただの一枚として着替えもな

い（下着すらもはいていない）。仕事もなければ、ほかに金を得るあてもない。頼ることのできる家族も、助けを請うことのできる友人や知人もいない。そして、なにより――激しい下痢と所持金をあらかた奪われたショックで、この半時間近くのあいだ意識のすみっこに退けられていた事実を、輝之はまざまざと思い出した。

なにより、おれは警察に追われる身なのだ。

新聞には「夫の輝之さんが何らかの事情を知っているものとみて」などと書かれていたが、じっさいのところ、警察はおれが犯人だと確信しているにちがいない。

二千三百七十円と自分のものではない運転免許証。縁もゆかりもない土地。

いずれにしても、そこが、輝之が立っている紛れもない現在地だった。

警察はどこまで迫ってきているのだろう？　どこまで自分の足取りを突き止めているのだろう？

二千三百七十円でどこまで行けるだろう？　なにができるだろう？　何日生きられるだろう？

そんな問いが高波のごとく繰り返しせり上がってくるが、思考する力が湧いてこない。

と、やにわに輝之の脳裏に、寺岡知佳のことが思い浮かぶ。しれっとして戻るか？　ひょっとしたらあのままぐっすり眠っていて自分が旅館を出て行ったことにも気づいていないかもしれない。たとえ気づいていたとしても許しを乞えば……いや、ありえない！

結局、その晩はベンチに座り込んだまま、次の行動を起こせずに、というより次の行動に

向けて思考する力を取り戻せずに、朝を迎えた。

空が白み、星々が消え、小鳥がさえずりはじめてまもなく、紺色のジャージを上下揃いで着た白髪の老爺《ろうや》が現れ、ストレッチ体操をしながら、輝之に怪訝そうな視線を投げかけた。次に、尻尾が残ったウェルシュ・コーギーを連れたスウェット姿の中年女と中学生とおぼしき女の子という母娘《おやこ》が現れ、その老爺と挨拶を交わした後、なにやら小声でしゃべった。話の内容は輝之には聞こえなかったが、こちらをちらちらと見る視線のかんじからして、よそ者である自分のことと無関係でないことは容易に察せられた。そのようにして、公園を訪れる人が徐々に増えてくると、居心地の悪さに耐えられなくなった輝之は公園をあとにした。

あとにしたもののしかし、行くあてはなかった。

行くあて……そう、遍路を続ける意欲は跡形もなく失せていたのだった。

それが所持金を奪われたせいなのか、それとも知佳と過ごした何日かのあいだに心境が変化していたのか、あるいは今や警察に追われているという事実のせいなのか、自分でも判然としなかったが、とにかく今の輝之には四国遍路を続けるという意欲はきれいさっぱりなくなっていた。そもそも、どうして自分が四国遍路に出立したのか、その発想自体がわからなくなっていた。そして、いったん意欲を失ってみると、四国遍路など、笑止千万な所業のように思えてくるのだった。八十八箇所の霊場をこつこつと詣でてなにが変わるというのだ？　毎日ひねもす歩き続けてどうなるというのだ？　犯した大罪がチャラになるとでも？　かりに、解脱《げだつ》の境地に達せたとして、だからなんなのだ？

さらには、つい先日までは、ひそかに肝に銘じてたはずの、石ころのようにだらしなく生きていよう、という考え方までもが、滑稽きわまりなく感じるのだった。いや、滑稽きわまりないどころか、鼻持ちならない考え方であるように。石ころのようにだらしなく？　おめでたい考えに染まっていたものだ。輝之は自嘲とともにそう思う。もっとも、客観的に見れば、所持金をあらかた奪われ、行くあてや理由や意欲を完全に失った今こそがまさに「石ころのような」状態なのだったが。

それからの数日間、輝之は松山市内をさまよい続けた。公園の水飲み場や商業施設の化粧室で水分を補給し、スーパーマーケットやコンビニで廉価の菓子パンや値引きされたおにぎりを買って食べた。スーパーマーケットでは試食品も漁った。無料で使える施設ならどこでも使った。市役所のロビー、駅の待合室、郵便局のロビー。図書館は時間をつぶすにも一眠りするにももってこいだった。二日目以降は、自動販売機を見かけるたびに釣り銭の取り忘れがないかチェックした。棒切れで販売機の下のスペースをさらったりもした。一度、八百八十円という大金を手に入れたが、十円玉ひとつ見つからない日もあった。公園のあずまや、マンションの駐輪場、橋の下……いろいろな場所で夜を明かした。ある晩は、悪臭を放つ本物の浮浪者と遭遇した。布団代わりの段ボールを譲ってくれたが、そこに腰を下ろした瞬間「ただじゃねえよ」と言って小銭をせびってきた。たまたま八百八十円という大金を拾った日の夜だったし、たしかに段ボールは助かるので、三百円を渡した。深夜の繁華街で警察官

の二人組に呼び止められたこともあった。不思議と動揺はしなかった。もうどうにでもなれ、という捨て鉢な気分が逆に堂々とした雰囲気を醸成していたのかもしれない。また、うっすらと汚れてはいたものの、ジャケットにシャツにチノパンという比較的まともな恰好が役に立ったのかもしれない。中山英徳の免許証を見せ、一人で旅をしていると嘘をついた。警察官は免許証が提示されたことで気を抜いたのか、その後の態度はひどくおざなりで、免許証の写真と本人の顔をきちんと照合することもなく、あっけなく行ってしまった。

出費は極力避けたが、それでも餓えに耐えかねて一日数百円はどうしても使ってしまった。ほどなく所持金が千円を切った。このままでは、あと二三日で、道端で物乞いをするしかなくなるだろう。コンビニやスーパーマーケットや飲食店のゴミ箱を漁るしかなくなるだろう。おそらくは盗みにも手を染めることになるだろう。

そんな自分の行く末を思うと、全身から汗が滲み出た。

それは、つまるところ、死へのスロープを下りてゆく恐怖だった。

もっとも、四国遍路を続けているあいだも、野宿が中心だったし、たいていは粗食で通していた。しかし、この手の恐怖を覚えることはなかった。一時は自殺することさえ頭をよぎっていたにもかかわらず、いや、昨年の秋じっさいに自殺を試みた時でさえ、この手の恐怖を覚えることはなかった。おそらく、と輝之は思う。本当に恐ろしいのは死への過程なのであって、死そのものではないのだ。今の自分に即して言えば、餓えが恐ろしいのであって、死そのものではないのだ。そして、死へと接近している今、生命の存続が危ぶまれる今、か

えって生への欲求が増していることに気づかずにはいられなかった。生きたい——もはや、それだけが自分の望みであり願いであるような気すらした。

仕事を見つけなければ。しかし、住処なし、携帯電話もなし、所持金千円以下、という自分の立場を鑑みれば、飯場に入るしかないだろう。宮城では、震災直後という状況が状況だっただけに、たいして労せずに見つけられたが、松山で首尾よくいくかどうか。それに、給料日まで待てない。日払いで雇ってくれるところでなければ。ここが大阪ならなんとかなるはずなんだが。前日に図書館で『釜ヶ崎のススメ』というタイトルの本を読んでいた輝之は思う。でも、千円じゃ大阪までどうやっても行けやしまい。

所持金が千円を切って三日目の早朝のことだった。すでに有り金は六百二十円となっていた。三匹の子豚のお母さん豚をどことなく連想させる三十代後半とおぼしき恰幅のいい女が、みかん箱大の段ボール箱を抱えて、古めかしい一軒家の勝手口から出てくるのを見かけた。段ボール箱には相当の重みがあるのが、その所作から窺い知れた。女はそれを斜向かいの住宅のガレージ脇に置いて家に戻っていった。輝之が行ってみると、そこには地域自治会のアルミ製掲示板が設えてあり、掲示板に留められたプレートによるとその日はどうやら（輝之には今日が何曜日なのかわからなくなっていたが）古紙や古着の回収日であるようで、女が置いていった段ボール箱のほかにも、古新聞や古雑誌の類いがすでに何束か集められていた。輝之はあたりに人がいないことを確かめてから女が置いていった段ボール箱の蓋を開けてみた。そこには、ジャズやソウルやロックのアナログレコードが五十枚ほどぎっしりと詰めら

れていた。マイルス・デイヴィス、チェット・ベイカー、チャールズ・ミンガス、リトル・リチャード、ミラクルズ、オーティス・レディング、ヤードバーズ、スペンサー・デイヴィス・グループ……ごくふつうの主婦にしか見えない女がなぜこんなレコードを？　いや、本人のものではないだろう、いったい誰のレコードなのだ？　だいいちこれは古紙ではない。女にとっては古紙同然の不要品だったとしても。それともここの自治会ではレコードも回収しているのか？　さまざまな疑問が輝之の脳裏をよぎりはしたが、そんなあれやこれやはどうでもよかった。肝心なのは、これが金になるということだった。これらのレコードがどれくらいの価値を有しているのかまではむろんわからなかったが、とにかくいくらかの金になることだけははっきりしていた。劇団員時代の先輩にコレクターの男がいて、彼は金欠になるとレコードを売り払って、飲み代にあてたり家賃を補塡していたのを覚えていたし、先日下北沢をそぞろ歩いた際にもレコード袋を抱えた若者を見かけており、いまだにアナログレコードが一部の人たちの間では根強い人気を有していることを再確認していた。

輝之は段ボール箱を抱えて歩き出した。

歩きながら、どうやって中古レコード店を探せばいいかを考えた。そもそも、規模こそ小さくないものの一地方都市に過ぎない松山市内に中古レコード店は存在するのだろうか？　そのことも不安ではあったが、いずれにせよ、手っ取り早いのはインターネットでの検索だろう。どのジャンルに強いかといった店の趣向もアクセスも営業時間も即座にわかる。ならば、インターネット・カフェに行かなくては。この一週間の彷徨のあいだに、インターネッ

ト・カフェの看板はいくつか見かけていた。うろ覚えではあったが、たしかJR松山駅の近くにもあったはずだ。

レコードの詰まった段ボール箱は重かった。運べば運ぶほどに重みが増していくように感じられる。一二分ごとに地面に下ろして休まねばならなかったし、そんな不恰好な有様にもかかわらず半時間も運ぶと、汗だくの上に、腰は痛み、手はしびれ、やがて感覚がほとんどなくなった。加えて、ひどく空腹で、思うように力が入らない。途中、路面電車の停車場を通り過ぎたが、運賃の百五十円がのちに致命傷になりかねないと思い、歩き続けることにした。

結局、JR松山駅前近くのインターネット・カフェにたどり着くまでに二時間あまりを要した。

中山英徳の免許証を提示して会員カードを作り、最少単位である三十分ぶんの料金を払った。「入会金と合わせまして、五百五十円いただきます」。そう店員に言われて、ひやりとする。路面電車を使っていたらアウトだった。しかし、残りは七十円となり、フード類は何ひとつ買えなかった。フリードリンクのカウンターに行き、アイスココア、アイスミルク、オレンジジュースと、立て続けに飲み、さらにスティックシュガーを二袋、粉薬のごとく口に含むと、それをアイスティーで流し込んだ。

もし、松山市内に中古レコード店が存在しなかったら。

そんな不安に駆られながら、「松山」「中古レコード」と打ち込んでグーグルで検索した。

数軒がヒットした。しかも、そのうちの一軒は、そのインターネット・カフェから数百メートルの距離にあり、モダン・ジャズや60年代70年代のロックを得意とする旨が記されていた。捕らぬ狸の皮算用とはわかっていながら、それでも安堵の息がもれる。

中古レコード店まで再び段ボール箱を運び、開店の十一時までの一時間半ほどを、隣接するコインパーキングの隅に座り込んで待った。飢餓感はほとんど絶頂に達していた。たびたび吐き気に襲われたが、吐いてももはや唾と胃液しか出てこない。それもそのはず、前日の午前中に小倉あんぱんを食べて以来、もう丸二十四時間、水とさきほどインターネット・カフェで飲んだソフトドリンク類以外は胃に入れていないのだ。

斜向かいにコンビニが見えていた。

何でもいいから固形物を胃に入れたい。そんな思いで、コンビニに入った。

しかし、七十円で買えるものなどたかが知れていた。まるでそこが宝飾店であるかのごとく、じっくり吟味し、十円の「うまい棒」を三本と、三十二円の「ブラックサンダー」というチョコレート菓子を一つ買って、それらを貪るように食べた。残りは、八円。もうなにひとつ買えなくなった。八円がお金と呼べるのかどうかもわからない。

十一時、中古レコード店が開店するや、輝之は段ボール箱を持ち込んだ。

中古レコード店にはおよそ似つかわしくない、しいていうならNHK受信料の徴収員といった地味な風貌の店員というか、おそらく店主の五十男は、輝之にはほとんど目をくれず、段ボール箱の中をざっと調べながら、小一時間かかるよ、と言った。

「昼間は、ぼく、ひとりだからさ。……あ、身分証明書は持ってるよね？」

「ええ、はい」そう言って一礼すると、輝之は店を出た。

ジャンクなスナック菓子をあわてて詰め込んだせいか胃にきりきりとした痛みを覚えていたので、再び隣接するコインパーキングの隅っこにうずくまって待ち、おおよその時間を見計らってレコード店に戻った。

店主の五十男は、それこそ受信料を催促するかのような、いくぶん媚びた表情で、査定結果を記した紙を、カウンターに置いた。

〈¥15,900－〉

合計金額の欄にはそのように記されていた。

「けっこうレアなものもあるんだけどねえ、どれも状態があんまり良くないんだよなあ」思いのほか話し好きであるらしい店主は言った。「とくに、えっと……これこれ。このトミー・フラナガン・トリオの『オーヴァーシーズ』ね、状態が良ければこの一枚だけで一万出してもいいくらいなんだけどなあ……見て、ほら、じゃっかん反ってるでしょ？　惜しいよ、惜しい」

そんなことはどうでもよく、金を受け取って一刻も早く立ち去りたい輝之はただ頷いた。

「これでも、奮発したんだけどね。……いいよね？」

「はあ、けっこうです」

そうして、求められるままに、輝之は免許証を提示した。

免許証番号を別紙に控えると、店主は上目遣いで輝之を見て言った。「東京の人？」

「ええ、まあ。こっちに親戚が」

「ははん」

「叔父が亡くなって、それで」

「ははん、なるほどね。それはお気の毒に。……いやあ、それにしても、叔父さん、いい趣味してるよなあ、おいくつだったの？」

「えっと……五十四でした」

「え？　じゃあ、ぼくと同い年じゃないか」

「あ、そう……なんですか」

「ひょっとして、その叔父さんってのは末永《すえなが》のこと？」

「……いえ、ちがいます」

「そりゃそうか。ま、偶然にもほどがあるよな。いや、末永っていう高校の同級生がいてね、そいつもけっこうなコレクターだったんだけどさ、レコードに金を使いすぎるのが原因で奥さんと別れるくらいの、ははは。その末永が先月……」

長い闘病の末、膀胱ガンで亡くなったらしかった。延々と続きそうな店主の話を、適当な相づちを打ちながら輝之はなんとか聞き流した。

「あの、時間が。ぼく、これから東京に帰らなくては」

「おっと、これは失礼。話し相手がいると、つい……じゃあ、ここに、サインを」

輝之は、中山英徳とサインし、店主から一万五千九百円を受け取った。

そうして、逃げるようにレコード店を出ると、最初に目についたそば屋に入り、カツ丼とせいろそばを注文した。

カツ丼の豚カツを一口、口に入れたところで、ふいに涙が溢れ出た。どうして涙が溢れ出るのか自分では皆目わからなかったが、それでも涙はしばらく止まらなかった。

数時間後、輝之は大阪行きの高速バスに乗り込んだ。バス代と下着代とソックス代とペットボトルの麦茶代を差し引き、その時点での所持金は五千五百五十八円。

ともかく、働かねば。あとのことはともかく、働いて金を稼がないことには何も始まらない。

釜ヶ崎へ行って仕事を探そう。釜ヶ崎ならきっとこんなおれでも、御尋ね者のおれでも、なんとか仕事にありつけるだろう。

バスが出発する時に輝之の頭にあったのはそんな思いだけだった。

じつにさまざまな出来事を経験することになった四国での日々が終わろうとしていた。しかし、高速バスが大鳴門橋《おおなるときょう》にさしかかり四国を離れる際になっても、窮地こそ脱したものの瀬戸際にいることには変わりない輝之には、なにがしかの感傷に浸る余裕などなかった。

愛されるべきは転んでしまってまだ泣いている子
転んでしまってもう泣いていない男
——セサル・バリェホ

16

「ほかの線を完全に消してしまうわけにはいきませんが」

捜査車輌であるトヨタ・マークXの助手席に座る埼玉県警刑事部捜査一課の小宮山慶太《こみやまけいた》巡査部長が、運転席でハンドルを握る秩父警察署刑事課の山村浩正《やまむらひろまさ》巡査部長を横目で探りながら言った。

「夫の久保田輝之が妻の美佐恵を殺害して遺体を埋め、そのまま逃亡していると考えるのが妥当でしょうね。……ねえ、ヤマさん、ぼくの話、聞いてますか？」

「ああ、聞いてる」

山村は徐々に薄闇に包まれていくフロントガラスの向こう側を遠い眼差しで見つめながらこたえた。カーディーラー、カーメンテナンスショップ、パチンコ店、ゴルフ用品店、ドライヴスルー付きファストフード店、中層の集合住宅……沿道には、およそ個性というものを剝ぎ取られた郊外特有の光景が広がっていた。

「九割方そういうことでいいんじゃないか、小宮山さん」

「いいかげん、その呼び方、やめてもらえません？」

「なんて呼べばいい？」

「いや、だから、これまでどおりでいいですって。小宮山で」

「上の人間を呼び捨てにするのはどうもな」

「上の人間って……まあ、今度の捜査では序列的にそういうことになるんでしょうが、ヤマさんにさん付けで呼ばれるとぼくの調子が狂いますよ」

「おれは最初っから調子が狂ってるよ。おまえと組まされることになった時から」

「まあまあ、ヤマさん。言っても始まらないことを言うのはやめましょう。時間と労力の無駄です」

そう言う小宮山の口調には、相手との壁を取り払おうとする柔和なところと、その上で、なお一定の距離を保とうとする毅然としたところが混じっていた。

ほんの二年ほど前まで山村と小宮山は、秩父警察署刑事課で上司と部下の関係だった。しかし、小宮山は、巡査部長に昇任するのと同時に県警の刑事部捜査一課に抜擢され、警察官の階級としては同位であるものの、県警本部と所轄警察署の関係性からいって、今度の死体遺棄事件の捜査本部においては、立場が逆転していたのだった。

「わかったよ」山村は言い、それからじゃっかん声を低めて続けた。「それにしても、いい女だ」

「はあ？　どの女が？」

ちょうど交差点前で停止している時だった。小宮山は目の前の横断歩道を行き交う人間たちにぞんざいな視線を向けるが、妙齢の女は見当たらない。

「ちがうちがう」山村が言う。「ついさっきまで、おれたちが会ってた女だよ」

「ああ、久保田紗子《さえこ》──久保田輝之の継母ですか……年増ですよ」

「おまえにとってはそうかもしれんが」

「つうか、それで、ヤマさん、さっきから心ここにあらずって体《てい》なんだ」

「いくつだったっけ、継母は？」山村はかまわず尋ねた。

「えっと……」小宮山は上着の内ポケットから手帳を取り出し、すばやくページをめくった。

「四十五歳ですね、来月には四十六になります」

「おれの一つ上か……見えないよな」

「ま……そうですね、たしかにヤマさんの上には見えない」

「久保田とは、十一歳違いってことか？」

「久保田は六月生まれだから、ちょうど一回り上ですね」小宮山は手帳に目を落としたまま、続ける。「一九九〇年六月、輝之が十三歳になった月に、当時二十四歳だった、旧姓土屋《つちや》紗子が、輝之の父親である基之《もとゆき》──当時三十九歳──の後妻となって、久保田家に来ています」

「結婚前はモデルの仕事をやってたって言ってたよな」

「まあ、モデルといってもピンキリですから。トップクラスのファッション・モデルが、いくら経営者とはいえ、零細中古車ディーラーにしてコブ付きの中年男と結婚はしないでしょう」

「四十五歳の今でああなんだから、当時は相当のべっぴんだったんじゃないか」

「何が言いたいんです？」

「いや、だからさ……多感な時期に入った十三歳の少年にとって、二十四歳の美しい継母って、どんなもんだったろうと思ってな」

「どんなもんって……それ、事件とどんな関係があるんすか？」

「事件とは直接関係ないにしても、久保田の人格形成には影響を及ぼすだろう？」

「人格形成ということについて言えば、実の母親がよそに男を作って、家を出て行ったことのほうが大きいんじゃないですか」

「おれは、あの継母と久保田のあいだになにかあったような気がするんだよな。二十歳で一人暮らしを始めてからは、ほとんど実家に帰ってきていないと言ってたよな」

「ええ。継母の説明によれば、大学をやめるやめないで父親と揉めて、以来折り合いが悪くなったと。なかば絶縁状態にあったということでしたね」

「それ以前に、継母との折り合いが悪かったんじゃないのか。おそらく、どこかの時点で折り合いが悪くなったんだ」

「どこかの時点……あるいは最初から悪かったのかもしれません」

「おれの推測だが……たとえ継母だろうが、母親には抱いてはいけない感情を久保田が抱いていた。そして、継母のほうもまんざらでは――」

「それはさすがにないでしょ、継母が義理の息子にそんな感情を持つなんてことは」

「どんなことだってありえるんだ、この世界では」

「つうか、ヤマさん、相変わらず、変なビデオばっかり見てるんでしょ」

「最近はＤＶＤだ」

「ったくもう」小宮山は言い、顔をしかめた。「いずれにしても、二人が関係を持っていたとは思えないんですけど」

「まあ、そこまではないにしても」

「そもそも、ヤマさんはどうしてそんなふうに思うんです？　趣味のＤＶＤからの影響を抜きにして」

「継母の表情だよ。あれは、義理とはいえ、息子について話す時の表情じゃない」

「まあ、いいでしょう」小宮山はかすかな苦笑いを浮かべながらうなずいた。「じゃあ、二人のあいだに何か道理にもとることがあったとして……どうなんです？」

「だから、さっきから言ってるように、おれは久保田輝之の人格形成について話してるんだ」

「早い話、性的、ないし性格的に、よっぽどの歪みがあるということですね？」

「まあ、そういうことだ」

「そして、久保田が心療内科に通うことになった遠因もまた、継母との歪な関係だと？」

「そう言ってしまってもあながち間違いじゃあるまい」

「久保田が会員になっていたレンタルビデオ店の貸し出し履歴によれば、とくに変質者的な性向はないんですがね……それこそヤマさんみたいに」

「要らんガスは小出しに抜いておいたほうがいいんだ。そうしないとここぞという時に爆発する」

「ここぞ……つまり、人を殺しかねないほど頭に血が上った時に」

「ああ。そして、じっさいに殺してしまった後でも。次にどうするかって時にも」

「いったん爆発すると、堰《せき》を切ったように小爆発が続く、と」

「大地震の後の余震のようにな。そうなってしまうと、本人には小爆発しているという自覚がなくなってしまう」

「たしかに、常人だったら、やってしまったことの重みに耐えかねて、自首するでしょうね。あるいは、自殺する。妻の遺体を埋めた上で逃げるっていうのは、やっぱり常人のやることじゃない。まあ、昨今はこの手の事件が少なくないですが」

二人はしばらくそれぞれの思案を巡らせるかのように黙り込んだ。その間もメタリックグレイのマークXはしだいに濃くなっていく夜の闇に溶け込んでいくかのごとく国道を走行し続けた。

「あ」

埼玉県側に入ってまもなく、小宮山がいささか頓狂な声を発して、山村に顔を向けた。

「……なんだ？」山村は小宮山を横目で見ながら問う。

「そう言えば……ヤマさんもたしか、継母に……」

「ああ、そうだよ。ただし、実の母親とは死別だ。捨てられたわけじゃない」

「おれ、なんかまずいこと言ったような……」

「まずいこと？」

「いいえ、そうじゃないんならいいんですが……ちなみに、ヤマさん、ごきょうだいは？」

「妹がひとり、腹違いの弟がひとり」

「ということは……久保田輝之と――」

「そこんとこはいっしょだ」

「まさか、かつてのヤマさんも、継母に良からぬ感情を――」

「バカ言え。親父が再婚した時、おれはまだ九歳だった。継母も三十をゆうに超えていた」

「でも、少年時代の複雑な思いはわかると」

「そりゃまあ……おまえに比べりゃわかるかもしれない。なに不自由なく育ったおまえさんに比べれば」

なにかしら感じるところがあったのだろう、小宮山が黙り込むと、山村は口調を一転させて言った。「明日の予定は？」

「ええ」小宮山も我にかえって口調をあらためた。「明日以降は、輝之がかつて属していた

劇団の関係者にあたります。彼が曲がりなりにも友人と呼べるような人間関係を作ったのはおよそ劇団員時代のようですから。ひょっとしたら何らかの連絡がいってるかもしれない。ヤマさんさえよければ、今夜から始めてもいいですけど？」

「いや、明日からにしよう、小宮山さん」

「それ、やめてくださいって」

「微糖でいいんでしたよね？」

翌日の午後。コインパーキングに駐車中のマークXの運転席に乗り込むと小宮山は、先に助手席に座ってタバコを吸っていた山村に、用を足しがてらコンビニで買ってきた缶コーヒーを手渡しながら言った。

「サンキュ」

山村は缶コーヒーを受け取ると、ウインドウから吸いかけのタバコを落とした。それからドアを開け、左足だけを外に伸ばし、吸い殻を靴底で踏み消した。山村が再びシートにおさまってドアを閉めたところで小宮山が言う。

「禁煙ですよ、車内は」

「見たろ、顔は車外に出てた」

小宮山は山村の屁理屈には取り合わずに車を発進させ、しばらくはいかにも世田谷的な、

やたらと一方通行の多い入り組んだ住宅街を、徐行に近いスピードで通り抜けた。ちょうど小学生が下校する時間で、ランドセルを背負った児童たちが角から突然現れ出たりして、細心の注意が必要だった。

「本部には要請を出しておきました」環七通りに出たところで小宮山は切り出す。「仙台周辺の飯場をあたるように。それと、先月十六日の午後八時半前後に下北沢界隈で男のひとり客を乗せたタクシーを洗いだすように。もちろん駅周辺と構内にある防犯カメラのチェック等も」

「仕事が早いね、小宮山さん」

「また、それですか」

「しつこいタチなんでな」

「いずれにせよ、これで、九分九厘決まりですね。久保田輝之が美佐恵を殺害した。そして、現在も逃亡している」

「ああ、決まりだ。被害者がトランクルームに隠していたシャブが少々気にかかるが」

「シャブは岩館琢也が彼女に預けてたんでしょうね。それがこの事件をこじらせる要因でもあるんですが、ぼくはシャブのことと彼女が殺害されたことは関係ないと見ています。ことはいたって単純なんですよ。つまり――四歳の娘が不慮の事故で亡くなって以来、夫婦の歯車はいよいよ嚙み合わなくなってしまう。最後まで離婚しなかったことから察するに、夫はなんとか修復を試みていたのかもしれません。しかし、もともと身持ちの良くない妻の心は、

夫からどんどん離れていき、しまいにはデートクラブを通して複数の男たちと関係を持つようになった。うすうすは気づいていた妻の不品行がある日ついに露呈し、それに激高した夫が手を出してしまった……まあ、ざっとそんなところじゃないですか」

「岩館が先月から日本を離れていることはどう考える？　出国したのは遺体が発見された三日後、つまり、新聞報道があった二日後だが？」

「たまたま時期が重なっただけじゃないですか。彼はこの一年で三度目の海外です。いずれも東南アジアなので、渡航目的はかなり怪しいですが……そっちを追及するのはぼくらの任務じゃありません」

「ミャンマーに、ラオスに、タイか。ふつうに考えればヤク関係だよな」

小宮山は赤信号で車を止めると、かつての上司に向き直り、申し渡すかのごとく毅然たる口調で言った。「捜査本部内で任務が分担されていますから。現時点でのぼくらの任務は久保田輝之と美佐恵の人間関係を調べることです。脇道にそれるわけにはいきません」

山村は、わかってる、とでも言いたげに二三度小さく頷くと、話題を切り替えた。「しかし、ようやく腑に落ちたよ」

「……なにがです？」

「今の佐川嘉彦《よしひこ》とかいう俳優の話を聞いて、どうして被害者が、久保田みたいな男と結婚したのか、ようやく腑に落ちた」

「ああ、それ、このあいだもしきりにおっしゃってましたよね。昔の同僚たちの話を統合す

るに、被害者は病的なほどに上昇志向が強い。そんな被害者が、どうして、しがない勤め人の男とデキたんだか、皆目わからないって」

「しかし、二人が出会った当時、久保田はしがない勤め人の男なんかじゃなかった」

「ええ、小劇団の役者だった。でも、それって、しがない勤め人よりも――」

「いやいや、ようするに、当時の久保田は有名人、セレブ、芸能人……呼び名は何でもいいが……とにかく、スターの卵だったたってことだ。しかも、孵化しかかっていた」

「まあ……そういうことになりますか」

「なるんじゃないのか。なるだろう」

「合コンで知り合った夜に、二人はさっそくホテルに泊まったようですね。しかも、どうやら被害者のほうがその気だった。言葉はちょっと悪いですけど、完全に狙いにいってますよね」

「まあ、しまりの悪い女であることは確かだが、一方で、青田買い的な側面もあったんじゃないのか。成功者とかセレブとかいったものに尋常じゃない執着心を持っている被害者は、常にそれらしき男が現れるのを待っていた」

「だとして、その後の展開はどういうことなんでしょう？　つまり、子どもができたとわかると、久保田はあっさり劇団を辞めて、スーパーに就職してしまうじゃないですか。どういうふうに考えていたんですかね、そのとき被害者は」

「ま、久保田にしてみれば、小劇団の給料とバイト代ではとても妻子を養うなんてことはで

きないし、そのまま芝居の道を進めば、たとえ脚光を浴びることがあるにせよ、不安定さはずっと付きまとうだろうから、無難かつ確実な勤め人としての道を選択した、ということなんだろうが」

「けど、被害者にとって、セレブな暮らしはたっての願いだったわけでしょ？」

「そこはやはり、彼女の生まれ育った環境ってのを考慮に入れる必要があるだろうな」

「父親は失業と転職を繰り返す飲んだくれ、母親が家計を支えるためにスナックでホステスとして働く……というような家庭環境ですね」

「ああ。つまり、被害者は、経済的な不安というものを持病のように抱えてたはずなんだ。そのへんは、おぼっちゃまの小宮山さんにはわからないだろうが」

「いいじゃないですか、ぼくのことは」

小宮山はいささか辟易しながら言うが、山村は悪びれる様子もなく続けた。

「法務省キャリアのぼっちゃんだもんな。おまけにおふくろさんは――」

「いいかげんにしてください」

小宮山は運転席から針のような鋭い視線を投げ、山村はそれを受けて少々大仰に身をのけぞらせた。が、すぐに山村は真面目な顔つきに戻って言った。

「金持ちにはわからない貧乏人の恐怖というのがあるんだよ。金の問題に煩わされることなく育った人間のほうがむしろ、さしあたっての困窮に耐えられる。その困窮が一時的なものであって永久的なものじゃないと屈託なく信じ込めるからだ。彼らにしてみれば、貧乏生活

も人生におけるゲームの一場面なんだ、トランプに〝大富豪〟って遊びがあったろ？　あれみたいなもんさ。しかし、かつかつの暮らしの中で育った人間は、その屈辱を体で知ってるがゆえに貧乏生活を忌避する。彼らにとって人生とはどの場面をとってもゲームなんかじゃない。そして、貧乏生活というのは一度落っこちたら這い出せなくなる深い穴ぼこのようなものなんだ」

「……なるほど」

「とはいえ、父親に頭を下げれば、少しは金銭的な援助をしてもらえただろうにな。芝居を続けることだって可能だったろう。せっかく孵化しかかっていたんだからな」

「久保田ってへんに真面目ですよね……そう思いませんか？」

「そこがまた不気味なんだよな」

目白通りに見つけたファミリーレストランで、二人は遅めの昼食を取った。食後にコーヒーを飲み（途中、山村は喫煙席に移動して一服し）、表に出た時には西日が射していて、東京郊外の安寧とした世界は黄金色に染まっていた。

「それにしても……いくら問題があったとはいえ、自分の妻を殺して逃げるなんて」マークXが目白通りに戻ると、引き続き運転席でハンドルを握る小宮山が言った。「やっぱり、久保田輝之っていう男は壊れてますよね、根本的に」

「壊れてるかどうか、正常か異常かってのは、紙一重だと思うね」口さみしさから、禁煙パイポをくわえて助手席に座る山村も言う。「おれだって……」

「なんすか、ヤマさん。おれだってって」

「小宮山は女房を殺したいと思ったことあるか?」

「あるわけないじゃないですか、そんなこと」

「一瞬でもないか?」

「ないですって。うちは円満ですもん」

「ちっ。どうして人間ってのはこんなに不公平にできてるんだ?」

「つうか、ヤマさん、あるんすか、奥さんを殺したいなんて思ったこと?」

「一瞬どころじゃねえな、おれは」

「う……。優しそうな奥さんじゃないですか。たった一度ですけど、ぼくがお会いしたのは」

「あいつ、外面《そとづら》はいいからな」

「……うまくいってないんすか?」

「もう十年近く、家庭内別居だ。娘たちも母親の味方。おれは老猫とともに隅っこに追いやられている。まるで奉公人だぜ。きみたちを養ってるのは誰なんだって言ってやりたいよ。ったく」

「いや、でも、殺したい、つうのは……」

「まあ、それは極論だけどな、ときどき夢想してしまうね。もう一度独り身になって、そこから人生をやり直したいって。おれ自身の人生を生きたいって」

「ヤマさん自身の人生って？　なにか別のことをするんですか？」

「おお、例えば、凄腕の殺し屋となって、世界中を旅してまわる」

「それもやっぱ、ＤＶＤの影響ですか」

「だって、カッコいいじゃないか」

「カッコいいって……ヤマさん、いくつよ？」

「先月、四十五になった。なにか？」

「べつにいいけど……今の話、他所《よそ》ではもらさないほうがいいですよ」

「他所？」

「ええ、最近は、警察に対する世間の目がシヴィアですからね。それに、なんといっても、われわれは警察官なんですから。犯罪を憎む警察官なんですから」

「警察官だって人間だ。警察官である前にひとりの人間なんだよ」

「しかし、われわれは時として、ひとりの人間であることよりも警察官であることを優先しなくてはなりません」

山村は小宮山に向き直った。小宮山の横顔を見つめるその眼差しには感心に加え、微量のさげすみが混じっていた。視線に気づいた小宮山は相手をさっと一瞥して言った。

「なにか？」

「いやはや、教科書通りのご名答だ。さすが、県警捜査一課期待の星、小宮山巡査部長」

「また、それか」

働いて働いて　汗ながせ　涙より
——玉置浩二『純情』

17

大阪市西成区萩之茶屋＝通称・釜ヶ崎（あいりん地区）に、午後八時半すぎにたどり着いた久保田輝之は、さっそく一泊千円という簡易宿所、俗にいうところのドヤに、チェックインした。

帳場では部屋番号が書かれた紙切れが渡された。鍵をもらうには保証金の千円が別途に必要らしい。玄関で靴を脱いでスリッパに履き替え、がたごとと音のする古いエレベーターに乗って五階の部屋に向かった。豆電球が灯された薄暗い廊下は、人がすれ違うのがやっとという広さで、床のタイルのざっと半分ほどが剝がれたままになっている。ドアの外にスリッパが脱ぎ置いてあるかどうかで、その部屋が使われているかどうかがわかるのだが、それによると三分の二ほどは埋まっている。輝之にあてがわれた517号室には（鍵を渡されていないのだから当然だが）鍵はかかっていなかった。部屋の照明のスイッチはなぜか外壁に設置されている。そうして足を踏み入れた部屋は、輝之が想像していたよりも——その想像は数日前に松山の図書館で読んだ『釜ヶ崎のススメ』がベースになっていたのだが——ずっと

狭かったし、不潔でもあった。広さはざっと一畳半。磨りガラスの窓を開けると落下防止のためなのか（はたまた自殺防止のためなのか？）、金網が張ってある。部屋の中にあるのは、中が透けて見えるほどに薄くなったカヴァーがかけられた布団一式、埃にまみれた扇風機、窓際に設えられたベニア板の台の上に置かれた、聞き覚えのないメーカーの16型ブラウン管テレビ、折りたたみ式の小さなちゃぶ台、その上に置かれたアルミ製の灰皿と箱ティッシュ、というもので、押し入れや収納はなく、上着や外套などは長押《なげし》に引っ掛けてある針金のハンガーを使用するようになっていた。

部屋のつくりとその設備を確認しただけで腰は下ろさず、輝之は食事をとるべく外に出た。『釜ヶ崎のススメ』によれば、二〇〇〇年代に入ってからというもの、まちの様相は急激に変化しているらしかったが、それでも界隈は、ほかのまちではあまり見受けられない独特のムードが漂っていた。道端にしゃがんで酒を酌み交わす老いた労働者もしくは引退した元労働者たち、まち中に突如現れるコインロッカー、「福祉の方、歓迎」と記された入居者募集の立て看板、物々しいフェンスで囲われた空き地、そこに粗大ゴミのごとく置かれた古い洗濯機や冷蔵庫、軒先に雑然と並べられたガタのきた自転車や事務机。散在するめし屋や飲み屋は、よく言えば下町風情に溢れているということになるのだろうが、主に東京郊外の無味乾燥とした新興住宅地で育った輝之にしてみれば、いくらこの一年あまり尋常ならざる経験を積んできたとはいえ、やはり、あくが強すぎ、おまけに（ドヤ街に対する偏見が邪魔しているのも否めないのだが）清潔そうにも見えなかった。しかも、店内からはカラオケ演奏に

合わせたつもりの調子っぱずれな濁声《だみごえ》や、荒くれた（と輝之には感じられる）関西弁の応酬が聞こえてきて、中に入るのをついためらった。そうして結局、徘徊しているうちに見つけたスーパーマーケットで、半額になっていた折詰めの寿司と朝食用のおにぎりと発泡酒を買って、そそくさと宿に戻ることになった。食後は、電話ボックスのようなシャワー室で水圧の弱いシャワーに打たれ、体と髪の毛を洗い、自室に戻って発泡酒の残りを飲み干すと、浅く短い眠りを継ぎ足したこの一週間が思いのほか心身にこたえていたのだろう、抗いがたい眠気に襲われた。布団を敷いている時に、壁を隔てた隣室から、明らかにアダルトヴィデオのものである淫猥な音声が漏れ聞こえはじめたが、ティッシュを丸めて耳穴に突っ込み、布団を頭からかぶると、それもほとんど聞こえなくなり、ものの三十秒かそこらで、落とし穴に落ちるがごとくストンと眠りに落ちた。

翌朝は午前五時前に〈あいりん総合センター〉に出向いて求職する心づもりでいたのだが、ティッシュにガードされた深い眠りから目覚めてテレビをつけると、すでに六時数分前だった。

おにぎりを頬張りながらセンターに着いた時には六時二十分になっていて、輝之が当初考えていた〝現金〟と呼ばれる一日契約の求人はおおむね終了してしまったようだったが、それでもほどなく、芥子《からし》色のジャンパーに鼠色のスラックスをはき、アイパーで髪を後ろに撫でつけた手配師が声をかけてきた。十日間の契約で飯場に入らないかという。初日は日給で賃金が欲しいこと、それと作業着や安全靴が用意できていない旨を輝之が伝えると、初日の

給与は前貸しする、作業着や安全靴は古いのが貸せるし新しいのをツケで買うこともできる、と手配師が請け合ってくれたので、承諾し、導かれるままにシルバーのトヨタ・ハイエースに乗り込んだ。

車内には狭い額に剃り込みの入った三十すぎの運転手のほか、三人の男がすでにシートにおさまっていた。三列シートの後部右端に、ボサボサの髪に不精鬚でスコップのように尖った下顎を覆った三十代。同じく左端に、「日雇い」や「ドヤ街」といった言葉よりも「オタク」や「ネットカフェ難民」という言葉こそが似つかわしい、ぽっちゃりとした丸顔に銀縁の眼鏡をかけた二十代、そして、二列目の右端に、シートに座っていても相当の小柄とわかる赤ら顔に薄くなった白髪の五十代。五十代は、輝之が車に乗り込んだ際に、誰彼かまわずへりくだることを習慣としてきたような濁りのある目でさっと挨拶を送ってきたが、ほかの二人は、ちらりと輝之に目を向けたものの、それ以上の反応は示さず、二十代はスマートフォンの画面に、三十代は窓の向こうに、それぞれの視線を戻した。

ハイエースは十分ほど市街地の入り組んだ道を右や左に曲がりながら走行して雑居ビルの前に止まり、そこで助手席の手配師が下りた。それからまた十分ほど、今度は主に幹線道路を走行した後で、高速道路に入った。ハイエースが大阪市街を抜け、名神高速道路に入ってしばらくすると、大阪市内もしくは近郊の飯場に連れて行かれるものと端から思い込んでいた輝之は少なからず不安を覚え始めた。その不安げな様子を感知したのか、隣の五十代が輝之に赤ら顔を向け、くたびれた笑みを浮かべた。笑いには人を小馬鹿にするようなニュアン

スはなく、どうやらこの男なりに親愛の情を示そうとしているようだった。輝之はむろん、積極的に人間関係を築くつもりはなかったが、差し出された好意を受け取る形で「これ、どこに向かってるんですかね？」と尋ねてみた。しかしながら、五十男は、さあねえ、というように首を力なく振りつつ、もう一度、しかし最初のよりもくたびれ度合いの増した笑みを浮かべるだけだった。

しかし、輝之の問いかけを小耳に挟んだらしい運転手がさっと後ろを振り返り、今の今までヤニに浸していたみたいな声で言った。「福井や。二時間もかからへん」

「福井？　あ、そうなんですか」

「そうや、福井や。降りるんなら、サービスエリアに寄るで」

「……いえ、大丈夫です、はい」

そう答えたものの、なんだか一杯食わされたような気がした。福井、と言われて、とっさに思い浮かべたのは大飯《おおい》原発や敦賀《つるが》原発だった。もしや原子力発電所で危険な仕事に従事させられるのだろうか――そう思うと、肝臓を串刺しにされたみたいな、なんとも嫌な感覚を覚えたが、一方で、この期に及んでも自分が被曝することを案じていたり、健康への欲求を人並みに持っていることにあらためて気づかされ、それはそれで、ひどく恥じ入ってしまうのだった。

ほかの三人はべつだん動じた様子はなかった。五十男は依然としてくたびれた笑みを顔に浮かべていたし、後ろの二人は、この半時間ぴくりとも動かなかったかのように、同じ姿勢

でスマホと窓の外を眺め続けていた。飯場の所在地は労働者に事前に知らされないのがふつうなのだろうか。それとも、彼らはどこに連れて行かれようとそもそもそんなことには関心がないのだろうか。いずれにせよ、手配師とは飯場の場所に関する話はしておらず、釜ヶ崎という言わば特殊な地区における対面式の求職活動にあっては、非があるとすれば確認しなかった自分にあるのだと輝之は思うことにした。

原子力発電所に隣接する、鉄条網に囲まれた強制労働のための収容所——福井への道中、そんな場所に幽閉されることすら想像し、少なからず体を強ばらせていた輝之だったが、じっさいにハイエースが到着したのは、JRの駅からもさほど離れていない国道沿いの飯場だった。プレハブの二階建てが二棟——ぱっと見たところ石巻の飯場と違った様子はなかったし、少し距離はあったがコンビニやファミレスの看板も見えた。ここならいざとなれば抜け出せる。そう思って輝之は人知れず安堵の息を漏らした。しかし、契約手続きのために入った事務所の壁には、全国指名手配犯の写真が貼られてあり、そこに自分の写真はなかったものの、いずれはこの人相の悪いメンツに自分も加えられるかもしれないことを思うと、セメントを流し込まれたみたいに心身がたちまち重くなった。

契約のための書類には、いささかためらいながらも、氏名欄には「中山英徳」と、連絡先には中山英徳の免許証にある住所の数字の部分を微妙に変えて記入した。ためらいを覚えたのは、いつまでも「中山英徳」を使うわけにはいかないだろう、使い続けることで尻尾をつかまれることになりかねない、という思いがあったからだが、一方で、四国では免許証にず

いぶんと助けられてもいたので、「中山英徳」というのが強運に恵まれた戦国武将のごとき名前であるような気がし始めていたのも、たしかだった。

経験年数とその職種の欄には「一年」「土工」と記入した。じっさいは五か月強の経験しかなかったので、水増し申告ではあったが、それでも、自分がヤワではないことを宣言しているみたいで、なんとなく誇らしかった。輝之にとってむしろ肝心なのは、右も左もわからぬ、ど素人と見なされないことだった。ど素人と見なされれば、いやでも人の注意を引く。それは石巻でも経験済みだった。

事務所、つまり、人夫出し業者の人間は、上の前歯の一本に銀冠をかぶせた四十代なかばの男だった。男は輝之の連絡先を見ると、かもをおちょくるような口調で言った。「ははん、世田谷ねえ。ええところから来てるやん？　もしや、ボンボンか？」

輝之は即座に答えた――自分でも驚くほどの毅然たる口調で。「いいえ、親戚が世田谷に住んでいるだけです。ぼくは施設で育ちました。いろいろと事情があって」

ボンボンをきっぱり否定したのが効いたのだろうか、あるいは施設という言葉になにかしら思うところがあったのだろうか、いずれにせよ男は手のひらを返すように口調を変えて「ここにおるやつはたいてい事情をもっとるし。まあ、がんばれや」と言い、茶色がかった舌先を銀歯に巻き付けるようにして、去勢された大トカゲみたいに笑った。

現場での労働は翌朝から始まった。

午前六時五十分に、前日に釜ヶ崎から同行した三人とともに、側面にかなり目立つ凹みのある古ぼけた白いハイエースに乗せられた。すでに飯場で生活していた三人（そのうちのひとりが運転手を兼ねた）も同乗した。作業着と安全靴を借り、軍手とマスクはツケで購入した。ヘルメットとゴーグルも配られた。ゴーグルについては不思議に思ったが、事務所の人間は「行けばわかる」としか言わなかった。途中、昼食用の弁当やスポーツ新聞などを仕入れるためにコンビニに立ち寄りつつ、半時間あまり一般道を走った後で、到着したのは、比較的大きな結婚式場ビルを解体する現場だった。

輝之たち新参の四人は主に、小型の掘削機を使って粉砕した後の、コンクリートガラ、鉄、木材、アルミ、銅線、ボード、スレート、断熱材などを、分別して土嚢《どのう》袋やトン袋に詰め込み、それらを工業用エレベーターで階下に運び、トラックに積載するという作業に従事した。近隣への配慮だろう、窓は閉め切られていたので、コンクリートの粉塵がすさまじく、マスクをした上に、まともに息もできないままでの作業が続いた。それでも、作業が遅延すると古参の労働者や解体業者の社員から「おらーっ、急げや！」とか「ちんたらしてんじゃねえぞ！」という怒声が飛んだ。最初の休憩時間にトイレに行って鏡を見ると、火山灰が降りしきる中を歩き通してきたかのごとく作業着も顔の隠れていない部分も粉塵で真っ白だった。午後の作業中には、散乱している釘を踏みつけた。鋭い痛みが脳天まで突き抜けた。安全靴を脱いでみると、ソックスに血がにじんでいたが、そんなことを逐一訴えたところで、厄介なことになるだけだと思い、痛みをこらえて作業を続けた。

八時間の重労働を終えると、くたくたに疲れきっていて、ひどく空腹だったにもかかわらず、晩飯を咀嚼《そしゃく》するのも大儀なほどだった。共同の風呂に入り、コイン式の洗濯機で作業着の洗濯を済ませると、死んだように眠った。

二日目の朝、車に乗り込む段になって、オタク風の二十代がいなくなっていることが発覚した。しかし、そんなことは日常茶飯事なのだろう、事務所の人間も古参の労働者も、とくに騒ぎ立てはしなかった。「いねえな」「逃げ出したんやな」「しゃあないな」――そんな短いやりとりが交わされ、それきり話題にはのぼらなかった。

三日目以降はほとんど毎日、残業を強いられた。残業は四時間にも及ぶことがあって、そうなると手足が棒になり、最後は立っているのもやっとという有様だった。

肉体労働の辛さにはそれなりの免疫ができているつもりだったし、四国遍路を経て体力にもそこそこ自信を持つようになっていたが、その解体現場での労働は、輝之の慣れや想定や覚悟をはるかに凌駕していた。石巻での労働が、ほとんどママゴトに思えてしまうほどに。そして、労働者のあいだで朝の挨拶代わりに交わされる「おう、生きとったか?」があながち冗談ではないと思えるほどに。

その上、現場のムードも石巻とは明らかにちがっていた。

石巻の現場では、たとえ「土工」や「手元」といった下っ端の労働者でも「人」として扱われている感があったし、仕事さえきちんとこなせば、とくに愛想がなくても看過されたのだが、今度の現場では、返事の声が小さかったり、理不尽な要求に対してちょっと不満げな

素振りを見せるだけで、「声が小さい！」「むすっとしてんじゃねえよ！」「使えねえな！」などと叱責された。

輝之は思う。石巻が特別だったのだろうか。震災復興という崇高な目的が労働の現場になにかしらの作用を及ぼしていたのだろうか。

それともここが特別なのだろうか。たまたま過酷な現場にあたってしまっただけなのだろうか。

あるいは、労働の辛さというのは風化しやすいものなのか。つまるところ、自分は過ぎ去った時間を美化しているのだろうか。喉元過ぎれば熱さを忘れる、ということなのだろうか。

しかし、そんなことは考えるだけ無駄だった。考えたところで、仕事が楽になるわけではない。辛さを軽減するにはあれこれ考えないのがいちばんなのだった。

やがて、輝之は無理にでも笑い、ひたすら従順にふるまい、嘘でも気合いが入っている素振りを見せることを学んだ。そうすれば、扱われ方も少しはマシになるのだった。時には、帰りしなに、古参が缶ビールをおごってくれたりもした。また、乾かすのを忘れて眠ってしまった翌日に生乾きの作業着を着ていると、予備の作業着をさりげなく貸してくれることもあった。

そうして、日々の重労働と飯場での生活を続けていくうちに、ひしひしと実感するようになったのは、たとえどんなに陽気に振る舞っていても、飯場で暮らす労働者たちはおしなべて、自分の人生に静かに、そして深く、絶望しているということだった。彼らは自分たちが

どこにも行けないのだということを知っていた。いくらがんばっても自分の人生を変えることなどできないのだと知っていた。働いて働いて、ただ死んでいくのだということを、彼らは知りすぎるほどに知っていた。そして、いくら意地が悪くても最後のところでにじみ出てくる彼らの優しさは、そんな深い絶望の中で醸成されるのだということを輝之は知った。それは、輝之がこれまでの人生で出会ってきた、成功した人間や成功に向かって歩んでいる人間には、決して見受けられない類いの優しさなのだった。

最初の契約期間である十日間が終わると、赤ら顔の五十代が飯場を去っていった。入れ替わるように何人かの労働者が釜ヶ崎から運ばれてきた。輝之はあらたに十日間の契約を結んだ。

そのころには、体も重労働にだいぶ慣れてきて、一日の終わりに少しは本を読んだり物を考えたりする余裕ができていたのだが、飯場での生活が三週目に入ってまもなく、寝ついても四時間くらいで目が覚めてしまうようになった。たいていは悪夢にうなされて目覚めるのだが、たとえ悪夢にうなされなくとも、午前三時前後に覚醒してしまい、それきり一睡もできなくなってしまうのだった。

悪夢は大雑把に分けて二種類あった。

一つは、なんの前触れもなく高い塔や高層ビルなどの縁にしがみついていて、そこから何百メートルも下の地面に落下しそうになる——落ちはしないのだが——夢。

もう一つは、美佐恵が出てくる夢。

美佐恵の出てくる夢は、必ずしも悪夢ではなかったが（それどころか、娘も出てきて、三人で楽しい時間を過ごしている夢もあった——そんな時間は現実ではほんのわずかしかなかったにもかかわらず）、目覚めた後では、悪夢にうなされた場合よりもさらにひどい気分に苛まれた。

気づいたら、布団の上に正座し、美佐恵の幻影にいちずに許しを乞うていることもあった。ごめん、申し訳なかった、本当に悪かった、などと一心不乱に謝り、溢れ出る涙で顔をぐしょぐしょに濡らしていることもあった。

どうかあの世では幸せに暮らしていますように、と窓から闇夜を見上げて、ひたすらに念じていることもあった。

空が白み、飯場がざわざわし始めると、はっと我にかえって、そんな自分の行為に驚き、時には鼻白みさえするのだが、また次の夜になると、同じような行為に及んでいるのだった。

三回目の十日間契約が始まるころには、ビルの解体作業は終わり、トンネル工事の現場に出向くようになった。すでに日脚は短く、朝は暗いうちに起床して暗いうちに車に乗り込み、うす暗いトンネル坑内でひねもす働いて、暗がりの中を帰ってくるという日々が続いた。

十一月が終わり師走《しわす》に入ると、とたんに冷え込みは厳しくなり、一度は雪も降った。

四回目の十日間契約が終わる三日ほど前に、輝之は事務所に呼ばれた。

何事だろうとびくびくしていたのだが、銀歯の男が言うには、来週からは仕事がめっきり

減る、飯場にいてもいいが一日三千円の経費は仕事がなくてもかかる、ニシナリに戻ったほうが安上がりだろう、向こうには〝現金〟の仕事もある、もし戻るんだったらちょうど車が来ることになっているから乗っていけばいい――ということだった。

そろそろ引き時だろうと輝之も思っていたので、「わかりました、戻ります」と告げた。

トータルで四十日間の労働を終えた翌朝、釜ヶ崎から福井に連れてこられた時に乗ったシルバーのハイエースが飯場に停まっていた。運転手も同じ人間だった。乗り込んだのは、輝之と、スコップ顎の三十代と、赤ら顔の五十代と入れ替わりでやってきた、どちらも五十代のふたり、というメンツだった。

飯場を出発して半時間ほどが経ったころ、同じ三列目に座っていたスコップ顎の三十代が話しかけてきた。それまでも何度かは口をきいていたが、あくまでも業務上のやりとりで、個人的な話をしたことはなかった。彼の苗字が「竹内《たけうち》」だということはおのずと知るようになっていたが、その名を呼んだことはただの一度もなかったし、相手に「中山」と呼ばれたこともなかった。というか、スコップ顎が飯場でもほかの労働者とは明確な距離を置いて過ごしていたことに輝之も気づいていた。

「東京の出身だって？」

「ええ、まあ、だいたい」話しかけられたこと自体に驚きながら、輝之はこたえた。「生まれはちがいますけど」

「埼玉です」嘘の上塗りに、我ながらひるみつつ、輝之は言った。

「どこだ?」

「おっと、じゃあ、同郷だ」

「あ、そうなんですか」

「三郷《みさと》。冴えないまち」

そう言うと、スコップ顎はすっと輝之の側に身を寄せ、右手を差し出してきた。相手の予想外の振る舞いにぎくりとしながらも、スルーするわけにもいかないので輝之も右手を差し出し、相手の手を握った。

「よろしくな」そう言って、スコップ顎は目をかすかに光らせ、小さく、そして素早く、笑った。

「よろしくお願いします」と輝之もこたえた。いまさら、よろしく、というのも珍妙な話だなと思いつつ。

握手を交わした後は、またしばらくそれぞれの孤独に戻って時間を過ごした。窓の外では小雪が舞っている。カーラジオからはジョン・レノンの『ハッピー・クリスマス』が流れた。

「あんたさ」ハイエースが京都府を通過している時にスコップ顎がぽそりと言った。「偽名を使ってるだろ?」

「……は?」

「中山ってのは偽名なんだろ?」

「いえ、そ、そんな――」

「おどおどしなくたっていいよ。そうだろうと思ってたから」

「いいえ、ぼくは、中山です」

「ちっ。まだ、しらを切ってやがる。わかるんだよ、おれには」輝之が言葉に窮していると、スコップ顎はおどけるような表情を見せて続けた。「おれもそうだからさ。同類には鼻が利くんだ」

うまく歩くためには、神様の気まぐれが必要
――PIL『GOD』

18

スコップ顎はフルネームを――というか、自ら暴露したところによれば、偽名、ということになるわけだが――竹内哲郎《てつろう》といった。三年ほど前から釜ヶ崎を拠点に――つまり、折りに触れて各地の飯場に入りつつ――暮らしているのだという。いつとは言わなかったが、最近、つまり、福井の飯場にいるあいだに三十六歳になったらしい。生まれは埼玉県三郷市。「新宿の近く」にも住んでいたことがあるという。

福井から大阪に戻るハイエースの中で輝之に明かされたのは以上の情報だけだった。どんな事情があって偽名を使っているのかは明かさなかったし、逆に輝之の事情についても尋ねてはこなかった。その、踏み込んでくるかと思いきやすっと後退する、竹内のつかみどころのない態度が、輝之をこの男に吸い寄せることになったのかもしれない。

ハイエースが午前のうちに釜ヶ崎に到着すると、輝之は、竹内に引き連れられるがままに、彼が常宿にしているという簡易宿所にチェックインした。竹内が言うには、その簡易宿所が、値段はともかく（じっさい一泊千五百円で、釜ヶ崎最初の晩に泊まった簡易宿所よりも五百

円も高かった）、浴室や共同炊事場などの設備面においても各部屋のつくりの面でも、さらに清潔度においても、ベストだということだった。

「あんまりひどい環境だと心も荒んでくるぜ。だろ？　それに」と竹内は言った。「近所にうまいメシ屋が何軒か。コンビニも歩いて一分。この界隈では珍しく、落ち着ける喫茶店まである。そういうのって長く暮らす上では重要なんだ」

そう言われてしまえば、輝之としても同意する以外になかった。

帳場で指定された四階の部屋に入ってみると、五百円の差は如実に現れていた。

敷かれている畳こそ三枚だったが、奥行き五十センチほどの床の間のような空間が設けられているので実質は四畳に近く、さらには着替えや所持品を収められる半間の押し入れもあり、畳は比較的新しく、布団もふかふかしていて、シーツに顔を当てるとそこがドヤであることを一瞬忘れてしまいそうな芳ばしい香りがした――単に香料入りの洗剤か柔軟剤を使っているに過ぎないのだろうが。その日は曇天だったが、目の前には低層の建物しかなく、陽当たりも悪くないようだった。そして、あとでわかったことだが、部屋と部屋を隔てる壁も比較的厚いようだったし、浴場は広く清潔で、シャワーの水圧は強く、コイン式洗濯機や乾燥機も設置されており、談話室と称されているらしい共有スペースも広く、おまけに〝出張〟――労働者が一定期間飯場に入ることを釜ヶ崎ではそう呼ぶ――の時は荷物を無料で預かってくれるということだった。

輝之は部屋には長居せず、最寄りのコンビニで大阪市内の地図を買い、南海電鉄や市営地

下鉄で二駅離れた難波《なんば》まで歩いていった。冬服やスニーカー、それにいくつかの日用品を買いそろえるためだったが、とりわけ喫緊で必要としていたのは眼鏡だった。青函連絡船に乗りこむ前に購入し、函館ではほとんど外さなかった眼鏡も、札幌のカプセルホテルに置き忘れてしまって以来かけていなかったのだが、いつ指名手配されるかわからない今、やはり最低限の変装はしておこうと思ったのだ（松山で剃り落としたほお髯やあご鬚は、福井にいるあいだに再び伸びていた）。

帰り際には書店に立ち寄って文庫本を何冊か購入した。それから、週刊誌等をざっとチェックし、キオスクでは新聞を買ってみたが、事件についての記事は見当たらなかった。さまざまな事件が毎日のように頻発している世の中にあっては、自分の犯した事件もまた風化していくということなのかもしれない。もっとも、図書館に行って雑誌や新聞のバックナンバーを調べれば、何らかの記述が見つかるのは間違いないが、そこまでして、捜査の進捗状況を知りたいとは思わなかった。また、自分が誰よりも知り尽くしている事件がどんなふうに報道されているかにも、さして興味は持てなくなっていた。変装用としてあらたに眼鏡を購入しておきながら、ひどく矛盾しているのは自分でも承知していたが、今の輝之の頭の中にあってもっとも支配的な考えは、最終的にはどうあがいたってなるようにしかならない、というものだった。加えて、情報のほとんどない世界で日々を生きることに、清々しさを感じるようにもなっていた。眼前に現れる種々の障害物だけを乗り越えてゆく、そんなロールプレイングゲームのような暮らしに。

夕方に部屋に戻ってきて、何をするでもなくぼんやりしていると、ドアがノックされた。おれだ、という竹内の声を聞いてドアを開けたが、それが隣室の竹内本人だと得心するまでに数秒を要した。蕺草《どくだみ》の茂みみたいだったボサボサの頭はこざっぱりと整髪され、顔の下半分を覆っていた鬚もきれいに剃り落とされていた。しかし、驚いたのは相手も同じようだった。

「ん？　眼鏡？」

「視力が弱ってきたんで」

「あっそ」竹内が関心なさげに言うので、輝之も、ついでに、というかんじで言った。「さっぱりしたんですね」

「おれだって、たまには床屋に行く」

竹内はそう言って、スコップのような鋭さがより際立つようになった顎をさすり、小さく素早く笑った。男の奥深くで昏睡する無垢な少年がほんの一瞬だけ意識を取り戻したみたいに。輝之は、もし自分が女だったらこの微笑に惚れるかもしれない、などと思いながら、そりゃそうですよね、というように頷いた。

「それよか、時間だ」

「……は？」

「晩飯だよ」

竹内は、連れ立って晩飯を食べに行くことはとっくに決まっており、しかし約束の時間が

過ぎても現れないから部屋まで呼びにきた、というような調子で告げた。そんなふうにさも当然の口調で告げられると、断りようがなかった。というか、断るという選択肢は、端から失われているような気になってしまうのだった。

不思議だった。前日までの四十日間にもおよぶ飯場生活では、ほかの労働者とのあいだにはっきりと距離を置き、輝之とも目すらまともに合わせていなかった人間が、飯場を出るなり急に社交的になって接近してくるというのは。もっとも、相変わらず他人を容易に寄せつけない超然としたオーラを身にまとっていたし、物言いや態度もぶっきらぼうではあったが、しかし、じっさいに取っている行動は、人懐っこい人間のそれだった。逆に輝之はといえば、飯場という、仕事とプライヴェートがいっしょくたになった共同生活の場では、できるだけ差し障りがないようにと、強いて友好的にふるまっていたが、釜ヶ崎では極力人付き合いを避ける心づもりでいたので、立場がまるっきり入れ替わってしまったかのようだった。

「近所にうまいメシ屋が」と聞かされていたにもかかわらず、その晩は、近くに何軒もあるメシ屋を通り過ぎ、けっこうな距離を歩かされた。ようやくたどり着いたのは、釜ヶ崎界隈には似つかわしくない――じっさいそこは〝釜ヶ崎〟の外側に位置したのだが――こざっぱりした店構えの、「メシ屋」というより「定食屋」と呼ぶほうがふさわしい、〈辰美〉という店だった。店主もまた（一癖ありそうだが）こざっぱりした五十すぎの男で、（器量こそ良くないがやはり）こざっぱりした二十代なかばの娘と二人で、店を切り盛りしているらしい。竹内は馴染み客らしく、彼らとさっと挨拶を交わし、輝之のことを「こいつ、新入り」と紹

介した。輝之は「はじめまして」とだけ言った。

輝之の竹内に対する印象はすっかり変わっていたが、かといって竹内は決しておしゃべりな男ではなかった。テーブル席で向かい合って食事をしているあいだも、備え付けのテレビから流れるヴァラエティ番組にちらちらと目をやりつつ、「うまいだろ」とか「たまに来るといいよ」とか言うくらいのものだった。しかも、話したいことや訊きたいことは山ほどあるけど今はあえて話題にしない、というような、もったいぶった態度は微塵も見せず、そもそも自分たちのあいだには共通の話題は存在しない、しかしながら飯を食う時はひとりより相方がいたほうがいい、というような雰囲気を醸し出しているのだった。

食事が終わったところで、竹内は切り出した。「よし、遊びに行くか」

竹内の言う〝遊び〟が、具体的に何をさしているのか、はっきりとはわからないままに、輝之はこたえた。「いいえ、明日も早いので」

「三十分もあればぜんぶ済む」

その言い草とその時の竹内の表情から、遊び、というのは飛田新地《とびたしんち》に行くことだと理解した。じつは、福井の飯場で飛田新地の存在をはじめて聞いたのだった。知らなかった輝之は、まわりから嘲笑されたが、輝之がそれまでに付き合ってきた男たちの口から――大阪出身の友人や知人が少なかったせいもあるだろう――飛田新地が話題にのぼることはなかった。

「いや、でも、そういうのは、おれ」

「まさか、おまえ、モーホーなのか」

「いえ、ちがいますけど、すみません」

「だいたい、明日も早いって、おまえ、明日から働くつもり？」

「ええ、〝現金〟の仕事を見つけようと思って」

「なあなあ、一日くらい休めって。たっぷり稼いできたじゃねえか」

たっぷりと言えるかどうかはともかく、たしかに福井ではそれなりに稼いできた。四十日間の飯場生活で、完全に休んだのは四日だけだったし、求められた残業もすべてこなしたので、結局飯場で購入することになった作業着や安全靴等の代金を払い、その日の午後に冬服や眼鏡などの買い物を済ませても、所持金は依然二十万を超えていた。だから、働きに出るのは、単に金のためだけではなかった。働いているあいだは、薄氷の上を歩いているかのような現在や、どす黒く汚れてしまった過去や、すでに絶たれているかのような未来について、少なくとも深く考えないですむ。さらに、重労働に従事すれば肉体は疲れ、たとえ夜中に目が覚めてしまうにせよ、ひとまずは眠りにつける。輝之がいま切に求めているのは、そういうことだった。とにかく肉体を疲れさせること、そして、少しでも深い眠りにつくこと、そんな一日を積み木を積むように積み重ねてゆくこと。

「借金でもあるのか？」竹内が尋ねてきた。その晩初めての質問らしい質問だった。

「いや、そういうわけじゃ。でも、とにかく働きたいんです」

「ははん。まあ、おまえの勝手だけど」

「それと、竹内さん……今朝の偽名の話なんですけど……」

「べつにいいんだって、名前なんて」

「いや、でも、宿帳には本名を書いたんで。これからは田中《たなか》、つうことで」

「ほんとは田中英信《ひでのぶ》っていうんです、ぼく」

「田中？」

「あっそ。わかったよ、田中くん。これでいいんだな？」

「ええ、すみません、ややこしくて」

　輝之がそう言い終わらないうちに、竹内の視線は輝之から逸れて、ちょうど店に入ってきた男――銀髪の坊主頭で、体格の良い、しかしその体格の良さをどことなく恥じているかのような眼をした六十がらみの男――に注がれた。

「梶《かじ》さん。しばらく」

　その、梶さんと呼ばれた男に、輝之も紹介された。輝之は今度は「田中です」と名乗った。梶さんは、輝之たちが泊まっている簡易宿所をはじめ、いくつかの宿で清掃の仕事をしているらしかった。川崎市の出身で釜ヶ崎界隈にやってきて二十五年あまりだという。竹内の「梶さんにはずいぶん世話になっているんだ」という言い方に、竹内の事情を知っているようなニュアンスがうかがえたが、むろんその場で込み入った話が始まるはずはなかった。

　遊んでくる、という竹内と軒先で別れ、輝之はひとり宿に戻って、風呂に入り、目覚まし時計を四時四十分にセットし、昼間に買ってきたポータブル・ラジオでＦＭ放送を聴くともなしに聴きながら、眠りについた。

翌日から年内いっぱい、そして年末年始の休みが明けてからも、輝之は日曜を除く毎朝、五時には〈あいりん総合センター〉に出向き、〝現金〟の仕事に就き続けた。釜ヶ崎の労働者の中にあっては、輝之は明らかに若い部類だったし、ぱっと見、健康で労働意欲に溢れているようにも見えたのだろう、たいていは〈センター〉に着くか着かないかのうちに、手配師から声がかかった。大阪府内の現場がもっとも多かったが、時には奈良県や兵庫県にまで連れて行かれた。道路や下水道の工事現場もあれば、ビルやマンションの解体工事現場もあった。比較的楽な現場もあれば、きつい現場もあったが、どんな現場でも、必死かつ従順に働いた。毎朝四時半に起床していたこともあり、布団に入ったものの寝つけなくて苦しむということはほとんどなかった。もっとも、夜半すぎにだしぬけに目覚めて、とてつもない悔悟や罪悪感に襲われることは相変わらずあった――いっそ自分を殴り殺してしまいたくなることさえあった――のだが、それでも、その頻度はせいぜい週に三度くらいに減っていた。

馴染み客になってしまうのを避けて、単独では〈辰美〉に行かなかった。代わりに、近所のいくつかのメシ屋で、晩御飯を食べるようになったが、どこのメシ屋でも馴染み客とならないように気を配った。たとえ、気に入ったメシ屋でも、三日はあいだを空けて行く、そして、他の客や店の人間とは、なるべく目を合わさない。たとえ目が合ってしまっても、そこにどんな感情も含めないように気をつけた。そうしていると、誰も話しかけてこなかったし、店の人間もあたかも初めての客であるかのように接してくれた。しかも彼らは、例えばコン

ビニのスタッフのように輝之のことを本当に初めての客だと見なしているわけではなかった。初めてではない、とはわかった上で、そんなふうに距離を置いて接してくれるのだった。ひょっとしたら、それが釜ヶ崎のマナーなのかもしれなかった。あるいは、親切心であるのかも。

唯一の例外は、食後にしばしばコーヒーを飲みにいくことになった〈JUN〉という喫茶店だった。〈JUN〉も、厳密には釜ヶ崎の外側に位置していたが、メシ屋でばったり会った竹内に連れられて入って以来、足繁く通うようになった。サイフォンで淹れてくれるコーヒーは安くて美味かったし、音量こそ小さかったが、いつも店内にはオールディーズが流れていて、心が落ち着くのだった。しかし、足繁く通う理由はそれだけじゃなかった。五十代後半とおぼしき夫婦でやっている店だったが、その奥さんのほうに、一目見た時から何か感じるものがあった。三度目のときに、その何かが何であるのかをさとった――どことなく、実の母親に似ている気がするのだ。もっとも、母親には、彼女が父親と別れて家を出て行った小学六年の夏以来一度も会っていなかったし、写真の類いは持っているのも嫌になってすべて捨ててしまったので、うろ覚えでしかないのだが、それでもなんとなく――さすがに、本人だとは思わなかったが――似ている気がした。自分の記憶にある母親を、二十年あまり老けさせると、おおよそこんなかんじになるのでは、という雰囲気を、その、白髪を赤茶色に染めた痩身の奥さんは持っていた。

ある晩、たまたま同席していた竹内に、奥さんを見つめる目つきが変だと指摘された。な

んでもない、と輝之はあわててごまかしたが、竹内は、話してみろよ、と言った。

ためらいをよそに、口が勝手に動きだしていた――奥さんが実の母に似ているような気がすること、その実の母は小学六年の夏に家を出て行ったこと、それ以来会っていないし、どこにいるのか、生きているのかさえも知らないこと。

「ずうっと憎んでいた」輝之は最後に言った。「でも今は許してやりたいと思う」

「じゃあ、許してやるんだな」

「どうやって？」ずいぶんあっさりと言ってくれるじゃないか、と思いながら、輝之は訊いた。

「あの奥さんをおふくろさんだと思って、誠実に接することで」

竹内らしくない物言いに、輝之は思わず苦笑いした。しかし、竹内は冗談を言っているつもりはないようだった。表情がいつになく真剣だった。

「そして、祈る」竹内は続けた。

「……祈る？」

「我らに罪を犯す者を我らが赦す如く我らの罪をも赦したまえ」

「……クリスチャンなんですか？」

「洗礼は受けてない。ただ、一時期はよく教会に行ってた。結婚してたころに。ヨメの影響で」

「じつは……このあいだの日曜、竹内さんを見かけました」

「どこで？」

「そこの大通りを渡ったところに、教会があるじゃないですか。そこから出てくる竹内さんを」

「ああ、今でもたまに行くよ。祈ると気持ちがすっきりする」

「祈って何かが変わるんですか？」

「さあね。けど、何も変わらないとしても、祈らずにはいられない時がある。祈りを捧げるべき相手もいる。何かが現実に変わるかどうかってのは、また別の問題だ」

輝之が自分の話を神妙に聞いているのが小っ恥ずかしくなったのだろう、竹内は尖った顎をさすりながらにやっと笑うと、いささかおどけた調子になって、言い足した。

「まあ、おれたちみたいな人間には、おこぼれも必要だぜ。ちゃんと祈ってると、ひょっとしたら神からのおこぼれに与《あずか》ることができるかもしれない」そうして、話を打ち切る合図だろう、テーブルの端を指先でとんと叩くと、言った。「湿っぽい話になっちまったな。さあ、帰って寝るぞ。おれも明日は早いんだ」

竹内とは、そんなふうにして、ゆっくりと打ち解けていった。メシ屋や喫茶店で、また時には、共同風呂の湯船に浸かりつつ、ぼそっと、そして小出しながら、竹内は自分の過去を話してくれた――少年時代は野球小僧だったこと、高校時代はバンドに夢中だったこと、そしてバンドで食ってた時期もあること。輝之もまた、竹内の話に呼応する形で、ちょっとだけ自分の話をするようになった。そのほとんどはあたり障りのない事実だったが――自分は

サッカーをやってたこと、大学を二年で辞めて小劇団に入ったこと、総合スーパーの文房具売り場で働いていたこと。

〈ＪＵＮ〉にはその後も、たびたびコーヒーを飲みにいった。竹内の助言にいくらかは影響されたのだろう、会計の時には、奥さんときちんと目を合わせて、そして心を込めて、ごちそうさま、と言うようになった。もっとも、どういうわけか、そうやって目を合わせることで、母親の影は薄らいでいった。


やがて、二〇一一年が暮れていき、あらたな年が明けた。大晦日は竹内と梶さんと三人で〈辰美〉で年越しそばを食べ、日本語の拙い中国人の若い女がやっているカラオケ居酒屋で歌い明かし、そのまま三人で連れ立って、今宮戎《いまみやえびす》神社へ初詣に行った。神社にお参りに行って、そんなことを祈るなんて、お門違いだと思いながらも、ほかにどう言えばいいのかわからなく、「我らに罪を犯す者を我らが赦す如く我らの罪をも赦したまえ」と祈った。そして、すぐに思い直した。たとえ神は赦してくれても人は赦してくれないだろう、と。また、赦されるべきではない、とも。罰を受けなくてはならない。とてつもなく重い罰を。いずれ。

冬の朝の空は澄んでいて美しかった。いずれ、この冬の美しい空を見られなくなる時がくる。そう思ったとたん、体が震え始めた。震えは部屋に戻っても、暖房をつけても、布団に潜り込んでも、熱い風呂に入っても、止まらなかった。

年が明けて三度目の日曜日、輝之はひとりで長い散歩に出た。

三角《さんかく》公園では野宿者たちがたき火をして暖をとっていた。その傍らの路上では、何人かの男たちが指にお札を挟んで花札賭博に興じていた。ブルーシートの住処を支えるベニア板には「おめこ、おめこ」という落書きが見えた。教会では断酒のための集会も催されているようだった。NPOの施設では生活保護の切り下げに反対する集会も。市だか区だかの施設の掲示板には「よろずそうだん」と記された貼り紙が貼ってあった。そして、「マジック＆大道芸ショー」の告知。アパートの外壁には「立ち小便禁止」という看板が立てかけられていた。

はじめて飛田新地にも足を踏み入れた。午後の早い時間だったが、それでもほとんどの〝料亭〟はすでに提灯《ちょうちん》を灯していた。上がり框に腰掛けた呼び込みのおばちゃんが「にいちゃん、さあ寄ってって。ほら、よく見てや、カワイイ娘やろ。いま座ったばかりやで」などと話しかけてきたが、足を止めずに通り過ぎた。道行く男たちはそれぞれのやり方で、自分にとってベストの〝仲居〟を物色していた。立ち止まって食い入るように見つめる者。歩を緩めて盗み見るようにして品定めする者。仲間と連れ立って軽口を叩き合いながら探す者。あるいは、端からその気などなく、観光気分で訪れている男たちもいるのだろう。遊廓が賑わっていた時代に思いを馳せながら。輝之は、そのどれでもなかった。〝料亭〟に上がる気はなかったし、かといって、観光気分で冷やかしにきているわけでもなかった。それらの中間のどこかを横道に逸れたところに——そんな自分でもよくわからないへんてこな場所に、

自分の目的はあるような気がした。

散歩は続いた。

ひたすら歩き続けた。

信号待ち以外は歩みを止めることはなかった。

観光客で賑わう新世界《しんせかい》の繁華街を早足で通り抜け、ほとんど人影のない日本橋《にほんばし》のオフィス街をそぞろ歩いた。

フェンスに囲まれた天下茶屋《てんかちゃや》付近の公園で小学生の男の子たちが野球に興じるのを横目で見ながら。最近になって建てられたらしい阿倍野《あべの》の巨大な高層マンションを仰ぎ見ながら。

無心になって歩き続けた。

無心になって歩き続けているうちに自分が透明になっていくような気すらした。

そうして、半日におよぶ長い散歩の果てに、自分自身と遭遇した。

引き延ばされたカラー写真の中の自分と。

指名手配になっている自分と。

一つの心が壊れるのを止められるならば
わたしの人生は無益ではない
——エミリー・ディキンソン

19

それでも、輝之は釜ヶ崎にとどまり続けた。

むろん、自分が指名手配されていることを知った夜は、一晩じゅう震えが止まらなかった。いくら水分をとっても口の渇きはおさまらず、ねっとりした汗が全身から吹き出し、断続的に鋭い頭痛と吐き気に襲われた。午前三時すぎには四方の壁と天井が自分を圧搾するべく捩《よじ》れながら迫ってくるような幻覚にも襲われた。五分が過ぎるのに三十分も要しているように感じられた。たまりかねて、あたふたと荷物をまとめはじめた。荷物をまとめてしまうと、ようやく震えやら頭痛やらが和らぎ、上着を着たまま畳の上に寝転がって小一時間ばかり、うとうととした。

しかし、明け方になって輝之が取った行動は、まとめた荷物を抱えて釜ヶ崎を去ることではなく、いつもどおり〝現金〟の仕事を求めて、〈あいりん総合センター〉に向かうことだった。

いまや顔見知りの手配師や労働者が何人かいたのだが、その朝は彼らと顔を合わせるのが恐ろしかった。声をかけられるたびにまるで脅かされでもしたみたいに縮み上がった。顔見知りたちのふだんと変わらぬ態度が信じ難かった。この人たちは指名手配写真を見かけてはいないのだろうか。もしや自分の正体をとっくに知っていながら素知らぬふりをしているのだろうか。

その日、連れて行かれたのは堺市の解体工事現場だった。日雇いの土工が振り当てられる作業の中ではもっとも慣れた仕事のはずだったが、あきらかに集中力を欠いていた。のっけからつまらぬミスを連発し、昼前には足場を踏み外して足首の靭帯を痛めた。

そうして昼休みのあいだに輝之は心を決めた。午後の仕事を終えて釜ヶ崎に戻ったら警察に出頭しよう。警察であらいざらい打ち明けよう。

出頭すればいくらかは罪が軽くなるかもしれない、などと考えたわけではない。そうではなく、とにもかくにも逃亡生活を終わらせたかった。積極的かつ強固な意志がないままにずるずると続けてしまっている、このなし崩し的な逃亡生活を。もうたくさんだ。そう思った。おどおどするのも、名を騙るのも、逃げまわるのも、逃げまわるだけの日々も。

夕方、釜ヶ崎に戻ると、すぐに風呂に入ってその日一日の汚れや汗を洗い流し、髭も剃り落とした。それから、持っている中ではいちばんまっとうな服を着、未明にまとめてあった荷物を抱えて、釜ヶ崎のほぼ中央にそびえる西成警察署へ向かった。それが誰の手に渡るのか、そもそもどういう意味を持つのか、自分でもわかりかねたが、しかしどうしてもそうす

る必要があるような気がして、部屋のちゃぶ台の上に一万円札を五枚置いていった。帳場には何も告げなかった。

すでに日はとっぷりと暮れていた。冷え込みの厳しい真冬の夜空に月はなく、光度の高い星が隠遁生活に入ったかつての人気俳優よろしくさみしげな光を放っていた。あちこちの飲み屋からはカラオケ伴奏と調子っぱずれな歌声が聞こえた――いつもの釜ヶ崎の夜。不思議と平らかな心境だった。探りを入れるがごとく警察署の正面玄関をいったん通りすぎて三十メートルほど先まで歩き、そこで眼鏡を外して上着の脇ポケットに収めると、意を決してきびすを返した。正面玄関まであと十メートル、というところで、二の腕をぽんと叩かれた。はっとなって振り向くとグレイのニット帽を被った男がいた。梶さんだった。

「やあ、田中くん」

いつものごとく、自分がこの世に存在していることを恥じているような、けれどもそんな感情を他人に気取られないよう細心の注意を払っているような、頼りなげではあるが柔和な笑みを目元に浮かべている。

「しばらくだね。元気？」

すぐには言葉は出てこなかった。口の中にたまった唾を飲み込んでから、ぺこんと頭を下げた。「正月はごちそうさまでした」

「いやいや、なんの」

そう言うと梶さんは輝之の足に視線を落とし、足を引きずっているように見えたがどうか

したのかと尋ねた。輝之は眼鏡をポケットから取り出しながら、仕事中にちょっと挫《くじ》いただけです、とこたえた。いつものように眼鏡をかけたが、梶さんはそれについては言及しなかった。

「ところで、田中くん」梶さんは、輝之の顔色をそれとなく窺いながら、言った。「晩飯はもう済んじゃったかな？」

「……いえ」

「そりゃあ、ちょうど良かった」梶さんの口調がにわかに弾んだ。目元に浮かんでいた笑みも心なしか深くなる。「いやね、今夜はなんとなく……心細いっていうかさ、ははは。じつはいま、寄ってきたところだったんだよ、竹内くんの部屋に」

「竹内さんは先週から飯場に——」

「そうなんだってね。帳場で聞いたよ。もちろん、田中くんの部屋もノックしてみたんだけどね。いやあ、幸運だな、こんなところでばったり会えるとは」

「はあ……いや、でも……」

輝之はしどろもどろになったが、梶さんはかまわずに続けた。「何が食べたい？　たまには握り寿司なんかどう？　このへんは揚げ物が中心だけど、一軒あるんだよ、江戸前寿司の旨いところが。ひょっとしたら竹内くんと行ったことがあるかもしれないけど」

「いや……その……」

「ん？　なにか不都合でも？」

これから警察に出頭するんです、ぼくはあろうことか、妻を殺した人でなしなんです、梶さんだってどこかで指名手配写真を目にしたでしょ？　あの久保田輝之っていう人でなしはぼくのことなんです、ほら、よく見てくださいよ。心の中でそう呟いたが、それは音となって空気を震わせはしなかった。

「まあまあ、田中くんさ」梶さんはいささかぎこちないながら、輝之の肩に手を回して言う。「ここはひとつ、人助けだと思って、付き合ってくれよ。こんなこと言うのは面目ないんだけどね……六十すぎて独り身ってのは時にこたえるんだ」

そのような、相手の熱心かつ切実な誘いに押し流されるようにして、輝之は梶さんとともに歩き出した。道中どんな会話をしたのか、あとで思い出そうとしてもまったく覚えていなかったが、なにはともあれ、警察に出頭するつもりだったのが、その十数分後には寿司屋の白木のカウンターに座って、梶さんの酌でビールを飲んでいたのだった。

その晩の梶さんは、いつになくよくしゃべった。最初のうちはとりとめのない日常の話だったが、酔いがまわるにつれて——とはいえ、梶さんはビールより強い酒は口にしないし、そのビールもまるでブランデーを飲んでいるかのようにちびちびするだけなのだが——徐々に自分の来し方の話に切り替わっていった。輝之は、店の人間や他の客の視線がいちいち気になったし、自分の意思とは真逆の行動をとっていることに対する忸怩《じくじ》たる思いと、当座の猶予が与えられたことによる安堵感とが、入り混じりながら心に渦巻いていて、けっして優秀な聞き手ではなかったが、梶さんのほうは、そんな輝之の、ともするとおざなりな聞き

方に、かえって気楽さを覚えたのかもしれない、寿司屋とそのあとの飲み屋での四時間近く、やかんからお湯が吹きこぼれるかのようにしゃべり続けたのだった。

梶さんは京浜工業地帯にほど近い川崎市内の下町で生まれ育った。中学を卒業すると、電気機器の部品を製造する工場で働きながら定時制高校に通った。読書好きで成績も上位だったので、担任教師には大学進学を勧められたが、家庭の経済事情がそれを許さなかった。二十代前半、二つ目の職場だった鉄筋の製造および組立を請け負う会社でフランス人の労働司祭と出会い、彼とのかかわり合いを通じて、徐々に労働運動にのめり込んでいった。しかし、それが遠因となって、やがて解雇の憂き目にあう。不当解雇だと裁判に訴え出るも、足かけ五年に及ぶ審理の末に自主退社を余儀なくされた。その直後、労働運動に没入するあまり、家庭をおろそかにしていた梶さんに愛想を尽かして、妻がひとり息子を連れて家を出て行ってしまう。妻はきっかり半年後に再婚するが、その再婚相手が、長らく裁判で争っていた会社の若社長だと知ってすさまじいショックを受けた。ショックのあとにじわじわとやってきた空しさと孤独感と悔恨、さらには、時代とともに去勢されていくように見える労働者たちへの失望も重なって、睡眠障害やパニック発作に陥るようになり、やがて、うつ病という診断が下される。半年あまりの入院生活を経て深刻な状態は脱するが、もはや労働運動への意欲はすっかり失せ、川崎で暮らすことにも嫌気がさしていた。そうして、三十五歳になってまもない秋に、単身、釜ヶ崎にやってきたのだった。

「自分を知っている人間がひとりもいないところに行きたかった」梶さんは、その内容に似

つかわしくない穏やかな口調で言った。「今思えば、そうとうに投げやりな気分だったよ。でも、投げやりな気分のままでも、釜ヶ崎では暮らしていけた。ここにいる連中は多かれ少なかれ投げやりな人生を送ってるからね。それに、ちょうどバブルに向けて景気が上昇している時期で、仕事だけはたくさんあったし」

釜ヶ崎での暮らしが六年目に入ってまもない秋に、第二十二次釜ヶ崎暴動が発生する。日々の鬱憤を晴らすには絶好の機会だった。

「当時は酒を飲み過ぎていたんだ。自覚はなかったけど、早い話、アル中だよね。酒代を稼ぐために働いていたようなもんだから。その晩も暴飲してた。それについては弁解の余地はない」

梶さんは暴動のどさくさに紛れて警官に暴力をふるい、公務執行妨害罪で逮捕される。最終的には起訴猶予処分になるが、きっかり二十日間、留置場で勾留された。

「警察ってのはほんとうに恐ろしいところなんだ。それを二十日間、嫌というほど味わわされた。じっさいに暴行も受けた、自分が暴行を働いた当の警官からね。仕返しってことなんだろうよ。正式に抗議することもできたんだろうけど、その時はとにかく留置場から出たかったし、川崎時代に、御上に歯向かうとどうなるかってことをいやというほど思い知らされてたから、じっと耐えた。いずれにせよ、あの二十日間で、ぼく——梶章夫《あきお》という人間は息絶えたんだと思う。良くも悪くもね。以来、なんの希望も持たなくなった代わりに、怒りや不満も消えていった。こうして今、掃除の仕事をしながら、それなりに楽しみながら暮らし

ているのは、ぼくの人生がすでに終わっているからだと思うな。うん、つまりね、田中くん、きみが今見てるのはぼくじゃないんだよ。ぼくじゃなくて、ぼくの抜け殻なんだよ」それから梶さんは、なかばおどけながら、こうも言った。「あれ以来、警察官の姿を見かけるだけで、無意識のうちに体がこわばるんだ。運転免許の更新に行くだけでも汗びっしょりだよ、ははは」

輝之は調子を合わせるべく笑ったが、警察の話が出てきたあたりから心拍は乱れはじめ、最後は足も小刻みに震えていた――梶さんには感づかれていないようだったが。

別れ際に梶さんは言った――輝之が自分の息子ほどの年齢であることをまったく忘れているような丁寧な口調で。「今夜はどうもありがとう。田中くんに会えなかったら、どうなっていたか」

「いえ、そんな。ぼくはなにも」

「いや、ほんとなんだ。もし、ひとりだったら、ビール以外の酒に手を出していたかもしれない。そうなると」梶さんはその先を笑いでごまかし、あらためて頭を下げた。「恩に着るよ。ほんとにありがとう」

輝之は翌朝も、煮え切らない心を抱えたまま〈センター〉に出向き、現金の仕事を見つけた。挫いた足が痛んだが、ミスを犯さないよう必死に働いた。

そして、前日と同じように、昼休みのあいだに心を決めた。午後の仕事を終えて釜ヶ崎に

戻ったら今夜こそ警察に出頭しよう。今夜こそこんな生活とこんな心境に終止符を打とう。しかし、西成警察署の正面玄関が見えてくると、前夜、梶さんから聞かされた言葉がまざまざとよみがえった。

警察ってのはほんとうに恐ろしいところなんだ。

その言葉が、くさびのように心の芯に食い込んだ。気づいた時には宿に向かって早足で歩いていた。その晩も悪寒に苛まれながら夜を明かした。自分のふがいなさに窒息しそうでもあった。

その翌日は仕事を休んだ。近所のコンビニで国産のウイスキーを買ってきて午前中から飲み続けた。恐ろしくなんかない。というか、恐ろしいとか恐ろしくないとかの問題じゃない。そう自分に言い聞かせながら飲み続けた。昼過ぎには出来上がっていた。そうして、足もとをふらつかせながら警察署へ向かった。

警察署の敷地に入ったところで、チンパンジーを思わせる小柄のおっさんが、ラグビー選手よろしくがたいのいい二人の制服警察官に両脇を抱えられながら正面玄関から出てきた。おっさんの足が地面から十センチほど浮いている。しかし、そんな有様とは裏腹におっさんはすこぶる機嫌が良さそうだった。「おまわりさんよぉ。きついこと言わんといてぇや」などと口走りながらも、そのしわくちゃの顔はだらしなく笑っている。

通りに出たところで、二人の警察官は、ジャガイモの入った麻袋を放り出すように、おっさんを放した。おっさんはよろめいたが、そのよろめき方は明らかに芝居めいていた。

「ほんなら、おっちゃん、飲み過ぎはあかんで」年少のほうの警察官が言い、おっさんの肩をぽんと叩いて、帰るよう促した。

「ったくよお、ひくっ。つれねえよ、ひくっ」しゃっくりとともに、おっさんはぶつくさ言い、千鳥足で去っていった。

そこまでの様子を輝之は正面玄関の脇で見ていたのだが、輝之に気がついた年長のほうの警察官が話しかけてきた。「どうされました？」

「……あの、ぼく……ぼく」

輝之がへどもどしているのを、ろれつが回っていないと判断したらしい警察官が遮った。

「あなたも酔っぱらってるねえ。困ったもんだ」そうして、年少の警察官に署内へ戻るように手で指示し、彼がそれに従って場を離れると、輝之に向き直って続けた。「あなた、いい？　警察ってのは、酔っぱらって来るところじゃないんだ。用があるなら、しらふの時に来なさい」

「いや、あの、ぼく……」輝之はかまわず言いかけた。「ぼく、妻を……妻を——」

「カミさんを殴った？」警察官はぞんざいな口調で訊いた。この手の話はうんざりだ、と言わんばかりに片頰を歪めながら。

「いえ、殴ってはいません。殴ったことなんて一度も」

「じゃあ、どうしたの？」

「こ、こ、殺しました」

「殺した？」いっそううんざり感が増したのか、警察官のぞんざいな口調には苛立ちさえ加わっていた。「どこで？　どうやって？」

「……家で。最低、とかいろいろ言われて、頭が真っ白に」

「あなたねえ、昼間っから酒ばかり飲んでたら、そりゃ最低と言われてもしゃあないな」

「いえ、あの、酒はそんなに――」

「なに言ってんだよ。その状態でよくもまあ――」

「いや、だから、つまり、ぼくは、く、く――」

「あのね」今度は棍棒を打ちつけるようなぴしゃりとした口調だった。「ここは警察だよ。痴話喧嘩を取りなすところじゃないんだ。その手の相談は、そこの通りをまっすぐ行ったところに区の施設がある。そこに、なんでも話を聞いてくれる係の人がいるはずだから。……わかった？　こっちは忙しいんだよ。酔っぱらいのたわ言に付き合ってるヒマはないんだ。わかったね？」

そう言うと警察官は、先ほど年少の警察官がおっさんを送り出した時と同様、輝之の肩をぽんと叩き、去るように手で促した。そして、すたすたと署内へ戻っていった。

輝之は呆然と警察官の後ろ姿を見送った。そんな輝之を玄関脇の見張り番の警察官が冷ややかな眼で見ていた。おそらくは、酔っぱらっているだけでなく、もともと頭のいかれた男だと見なしているのだろう。

じっさい、輝之はかなり酔っぱらっていた。しかしながら、脳の一部は完全に醒めていた。

砂礫《されき》の中の金みたいに醒めていた。その醒めた意識が今や自分でもうっとうしくて仕方がなかった。そいつをぼこぼこにやっつけたい気分だった。

近くの飲み屋に駆け込んだ。午後の早い時間だったが、数人の客がすでにへべれけに酔っぱらっている。そのうちのひとり、阪神タイガースの帽子をあみだに被ったおっさんがカラオケで『与作』を熱唱しはじめた——伴奏を徹底して無視した型破りな唱法で。

脱力した。

失禁してしまいそうなほどに脱力した。

もうどうでもいい。どうなろうと知るもんか。

輝之もコップ酒を注文した。一杯目はほとんど一息で飲んだ。すぐに二杯目を頼んだ。それものの一分で飲み干し、三杯目を注文した。それを口に含んだ。おれは何をしているのだ、こんなところで何をしているのだ、どうしてこんなところに？　そんな思いが戦闘機のごとく轟音を轟かせながら脳裏をかすめていった。

覚えているのはそこまでだった。

目覚めると薄暗い部屋にいた。畳んだ布団の上に半身を投げ出していた。カーテンは開けっ放しだった。窓の向こうが街灯の橙《だいだい》色で染まっている。そこがいつもの自分の部屋であることを認識するまでにしばし時間を要した。認識したあとも、どうやって自分が宿に帰ってきたのか、まったく思い出せなかった。目覚まし時計は一時を過ぎたところで長針と短針

が重なろうとしている。上着の前身頃やズボンの裾にゲロのものらしい汚れが付着していた。なによりも、酸味を帯びた悲しみが毒を食らったみたいに全身に蔓延していた。

翌日も仕事には行かなかった。

さらにその翌日も、その翌々日も。

代わりに、ひたすら酒を飲み続けた。

頭の隅っこでしぶとく発光する醒めた意識の息の根を止めるために。

けれどもそいつは息絶えなかった。

深夜には息絶えたかに見えても、翌朝になるとちゃっかり復活していた。

記憶をなくしても自制心を失っても、そいつだけはしぶとく生きていた。

そいつこそが生命の核であるかのように。そいつこそが不滅の魂であるかのように。

翌週は、神戸の飯場に入った。最短の七日間契約で。

翌々週は、和歌山の飯場に入った。同じく最短の七日間契約で。

どちらの契約条件もあまり良くはなかったが、そんなことは少しも気にかけなかった。やけっぱちで働いた。自分を痛めつけるように働いた。

和歌山から戻ってくると、竹内もどこぞの飯場から戻ってきていた。

しばらくぶりに再会したその晩は、竹内と痛飲した。はしご酒の途中に、誘われるままに飛田新地にも行った。自分でも説明のつかない理由から、もっとも人気のなさそうな女を選

んだ。体つきはずんぐりむっくり、豚鼻にたれ目におちょぼ口、そして肌色の悪さを厚化粧でごまかしているのが見え見えの女を。個室に入ると女は言った。

「このあいだも来てくれはりましたよね。すっごく酔っぱらってたみたいやけど、ちゃんと帰れました？」

輝之があっけにとられていると女は言った。

「えー、ひょっとして覚えてない？」

輝之はうなずき、女はキャハキャハと笑った。

「でも、ありがとう、嬉しいわあ。今日は稼ぎがゼロかもと思いかけてたから。ゼロだとやっぱ落ち込んじゃって。ほんまに嬉しいわあ、ありがとう」

夜更けに雪が降り出した。雪がしんしんと降る中を輝之と竹内は肩を組んで宿に戻った。二人とも酔っていて互いの支えを必要としたからだが、輝之はアルコールに焚きつけられた上機嫌の中で、生まれてはじめて親友と呼べる相手に出会ったような気になっていた。釜ヶ崎にきてよかった、梶さんのようにここで年老いてゆくのも悪くない。そんなふうにさえ思っていた。

翌日の午後八時すぎ。早めの晩飯を済ませて部屋に戻り、テレビでクイズ番組を見るともなしに見ながら、発泡酒をちびちび飲んでいると、窓の外でガサガサと不穏な音がし、床がわずかに振動したような気がした。ぎくりとしてテレビの音をミュートにした。と、窓ガラ

スを爪でこつこつと叩く音がし、続いて「おれだ、開けろ」という竹内の押し殺した声が聞こえた。カーテンを開けると、竹内が窓の手すりにぶら下がっていた。顔が強ばっている。

「どうしたんすか」窓を開けるなり輝之は言った。

「いいから中へ入れろ」竹内の声は震えていた。

輝之はなにがなんだかわからぬままに竹内の腕をつかんだ。そして、引っ張り上げながら、尋ねた。「いったい、何事？」

竹内は手すりを越えて輝之の部屋の中へ転がり込んだ。靴は履いたままだった。すぐに自ら窓を閉めると囁くように言った。「警察が来てる」

「え？」

「帳場に警察が来てるんだよ」

タイミングを計ったかのごとく、次の瞬間、輝之の部屋のドアが叩かれた。ノックというより、ドアを拳で殴りつけたような音だった。野太い声が言った。

「警察です。田中さんですね。ちょっとお話をきかせてもらってもいいですか」

だれにも、だれにも、これからどうなるのかはわからない
見捨てられたボロのように年老いていくことしかわからない
——ジャック・ケルアック『オン・ザ・ロード』

20

心臓が止まるような思いをしているのは、輝之だけではないようだった。

竹内もまた、いや、もしかすると輝之以上に、パニックに陥っていた。顔面は蒼白になり両目はかっと見開かれている。絶対に見たくなかったものを眼前に突きつけられ、なおかつ、そこから目を逸らす自由を奪われたかのように。

二人がともに身動きが取れず、声すらも出せないでいると、再び部屋のドアが叩かれ、野太い声が一度目とほとんど同じ問いかけをほとんど同じ語気で繰り返した。

「西成警察です。田中さん？　ちょっとだけお話をきかせてもらってもいいですか」

そこでようやく神経細胞が正常の動きを取り戻したみたいに、竹内は忽然と体の向きを変えて、閉めたばかりの窓を開けた。再び二月の冷気が部屋に流れ込んでくる。救急車のサイレンがどこか遠くで唸っているのが聞こえる。竹内はさっと窓の桟に乗り上がると、輝之に振り返って、スイカの種でも吐き出すかのように、押し殺した声ながら鋭く言った。「じゃ

あな。あとは頼む」

そうして竹内は、窓の外側に設えられた鉄製の手すりを乗り越え、いったん懸垂をするかのごとく手すりの下端にぶら下がると、次の瞬間、およそ二階ぶん低いところにあるすぐ隣のガレージの屋根へと飛び降りた。屋根の鋼板がどたっと音をたてるのと、部屋のドアの向こうから三たび野太い声が聞こえるのが、ほとんど同時だった。

「田中さん？　そこにいますよね？　すぐに済みますから」

警察が逮捕しにきたのは自分であるはずなのに、どうして竹内が慌てて逃げ出すのか、輝之には皆目わからなかった。しかし、考えている余裕はなかった。ただちに次の行動を選ばなくてはならない――逮捕されるべくドアを開けるのか、自分もまた窓から逃げ出すのか。

脳が結論を出す前に体が先に動いていた。

「お、お待ちを。すぐに開けます」

ドアの外に向かってそう言っておきながら、持ち金と免許証を収納してあるウエストバッグを大急ぎで腰に巻き、くつ脱ぎに置いてあったコンバースのローカットを履いた。

それから、竹内と同様、窓枠とその外側の手すりを乗り越え、手すりの下端にぶら下がり、ガレージの屋根に飛び降りた。鋼板が振動し、どたっと音をたてる。

屋根の向こう端から地面に降りようとして身をかがめていた竹内が振り返った。おい、なにやってんだ？――一瞬、そんな表情が浮かんだが、無言のまま竹内は屋根の端から姿を消した。

輝之が屋根の端にたどり着いた時、竹内はちょうどガレージの敷地から裏通りに飛び出したところだった。しかし、次の瞬間、周囲を見張っていたらしい制服警官と鉢合わせたのが見えた。竹内はすぐさま向きを変えて、逆方向に駆け出そうとするが、警官の長い手が竹内のジャンパーの襟首にかかる。一方、輝之の背後からは野太い声が聞こえた。

「止まりなさい！」

合鍵でドアを開けたのか、あるいはドアをぶち壊したのか、ドアの外にいたはずのコート姿の警官が二人、窓枠から身を乗り出していた。

かまわず輝之も地面に降りた。まずはガレージ脇に置かれた小型物置きの上に、それから地面へ。地面のコンクリートに着地したとき、何週間か前に捻挫していた左足首がずきんと痛んだ。

裏通りに出ると、ほんの十数メートル先の暗がりで、警察官が竹内を羽交い締めにしているのが視界に入った。

反対方向へ走り去るべきだった――逃げるのがだいいちの目的ならば。

しかし、じっさいに輝之がとった行動とは、竹内を羽交い締めにしている警官の背中に飛びかかることだった。飛びかかって、警官の首に腕を巻きつけたのだった。

輝之に背後から首を絞め上げられた警官が輝之の腕から逃れようとするすきに、竹内は警官の羽交い締めから身を剝がした。そうして、向き直るやいなや、警官のみぞおちに渾身のストレート・パンチをめり込ませた。警官がうめき声を上げる。さらに竹内は警官の下腹部

にキックを三発連続でかました。警官は輝之を背中に背負ったまま地面にくずおれた。と、表通りからまわり込んできたらしい別の制服警官が呼び子を鳴らした。

「止まれ！　動くな！」

竹内は走り出した。輝之も竹内を追って走り出した。背後で怒声が聞こえたが、二人は振り返ることなく猛然と走り続けた。輝之ももはや足首の痛みは感じなかった。それどころか、こんなに速く走ったことはいまだかつてないような気がした。全力で走りながらも走っているという感覚が希薄だった。重力も摩擦もぜんぶ消滅してしまったみたいに感じた。

道行く人々をかき分け、何度か角を曲がると、背後からの怒声は聞こえなくなった。走行する車の間を縫うようにして大通りを横断し、アーケード街に入り、そこから横道に逸れた。車輌は通れない細い路地だった。そこでようやく、竹内は足を緩め、息も切れ切れに言った。

「おまえ、どういう、つもり？」

「竹内さんこそ、どういう、つもり？」輝之もまた息も切れ切れに問い返した。

「自分がいったい何をやったのか、わかってんのか？」

「それはこっちのセリフだって」

竹内は眉間に皺を寄せ、首を振った。言ってることがさっぱりわからない、というように。おまえにはあきれた、というように。

輝之もまた竹内にあきれていた。警察がやって来たのは、おれの部屋じゃないか。彼らはたしかに「田中さん」と呼んだじゃないか。なのに……と、そこで、だしぬけに、一つの疑

問が脳の中心部の闇で、死にかけの蛍のごとく、ぽわっと発光する。ん？　田中？

その疑問に蓋をかぶせるように竹内が言った。「阿倍野区役所の近くにガストがある。ファミレスの。そこで待ってろ。すぐに行く。話はそれからだ」

次の四つ辻で、竹内は、自分とは逆方向に行くよう輝之に身振りで示し、輝之は釈然としない思いを抱えながらも、それに従った。

寒空の下を足早に歩いた。道行く人々は寒さに身を屈めていたが、輝之は薄手のセーターしか着ていないにもかかわらず、寒さを感じなかった。いや、むしろ、暑いくらいだった。高揚がマグマのように体を深部から温めているのだった。

阿倍野区役所への行き方を尋ねるべくコンビニに入ったが、入ってすぐに、店員に尋ねることが後々致命傷になりかねないと直感し、以前にも買ったことのある大阪市区分地図を買って、それで区役所の場所を調べた。

途中、天王寺《てんのうじ》駅近くのショッピングモール内に見つけた閉店間際のカジュアルショップで、チノパンとスウェットシャツとソックスと、セール品になっていたダウンジャケットを買い、試着室でそのまま着替えさせてもらった。キャップも買った。少し考えてからスウェットシャツとダウンジャケットの色違いも買った。竹内と自分のサイズが同じなのはわかっていた。竹内が自ら用意してきたなら、自分で着ればいい。買っておくに越したことはない。そう思った。

ガストは簡単に見つかった。

店の最奥でトイレにも近い喫煙席に座った。メニューは見ずにハイボールを頼んだ。ハイボールを注文したのは高揚状態を少しでも長くキープするためだった——すでに、そんな計算をしてしまうくらいには醒めていたということだが。いずれは完全に醒めてしまうだろう、しかし今はこの状態をキープしなくては。そう思った。なにをするにせよ、今は高揚が必要だ。たとえ破れかぶれな高揚であっても。端から見れば単なる錯乱にしか見えない高揚であっても。

しかし、ファミリーレストランの中で、高揚状態をキープするのは至難の業だった。気分を白けさせる要素はいくらでもあった。まず、店内の明るさがいとわしかった。それは容赦なく心の暗がりを照らした。そして、BGMの域をはみ出した音量で流れている音楽もいとわしかった。舌足らずの女の声が、カラオケで歌われることをだいいちに想定したような安直なメロディに乗せて、絆やら愛やら希望やらについて歌っていた。それらを持たない、持つことの叶わない人々をはじめから排除している歌であるように輝之には感じられた。つまるところ、日本語で歌われている、というほかは自分といっさい関わりのない歌に。ふいに、何年も前に、アメリカから帰国中だった妹が言っていた言葉を思い出した。——「日本に帰ってくる気はないよ。だって、日本にいると人生がつまらないものに思えてきちゃうから。せっかくの高揚が解かれちゃう。高揚の中でしかわたしは生きられない。高揚がわたしの人生を前に進めてくれる」

それを妹がどんな文脈で言ったのかは忘れてしまったが、いずれにせよその時は、アメリ

カにかぶれた若い女の減らず口だと思って閉口した。しかし、今ならわかる気がした。たしかに高揚を殺《そ》ぐものがこの社会にはウイルスのごとく蔓延している。ファミレスでくだらない歌を聞かされなくても、それくらいはわかる気がした。

三杯目のハイボールを飲んでいる時に竹内が現れた。竹内は輝之が見かけたことのないショート丈の黒いコートを着ていた。スポーツブランドのマークとロゴが折り返しのところに入ったネイビーのニット帽を被っていた。コートは見るからにサイズが合っていなかった。

竹内は席にはつかなかった。輝之が座るテーブルまでやって来て、輝之がついぞ見たことのない、悲壮感を漂わせた真剣な表情で尋ねた。「おれはここを出る。おまえはどうする?」

ここ、というのが正確にどこを指しているのか、おぼつかなかったものの、輝之は即答した。「おれも行きます」

「本気で言ってるのか?」

「ジョークに聞こえますか」

「おまえみたいな大バカ野郎には初めて会ったよ」

「ねえ、竹内さん」そこで、輝之はこの小一時間のあいだ繰り返し考えていたことを口に出した。「ひょっとして、竹内さんの本名って、田中?」

竹内は少し間を空けてから言った。「ああ、そうだよ。田中龍介《りゅうすけ》。今さら何を言ってる?」

「いらっしゃいませ」ウエイトレスが傍らにやって来ていた。トレイの上にはお冷やのグラ

スが載っている。それを見て竹内は「もう出ますので」と言い、出入り口に向かって歩き出した。

輝之は伝票をそれ用の透明の筒から抜き取ると、竹内のあとを追いかけた。

ガストの駐車場には、ダイハツの銀色の軽自動車がとまっていた。助手席側のフェンダーに目立つ凹みがあった。バックミラーとホイールには大きなスリ傷があった。相当に古い車だった。

それに乗り込んだ。竹内が運転席、輝之は助手席。

竹内は無言でエンジンをかけた。もやもやしてはいたが、輝之も無言を通した。

イグニッションに連動して、カーステレオからごく小さな音でジャクソン・ブラウンが流れはじめた。そのジャクソン・ブラウンの歌声がもやもやの一部をすっきりさせてくれた。梶さんだと思った。梶さんがジャクソン・ブラウンのファンなのかどうかは知らなかったが、梶さんほどジャクソン・ブラウンが似合う人はいないような気がした。とどのつまり、竹内が着ているコートも被っているニット帽もこの車も梶さんのものなんだろう。梶さんが車を持っていることは知らなかったが。

十分と経たないうちに、ダイハツは阪神高速道路を走っていた。

高速道路の上から見渡す大阪は巨大都市だった——当たり前のことだが、釜ヶ崎で暮らすあいだにそのことを忘れてしまっていた。蟻の巣のように入り組んだ道路。不揃いな高層ビルディング。イミテーションの宝石をバラまいたかのようなネオンサイン。黄色い月が淀《よど》川

の上方に浮かんでいた。所在なく、さみしげに、やさしげに。この世から弾き出された者たちを見守るかのように。

「おれは人を死なせてるんだよ」

竹内がぼそっと呟くように言ったのは、ダイハツが中国自動車道に入り、そこから兵庫県であることを示す標識を過ぎてまもなくのことだった。

すべての夢や希望がそこで始まり
そして終わることを彼は知っている
——ジャクソン・ブラウン
『プリテンダー』

21

「おれは人を死なせてるんだよ」

運転席の竹内はフロントガラスの向こうを見据えたまま、これから自分が明かす出来事の重大さをあらかじめ和らげておこうとでもするかのように、いつになく穏やかな口調で切り出した。

「三年と三か月前の話だ。そのころのおれはまるきし……つうか、おれはおまえにどこまで話したんだっけな？　ヨメと別れたってのは？」

「ええ、結婚してたって話は、前に」

助手席の輝之もまた前方に目を向けたまま、静かにこたえた。フロントガラスの向こうに広がる青黒い夜の闇の背後には黒々とした山の稜線がおぼろげに浮かび上がっていた。

「じゃあ、バンドをやってたって話は？」

「ひところはそれで食べてたんですよね」

「ああ、どうにかこうにかね。ま、そのへんから話したほうがいいのかもしれないな。物事には筋道ってものがあるんだし。それに、おまえにはどのみち話すことになったんだろうから」

そうは言ったものの、それからしばらくのあいだ竹内は沈黙した。話を始める段になったとたん、起点を見失ってしまったかのように。

その間延びした沈黙の中で輝之は考えていた。さっさと自分が真実を話してしまえばいいのだ。そのほうがよっぽど話がはやい。つまるところ、竹内は勘違いしているのだから。しかしながら、竹内の過去の話に、竹内が名を騙って釜ヶ崎で暮らすようになったいきさつに、興味がないと言えば嘘になる。そして、それ以上に、自分が真実を打ち明けてしまった後で竹内がどんな行動を起こすのか不安だった。釜ヶ崎に戻れなくなった以上、どうせならできるだけ遠くへ行ってしまいたかった。竹内がどこへ向かおうとしているのかさっぱりわからなかったが。いや、竹内自身にさえわかっていないような気がしたが。

ダイハツは中国自動車道をひたすら西へ進んでいた。山陽自動車道への分岐点である神戸ジャンクションを過ぎると、がぜん道路は空いた。それでも、竹内は依然スピードを九十キロ前後に抑えていた。きっと自分たちの置かれた状況——警察の厄介になるわけには絶対にいかない状況——を冷静に把握しているのだろう。

「バンドは……早い話、クビになったんだ」

竹内がようやく口を開いたのは、一度サービスエリアに立ち寄って給油を済ませてからだった。

「ハッパでパクられたことがきっかけで。初犯だから執行猶予はついたけどね。それでもバンドはクビになった。ま、売れてなくてもプロのバンドであることに変わりはないから、メンバーだけの意向じゃ決められない部分もあるんだ。レコード会社や所属事務所なんかも関係してくるから。そうだけど、結局のところ、おれがその程度のベーシストだったってことなんだよ。いくらでも代わりのきくベーシストにすぎなかったってこと。たしかに、ヘタクソだったよ。バンドの音楽性が広がらないのはおまえのせいだってはっきり言われたこともある。曲を書いたり歌を歌ったりする才能があったわけでもないし。ほかのメンバーや事務所の人間にしてみれば、お荷物だったおれをクビにするための正当な理由がようやくできたってことなんじゃないのか。

もちろん、すぐに新しいバンドを組んだ。そして、死ぬほど練習した。もっと売れてビッグになって連中を見返してやろうと思った。でも、今度は売れる売れないという以前に、メシさえ食えなかった。ライヴや自主レーベルでのCD制作を続ける一方、いろんなバイトで食いつないだ。ラブホテルのルームメイキングとかチラシのポスティングとか。そりゃ、ちょっと前まではバンドをやることで事務所から給料をもらってた身だし、曲がりなりにもおれはプロなんだっていうプライドもあったから、時には屈辱的な気分を味わわされたけど……なにしろ、まだ若かったから。物事はいずれ良いほうに回りだすはずだ、そしていった

ん良いほうに回りだせば、おれの人生はバラ色だ、みたいな確信がどっかにあったし。ったく片腹痛いよ、なにがバラ色だ、頭がいかれてるとしか思えないだろ。どうしてそんなふうな確信を持てたんだか、今となってはさっぱりわからないね。

そんな時期が二年くらい続いたかな。ある時、バンドで食ってた時代から、くっついたり別れたりしてた女が、子どもができたって言ってきたんだ。正直なところ、おれは子どもなんか冗談じゃないって思ったぜ。てめえを生かすのすらやっとなんだから、子どもなんて冗談じゃないって。でも、女は産むと言って譲らなかった。女……ヨメは……カソリックのクリスチャンだったんだ。筋金入りってわけじゃないが、幼少時にちゃんと洗礼を受けてもいる。そんなことになるまでは、とくべつ気にかけたことはなかったけどな。ま、カソリックであることが堕胎を拒む、全面的な理由になってたわけじゃないみたいだけど……少なくともあいつはそういうことじゃないって言い張ってた。

生まれてきたのは女の子だった。……可愛かったよ。はじめて胸に抱いたときは感動して涙さえ溢れたよ。そりゃ、おれだって人の子だからな、そういうふつうの感情はあるさ。ま、とにかく、おれには家族ができた。別の言い方をすれば、ヨメと幼い娘を養う必要に迫られた……少なくとも、娘を保育園に預けることができるようになるまでのあいだは。最初は、宅配便の仕分け作業をやった。半年しかもたなかった。それから、駐車場の整理係もやったし、左官職人の見習いもやった。結局どれ一つ、続かなかった。駐車場で働いた一年が最長かな。可愛い娘がいるっていうのに情けない話だけど。ほんと、こうして思い返しても、自

分が情けなくて吐き気がしてくるよ。

バンドだけはどうにかこうにか続けてた。その頃までには、ぶっちゃけ、希望も確信もほとんどなくなってたけど、それを認めたくなかった。自分の人生がバラ色どころか、ドブネズミみたいな色に染まってきていることを、認めたくなかった。バンドを続けることで、そういうシヴィアな現実から目を逸らしていられた。いや、もちろん、愛すべき家族がいるってことは、可愛い娘の父親だってことは、おれにとっても喜びだったぜ。でも、それだけじゃおれは満たされなかったんだ。これってぜいたくなのか？　煎じ詰めれば、そういうことになるのか。

やがて、そのバンドも立ち行かなくなる。ギター・ヴォーカルの……つまり、ほとんどの曲を書いて歌ってたやつにも、子どもができたりしてさ。まあ、その頃にはほかのメンバーも三十を越えてたから、潮時と言えばそれまでなんだけど……なかなか思うように時間が取れなくなって、なし崩しに解散ってことになった。かといって、新たなメンバーとガチで組んで、また一から始めるエネルギーはおれにもなくなってたし。そりゃそうだろ、希望や確信がないんだから、エネルギーだって生まれるわけがない。

いずれにせよ、バンドが頓挫したことが、おれにはおもいのほか、こたえた。なんだかんだ言って、精神的な拠り所ではあったんだ。それを失って、生きてる意味がわからなくなった。それで、おれは……くそったれのおれは、ヤバいものに、はまってしまうんだ。ハッパじゃない。ハードドラッグだ。わかるか？　バツやらシャブやらコカインやら。もっとも、

それまでにも何度かはやったことあったよ。でも、その時は、完全にはまってしまった。そして、まわりの女たちと寝るようになった。ドラッグで釣れるような女なら、ほとんど誰彼かまわず。その中に、ヨメの友達がいたんだ。親友ってほどじゃないにしても、それなりに仲の良かった女が。

そりゃあ、ヨメだってバカな女じゃないから、知ってたよ、おれが品行方正な男じゃないってことくらい。けど、自分の友達とシャブ食って寝てたとなれば、話はまたべつだろ？ いや、もしおれが、誠意を込めて詫びれば、許してくれたのかもしれない。けど、荒みきってたおれは、開き直ってしまった。開き直って逆ギレした。おれを鎖で繋ごうとしたって無理だって。さらには、おれは結婚したくてしたんじゃない、おまえがしてくれって言うからしたまでだ、とほざいた。かっとなってたから覚えてないけど、もっとひどいことも言ったような気がする。それで、万事休すだ。ヨメは娘を連れて、実家に帰ってしまった。半年後に一度だけ、手紙が来たよ。娘の写真付きで。もしかしたら、あの時に……まあ、今さらそんなこと言っても仕方ねえか。

ひとりに戻ったおれは、それまでにも輪をかけて荒れた。仕事は日雇い系を週にせいぜい三回。金をせびれるやつからは、とことんせびった。かつておれをクビにした、事務所の社長とか、おれを慕ってたバンドマンの後輩とか。おまけに、義理の姉、つまり、兄貴のヨメさんからもせびった。いや、あれはもう脅迫に近いね、彼女のちょっとした弱みを握ってたから。で、手にした金のほとんどを、ドラッグを買う金に充てた。そして、女と寝まくった。

信じ難いかもしれないが、いるんだよ、ドラッグを持ってるってだけで、尻尾を振ってついてくる女が、この世の中には。シャブやバツをきめてファックするのが、なによりもの悦びだっていうイカレた女がさ。

その女も、そんなイカレた女のひとりだった。ダチの誕生日の飲み会で知り合ったんだけど、そこで知り合わなくても、いずれどっかで知り合ってたんじゃないか。ドラッグで荒んだ生活をしていれば、じきに遭遇するような女だよ。

その夜も、手に入れたばかりのバツをポケットにしのばせて、高円寺《こうえんじ》をぶらついてた。そして、女とばったり会った。というかまあ、いかにもその女とばったり会いそうな界隈をぶらついてたんだけど。

何の駆け引きも要らなかった。持ってる、持ってる――その一言で、次の行動は決まりだ。さっそくタクシーをつかまえて女の部屋にいき、バツの錠剤をグレープフルーツジュースで飲み下した。おれがちょっとだけ気にかかっていたのは、そのバツがいつものバツじゃないってこと。いつものプッシャーとは別のやつから手に入れたバツだったってこと。それと、女がいつになく酒に酔っていたこと。でもまあ、やがて味わう多幸感を前に、そんな気がかりなんて、テーブルの上に落ちたパン屑みたいなもんさ。軽く息を吹きかければ、一瞬にして吹き飛んでしまう。

途中まではいつもと変わりなかった。少なくともおれはいつもと同じだった。つまり、いつもと同じように、ぶっ飛んでた。まあ、あえて簡単に言えば、厄介な現実やら面倒な実人

生やらがぜんぶ宇宙の果てまで後退して、今この瞬間の圧倒的な多幸感だけが真実であるような気分だ。そして、目の前のこの女こそが、ずっとおれの求めてきた女なんだって思った。いや、気分とか思うとかじゃないんだ。あれは肉感だね。それこそ、全身全霊でわかっているんだから。

おれが異変に気づいたのは、ファックの真っ最中だった。女の喘ぎ声のトーンがおどろおどろしいものになっていたんだ。どの時点からそうなってたのかはわからない……冷静に振り返れば、最初からちょっと変だったような気がしないでもない。でも、おれがその異変をはっきりと認識するのは、ファックも終わりかけ……つまり、おれが果てる寸前だ。おれは自分の快感に、絶頂まであと数センチという快感に、身を委ねながら、どうした？って訊いた。女は、苦しい、ってこたえた。はっきりは聞こえなかったが、そう言ったんだと思う。おれはそれでもやめなかった。そこでやめるなんてありえないんだよ、その時の感覚では。極上のエクスタシーとともに宇宙が終焉を迎えようとしてるんだから。そして……時間にしたら、二十秒も経っていないと思うが……おれは果てた。今さらごまかしても仕方がないから、正直に言うけど、最後は屍姦してるような感覚だった。じっさい、最後の数秒はそうだったのかもしれない。つまり……それが……苦しいっていう一言が、女の最期の言葉だった……」

竹内の話はそこで途絶えた。

竹内の呼吸が乱れているのが助手席からでもはっきりとわかった。

「ねえ、竹内さん」輝之は言った。「交代しましょう。ぼくが運転します」

非常駐車帯にダイハツを停めさせ、竹内に代わって運転席におさまった輝之は、今度は自分が話す番だと思った。いまさら隠し立てしようとは思わなかった。竹内の思い違いを解いてやらねばという気持ちもあった。しかし、いざ話し始める段になると、局所麻酔されたかのごとく口がうまく動かないのだった。最初の一言さえ吐き出してしまえば、次に続く言葉は自然に出てくるだろうことはわかっていたのだが、その出だしの一言を舌の上にのせながらも、それを外に押し出すことができないままにしばらく時間が過ぎた。

その間も、ダイハツは西に向かって疾駆していた。あたりはインクが注ぎ込まれたような、濃厚な闇に包まれていた。淀川の上空に浮かんでいた月も、今や厚い雲の裏側に入り込んでしまったらしい。濃厚な闇は、輝之と竹内のあいだに生じた沈黙の中にもじわじわと侵入してきて、そこにある種の重苦しさを加えた。

「弁解にすぎないが……」そんな重苦しい沈黙を先に破ったのは、いくぶん落ち着きを取り戻したらしい助手席の竹内だった。「救急車は呼んだんだ。でも、救急車の到着を待ってるあいだに、おれは恐ろしくてたまらなくなった。女がすでに事切れているのは明らかだった。そして、身を蝕むような恐ろしさの中で、このままとんずらしても足は付かないんじゃないかって考え始めた。その日、おれは女とばったり会ってる。最後に女と電話でしゃべったのは、記憶にある限り一週間以上は前だ。119番に着信記録が残っているのも女の番号――なぜっておれの携帯は充電切れになってたんだ……都合良く聞こえるかもしれないが、本当

なんだ。ああ、卑劣極まる行動だってのはわかってるさ……けど、おれは恐怖に負けて、女の部屋から逃げ出した。マンションを出てまもなく救急車とすれ違ったが、おれは振り向きもせずに歩き続けた。翌日の昼過ぎに、未登録の番号から電話がかかってきた。出なかったが、留守電に警察からの伝言が残った。折り返し連絡が欲しいという伝言が。警察の前でしらを切り続ける自信はなかった。というか、もし尿検査でもされればアウトだし、女の体内にはおれの精液が残っている。しかし、捕まりたくなかった。今度は執行猶予はつかない。刑務所で過ごす何年かを思うと、頭ん中が真っ暗になった。そのどす黒い闇をかき分けるようにしておれはさらに逃げた。今度は東京から。そして最終的に釜ヶ崎にやってきた。三年だと思った。三年を釜ヶ崎で過ごせばなんとかなると。もちろん、それまでには死体遺棄罪の時効が三年だってことも調べてあった——おれの罪がそれだけなのかどうかはともかくとして。その三年が過ぎたのは、おまえにはじめて会ったころ……覚えてるだろ、福井の飯場にいるときだ。おれが態度を変えたのはそういう事情があったからなんだ。本当は福井の飯場が終わったら、釜ヶ崎からも出ていくつもりだった。でも、何日か過ごすうちに、もう少し待とうという気になった。せめて春まで待とう。そう思った。まあ、どっちみち——」

「ねえ、竹内さん」そこでようやく——遅すぎるほどにようやく、輝之は口を挟んだ。「警察が捕まえにきたのはぼくなんです。竹内さんじゃない」

「……なんだって?」

竹内は唖然とした表情を運転席に向けた。まるで輝之が、文脈をまったく無視した突飛な

ことを、例えば、自分は怪盗ルパンの生まれ変わりだとかそんなことを、言い出したかのごとく。しかし、輝之には竹内がどんな表情をしているのか、はっきりとは見えなかったし、あえて見ようとも思わなかった。ただ、強い視線を目尻のあたりに感じるだけでじゅうぶんだった。今や心は平静だった。世界が終わったあとみたいに平静だった。

「ところで」輝之は運転手として承知しておくべきことを尋ねた。「このまままっすぐでいいんですか？」

「ああ、まっすぐ、道が続く限り」そんなことはどうでもいい、とでも言いたげに早口でこたえると、竹内はすぐに話題を戻した。「なんだって？　おれじゃない？」

「ええ、ぼくです。間違いない。なぜって、ぼくは指名手配されている身なんだから」

「……し、指名手配？」

「ええ、西成の交番に手配写真が貼ってありました。きっと、そこらじゅうの交番に貼ってあるんでしょうね。どうやら竹内さんは目にしていないようだけど」

そう言っている途中で、自分の声が自分の声じゃないみたいに聞こえることに輝之は気づいた。いや、声だけじゃなかった。呼吸をしたり、顎を動かしたり、対象物に目の焦点を合わせたりといった、ありとあらゆる身体感覚に、そこはかとない違和感を覚えた。まるで自分という存在の何割かが、別人に乗っとられてしまったような感覚だった。

「いったい……」数秒の間を空けて竹内は、訊かずに済ませたかったことを不承不承訊いているみたいな、いかにも歯切れの悪い口調で尋ねた。「いったい……おまえは……何をやら

かしたんだ?」

輝之はゆっくりとうなずいた。はやる相手を、そして自分自身をも、クールダウンさせるべく。それから、二種免許をパスしたばかりの新米タクシードライバーよろしく、すっと背筋を伸ばした姿勢で、まっすぐ前方を見据えながら、おもむろに語り始めた。誰か別の人間に起こった出来事を公衆の面前で報告するかのような、丁重かつ淡々としたトーンで。〝ぼく〟という主語がともすると〝彼〟という三人称に聞こえてしまうほどの、いやに清潔なトーンで。

「今から一年半前、二〇一〇年の夏の終わりのことです。ぼくは――」

そのようにして、ついに輝之は、自分の犯した罪を、打ち明けたのだった。

苦しみの日々
哀しみの日々
それはひとを少しは深くするだろう
——茨木のり子『倚りかからず』

22

　そのころまでには、ぼくと妻の関係は完全に冷えきっていました。寝室はずいぶん前から別にしてましたし、それどころか食事を共にすることすらなくなっていました。ぼくらの関係が目に見えて崩れ始めたのは……やはり、娘がいなくなってから……というか、ぼくに娘がいたことも話していませんでしたよね。いたんです。四歳になってまもなく、車に轢かれて死んでしまいましたが。妻がちょっと目を離したすきに、道路に飛び出して。運転手は無事故無違反の僧侶で、これといった過失は認められませんでした。慰謝料を受け取って、それで終わりでした。

　ぼくも妻も、その後一年くらいは、口もきけないほどに悲しみに打ちひしがれていました。そして、悲しみからどうにか立ち直った時には、夫婦の関係もぎくしゃくしていました。子はかすがいってやつなんですかね。そんなふうに割り切ってしまうのはぼくとしては心外な

んだけど。

娘の三回忌を迎えるころに、妻は外に働きに行くと言い出しました。ぼくも賛成しました。反対する理由なんか一つもありませんし、どのみち娘が小学校に通うようになったらそうするって言ってましたから。就くことになったのは、化粧品のセールスの仕事でした……本人はそう言っていましたし、当時のぼくもそれを鵜呑みにしてました。しかし、今になってみるとあやしいですね。化粧品のセールスで稼ぐお金ではとうてい手の届かないような高価な洋服やバッグを身につけるようになりましたから。そうなんだけど、その時のぼくは、娘の慰謝料を使っているのだと思い込んでいました……そのお金は彼女が管理していたので。そのことについて、浪費が過ぎるんじゃないかということについて、それとなく……あくまでもそれとなくだけど、たしなめたこともあります。でもまあ、お金やお金で買えるものが、悲しみやさみしさを癒すってこともあるじゃないですか。少なくとも部分的には。なので、あまり口うるさくは言いませんでした。

妻が働きだしてからしばらくは、なんとなくぼくらの関係も元に戻ったような気がしていました。元に、と言っても、ぼくらは付き合ってすぐに子どもができたので、二人きりの関係にはあまり慣れていなかったのだけど。でも、平穏な時期は長くは続かなかった。半年ほどを経た後では、ぼくらの関係は以前にも増して悪化していました。寝室を別にしはじめたのも……ぼくが物置き代わりに使っていた部屋で寝起きするようになったのも、そのころです。そのうちに、妻はぼくとしゃべっていても、心ここにあらずという体《てい》になっていきまし

た。さらには、ぼくをあからさまに軽んじるようになりました。もっとも、妻は、自分のほうが二つ年上ということもあって、ぼくのことを低く見ているようなふしが以前からちょくちょく見受けられたんだけど、その時はもうあからさまに。ぼくの顔を見てはこれ見よがしなため息をついたり、嫌みたらしいことをまくしたてては自分の部屋に閉じこもったり、そのまま出かけていって深夜まで戻らなかったり。やがて、時おり外泊をしてくるようにもなりました。それでも、最初のころはまだましで、少なくとも連絡はありました、なんだかんだと理由をつけて、友人のところに泊まるだとか、終電を逃したから知人のお店で飲んでいくだとか。一度、外泊をぼくが、咎めた……いや、咎めたというより、たしなめたといったほうがぼくとしてはしっくりくるんだけど、それが発端で、ひどい喧嘩になりました。逆ギレした妻は、手元にあるものを……缶ビールだとか灰皿だとかを、ぼくに投げつけ、さんざん罵ってきました。稼ぎが悪いだの、つまらない男だの、疫病神だの、あたしに不幸をもたらしただのと――まあ、その時に限らず、自分が不幸な人生を送っていて、その原因がぼくにある、というのは、妻の口癖になっていたんだけど。あげくに、別れてやる、と妻は言い放ちました。ぼくはいつものことだと思って、聞き流しました。というのは、喧嘩した際に離婚をちらつかせるのは結婚当初からの妻の習性だったので。たいていは何時間か、あるいは遅くとも何日かしたら、撤回してくる。けれど、その時は、数日経ってから、あらためて離婚話を持ち出されました。その時はぼくもうろたえました。妻が本気で言ってることがわかったし、そんなことは今までになかったことなので。うろたえたけど、きっぱり拒みまし

た。これはぼくの認識の甘さだけど……そんな有様にもかかわらず、まだぼくらの関係は修復できるはずだとどこかで思っていました。今が最悪の時でこれからは良いほうに向かっていくんだって……じっさいは最悪の時を日に日に更新しているにもかかわらず。おそらくぼくは、失敗することを過剰に恐れていたんだと思う。離婚、というのは人生の完全なる失敗で、その失敗はけっして取り返せないものだと、端から思い込んでいるところがありました。今時、離婚なんて世の中にあふれかえっているものなのに、長い目で見れば離婚なんて人生のちょっとした躓《つまず》きにすぎないかもしれないのに、どうしてそこまで致命的な失敗と捉えていたのか、自分でもよくわかりません。もしかしたら、自分の両親が離婚して……つまり、父親がよそに女を作って、母親もよそに男を作って家を出て行って、それですぐに父親が再婚して、そういう一連の出来事の中で、自分の人生は損なわれてしまったと感じていたのかもしれない。いや、もちろん、ふだんはそんなこと忘れてましたよ、自分の両親が離婚していることなんか。でも、やっぱり心のどこかで、自分の人生が、両親の離婚によって損なわれたように感じているところがありました。その、一度は損なわれた人生を、長い時間をかけてぼくなりに修繕してきたのに、自らの離婚によって、再びあっさり瓦解させてしまうことに、極度の恐れを抱いていたような気がする。……わかっているつもりです、自分がおかしなことを言っているのは。でも、ほかに言いようがない。筋が通っていないとしても、ぼくの感覚としてはそんなかんじなんです。

その夏のあいだは、妻とまともに口をきいた覚えがありません。いや、口をきくどころか

日すら合わせていなかったんじゃないかな。あんな状態で、よくもまあ、一つ屋根の下で寝起きしていたものだと今さらながらに思います。もっとも、ぼくが休みの日は、妻がおおむね家を空けてましたし、帰ってこない日も珍しくはなくなっていました。妻もぼくも家事はほとんど放棄していたので、部屋は散らかり放題、汚れ放題でした。ベランダに置いていた鉢植えもすべて枯れていました。いや、枯れていることにすら、しばらく気づかなかったほどでした。

ぼくももはや普通の精神状態ではなかった。眠りはこま切れで浅く、食欲もほとんどわかない。どんなものを食べても味が希薄に感じられる。電車に乗っている時や仕事中にふいに動悸や吐き気がする。何をする意欲も持てない。自分と外界のあいだに妙な距離感を感じる。あるいは、分厚いビニールの膜で隔てられているようなかんじがする。まあ、会社にだけはどうにか行ってましたけど。夏の始めには、何度か心療内科を受診しています。医者には、抑うつ症だとか、軽度のウツだとか、言われました。ぼくにすれば、なんだよその程度かって話ですけど。それで、抗うつ薬やら精神安定剤やらを処方してもらって一応は服用する、しかし、翌週には診療に行くのさえ億劫になって予約をすっぽかす。それを三つの心療内科でやりました。

そうして、その晩がやってきました。ぼくは早番だったので午後七時すぎに仕事を終え、近所のファミレスで晩ご飯を食べて、九時ごろに帰宅しました。案の定、妻は家にいませんでした……というか、前の晩も帰っていなかったのですが。退社する際にメールでこれから

帰宅する旨を伝えてありましたが、返信は当然のごとくナシ……そのころには返信なんてまったく期待できなかったのだけど、ぼくは、終業後にその旨をメールするという結婚当初からの習慣を、愚直なまでに、続けていたので。

帰宅した時は、とくに怒りの感情は持っていなかったです。帰宅しても妻が不在なのは慣れっこになってましたし、いたところで楽しい会話が始まるわけじゃないですから。あきらめと悲しみと空しさと、それに安堵とが、ごたまぜになったような気分でした。安堵というのは、妻が家にいれば、たとえ何事も起こらなくとも、剣呑な空気の中で不快な緊張を強いられますから。その意味では、独りのほうがよっぽど気が楽でした……ようするに、ぼくらの関係がそんな悲惨なレヴェルにまで行き着いていたということなんだけれども。

その日のぼくは、睡眠不足が常態となっていることに加えて、上司に些細なミスを咎められたことや、取引先との間に起きたトラブルを解決するべく奔走したこともあって、心身ともに疲れきっていました。風呂に入るのさえひどく面倒に感じて、ネクタイを外しズボンとソックスを脱ぐと、ワイシャツにトランクスという恰好で、自室のソファに腰を下ろして……その、大の男が体を横たえるには小さすぎるソファが、過去二年以上にわたってのぼくの寝床だったのだけど……テレビでスポーツニュースをぼんやり見た記憶があります。いや、スポーツなんてたいして興味はないんだけど、スポーツを見ている時は、実人生の厄介事から離れていられるじゃないですか。少なくとも当時のぼくにとって、テレビでスポーツを見るってのは、現実逃避の手段だったんで。お酒は……これも現実逃避の手段ですけど……発

泡酒の500㎖を一缶と、スーパーで売っているような安い赤ワインをグラスで三杯か四杯飲んだと思います。そうして、いつしか寝入ってしまいました。

シャワーの水音で目が覚めました。というより、目覚めたら、たまたまシャワーの水音が聞こえていたのかもしれない。繰り返しますが、そのころは、常に眠りが浅く、とくに何があったとかではなく、頻繁に目が覚めていたので。ともあれ、妻が帰ってきてシャワーを浴びていた。時計を見ると、○時を少し過ぎたところでした。

しばらくはシャワーの水音を暗がりの中で聞くともなしに聞いていました。やがて、その水音が、ぼくという存在の中で何年も何年も降り続いてる雨音であるかのように聞こえはじめた。そうして唐突に……いやもう、何の前触れもなく雷が落ちたみたいに唐突に、ああ妻は男の匂いを消すためにシャワーを浴びているのだ、と悟りました。いや、こんなことを言うと、それまでのぼくは、その手のことにまったく無関心だったみたいに聞こえるでしょうが、そうじゃない。そりゃあ、さすがに勘ぐってはいた、間男がいるのかもしれないって。けど、その時は、勘ぐるとか怪しむとかそんな程度じゃなくて、揺るぎない事実として、厳然たる事実として、妻の不倫が、というより、妻の情事が、ぼくの眼前に立ち現れました。妻と他の男がしている、その日もしてきただろう、淫靡なセックスが、ぼくの頭の中のディスプレイに、鮮明な動画となって再生された。もちろん想像でしかないんだけど、その時は、その光景を、椅子かなんかに縛りつけられて、直視させられているような感覚でした。

と同時に、ぼくは思いました。このままではいけない、行動しなくてはいけないって。バ

カみたいに聞こえるだろうけど、そう思ったんです。ぼくは、物心ついてからこっち、自らの決断に基づいて断固とした行動を取るっていうのを、避けてきたふしがある。なるようになる、逆に言えば、なるようにしかならない、ってどこかで観念してきたし、まれに自ら選んだつもりでも、そのじつはまんまと選ばされてきた。行動だけじゃない。きちんと自分の意見を言ったことなどほとんどない。記憶にある限り一度だけですかね、大学をやめるって父親に告げた時。あとは、まわりの空気を小賢しく読んで、もっともらしいことを言ってきただけです。なににつけ明確な意見を言えば、そこには責任も生まれる。それがいやだった。そういったことからぼくは逃れ続けてきた。そんな受け身の連続が、消極的な行動の連続が、自分の冴えない人生を形作ってきたんだって、自分の人生を根っこから蝕んできたんだって、そのときに瞬時に理解するんです。そして、そんなんじゃダメだ、ちゃんと自分で行動して、問題を解決しなくちゃって思った。

そのとき、携帯の着信音が、リビングから漏れ聞こえてきた。ぼくは、妻の間男だ、と直感した。それで、電話に出てやろう、そして、消えてくれって言ってやろうと思い――それまでのぼくなら絶対に思わないことを強く思い、ソファから起き上がって、リビングに向かいました。そのあいだに、着信音は鳴り止んでしまうんだけど、食卓テーブルの上に妻のショルダーバッグが投げ出してあり、その取り出し口から携帯が半分ほどのぞいていて、着信があったことを示す青いランプが点滅してました。それを手に取りかけたところで、ぼくは、携帯と同じくバッグから半分飛び出していた、エナメルの化粧ポーチに目が奪われた。とい

うのは、化粧ポーチのファスナーが開いていて、そこにちらっと袋が……ようするに、コンドームの袋が見えたから。動揺しました、さすがに。いや、動揺どころか、面と向かって侮辱されたような気分だった。ぼくは化粧ポーチごと引っ掴み……と、今度は、ポーチの奥からビニール袋が出てきた。ジッパー付きのビニール袋の中身は白い粉末だった。つまり……竹内さんならすぐにわかるでしょ？　でもぼくは、そんなもの、映画の中でしか見たことがなかったから、最初はどうして化粧ポーチの中に砂糖が、って思ってしまった……間抜けすぎる話だけど。その白い粉がなんであるかわかった瞬間、激しい目眩《めまい》がしました。ショックと怒りと裏切られたような……いや、とっくに裏切られているんだけど、とにかく、激しい目眩と動悸で立っていられないほどだった。

いつしかシャワーの水音は聞こえなくなっていました。ぼくは、洗面所というか脱衣所に、つかつかと入っていきました。不意をつかれた妻は悲鳴を上げ、慌ててバスタオルで体を覆いました。そして、変質者でも見るような目つきでぼくをねめつけました。ぼくはそんなことにはかまわずに言いました。ちゃんと話し合おうって。解決しなくちゃいけないって。いまさら何を話し合うのよ？　妻は腹立ちやら嫌悪やら怯えやらを含んだ表情で問い返してきた。男がいるんだろ、そいつと別れてくれないか、と……ぼくとしては冷静な口調で言ったつもりだけど……正直、そのへんはもう記憶があいまいです……とにかく、そんなふうにぼくは続けた。妻は悪びれることなく開き直った。そうよ、あたしには恋人がいる、それがあんたにどんな関係があるの？　あんたに、い、いったいどんな関係がある──じつは、そう言われた瞬間、

こめかみのあたりで、ブチッと何かが切れるような音がしたんだけど――関係あるよ、多いに関係あるよ、そう言ってぼくは、手に持っていたビニール袋を妻の顎先に突き出しました。さすがの妻も凍りついたのがわかった。説明してくれってぼくは言った。すると、妻は、そのビニール袋をぼくの手から払い落とし、わめき散らした。最低！人のバッグの中を勝手に調べるなんて最低！あんた何さまのつもり？　ぼくはもう一度繰り返した、ちゃんと説明してくれ、これは見過ごすことができない問題だって。妻は、ぼくの言葉を蹴散らすように、あらん限りの声で叫んだ――あんたにどんな関係があるのよ！　二回目のその言葉を聞いて、ぼくの頭の中で何かが破裂した。いや、何かというより……もう、脳の組織が粉々になったかんじでした。

そして、ぐちゃぐちゃになった頭の中で、ぼくは……かろうじて……そう、かろうじて、こんなふうに思う。これまでさんざん責められてきたけど、おれがこの女を不幸にしたんじゃないって。そうじゃない。おれがこの女を不幸にしたんじゃなくて、この女がおれを不幸にしたんだって。

次に言葉を吐いたのも、妻だった。あんたみたいな出来損ないの男にできることはあたしの前から姿を消すことだけよ！　とっとと出て行って！この部屋からもあたしの人生からも！　……それで……それで、ぼくは、はじめて、ほんとにはじめて、妻に手を上げた……思い切り妻を突き飛ばした。妻の背中だか後頭部だかが壁にぶつかったゴツっていう鈍い音を聞いた気がする……でも、その時にはもう頭の中が白い光で満たされていて自分が何をし

ているのかわからなくなっていた。覚えているのはその白い光の異様な眩しさだけです。そうして、次に自分の行動に気がついた時は……妻の上に乗っかって、この手で……妻の首を──。

おまえの罰は、おまえがおまえとして生きることだ

——レオス・カラックス
『ホーリー・モーターズ』

23

「気分が悪い。車を止めろ」

輝之の話を竹内はそう言って遮ると、それきり黙り込んだ。

じつのところ、気分が悪くなっているのは輝之も同じだった。話の途中から動悸はしていたのだが、今やそこに悪心《おしん》が加わっていた。ステアリングを握る手にもじっとり汗が滲んでいた。

ちょうど、一キロ先にサービスエリアがあることを示す緑色の標識が見えた。無言のまま、そこにダイハツを進み入れた。奥の駐車スペースに車を停め、鍵をキーシリンダーに残して——そうしたのは、竹内がその気にさえなれば自分を置き去りにできるように、という気持ちが働いていたからなのだが——車を出た。湿り気のある冷たい冬の夜気に包まれて、何度か深呼吸を繰り返すと、どうにか悪心はおさまった。それからトイレに行き、用を済ませ、顔や手を念入りに洗い、うがいもして、表に出てくると、竹内がガーデンテーブル前の長椅

子に跨いで座って、缶コーヒーを飲んでいるのが見えた。輝之も自動販売機で缶コーヒーとペットボトルのミネラルウォーターを買って、テーブルを挟んだ向かいの長椅子に腰を下ろした。

輝之が腰を下ろしても、竹内は横目でちらりと確認しただけで、顔を向けることも何か言葉を発することもしなかった。

時刻は午前二時半をまわったところだった。比較的大きなサービスエリアにもかかわらず、そして売店やスナックコーナーが終夜営業しているにもかかわらず、駐車している車輛は少なく、人影もまばらだった。本線を走る車の走行音が、地鳴りのごとく断続的に響いていたが、それをのぞけば、あたりはそら恐ろしいほどに静まり返っていた。中国自動車道の周辺だけを残し、あらゆる生命体が別次元にワープしてしまったかのごとく。

竹内は長椅子から立ち上がると、売店に向かって歩いていった。竹内が次にどんな行動に出るのか、輝之にはまるで見当がつかなかったが、どのみち心は決まっていた。竹内がどんな行動に出ようと、それにおとなしく従う——たとえそれが自分にとって不利なものであっても。

ほんの一分ほどで竹内は戻ってきた。歩きながらマールボロのセロファンを剝がし、ボックスパックから一本抜き取って口にくわえた。同じ長椅子に同じように横向きに腰を下ろすと、ピンク色の電子ライターで口にくわえたタバコに火をつけた。その味にか匂いにか立ち上る煙にかはともかく、顔をしかめたのが輝之からも見えた。それから、マールボロとその

上に重ねたライターを、顔はそっぽを向いたまま腕だけを伸ばして輝之に差し出した。

輝之はそれらを受け取り、パックから一本抜き取って口にくわえ、火をつけた。本当はタバコなど吸いたい気分ではなかった。しかし、それは竹内も同じであるような気がした。この人はタバコを吸いたいから吸っているんじゃない、タバコを吸うという行為が今この時にどうしても必要だから吸っているのだ、という気が。これまでの付き合いの中でも、竹内が喫煙しているのを見たことはただの一度もなかったし、それどころか、タバコの煙を嫌がってるふしさえあった。

「ねえ、竹内さん」

先に切り出したのは輝之だった。

「竹内さんがこの後どうしようと、おれはそれに従います。もし、ぼくをここに置き去りにしたければ、そうすればいい。あるいは」そこで、いったん言葉を切り、声をじゃっかん低めて、続けた。「警察に突き出すつもりなら、それでかまわない」

「ちっ」

竹内は舌を打ち、ようやく輝之に顔を向けた。いつもの吸いついてくるような目つきだった。はじめて話しかけてきた時も、仲良くなって飲んだくれた時も、ほとんど変わることのない吸いついてくるような目つきだった。

「警察に突き出す？　おまえ、どこまでヘタレなんだ？　甘ったれのクソ野郎め。おれがそんな親切な男に見えるか。知るかよ、そんなこと。おれはそんな面倒なことにかかわる気は

ない」

「けど……もう、竹内さんはぼくにかかわってしまった」

「それを言うなら、おまえだっておれにかかわってしまった」

「……まあ、そうだけど」

「おまえには、最後までかかわってもらうよ」

「……最後まで？」

「ああ。おれを長崎まで送り届けてもらう」

「長崎まで……このぼくが？」

「ああ、そうだ。今さらの話だが、おれの免許証は一昨年の誕生日に失効してる」

「そういうことか。でも、残念ながら、ぼくが持っている免許証はぼくのじゃない」

「なんとね」

竹内はため息まじりにそう言い、頭をのけぞらせた。顔には、やっぱりね、というような苦笑いが浮かんでいた。発した言葉とは裏腹に、なんとなく予測はついていたのだろう。

輝之はざっと説明した。下北沢の路上で免許証を拾ったこと、竹内に出会った時に使っていた偽名はそれに記載された名前であること、何度かその免許証に窮地を救われたこと。

「期限は？」

「ゴールドなんで、まだ二年以上は」

「失効している免許と、自分のではないゴールド免許。どっちが安全だ？」そう問いかけて

おいて竹内は輝之の答えを聞かずに言った。「おれは、後者のような気がするね」

「いや、より安全なのは、ＪＲかバスを使うことだと思う」

「まあ、そうなんだろうが」

「近くのＪＲ駅まで送ります」

「いいや、このまま車で行こう。せっかく買ったんだ」

「……買った？」

「買ったようなもんだ。廃車にしてくれてかまわないって」

「梶さんが？」

「ああ。前から処分したがってた」

「だけど、長崎まで無事にたどり着きたいのなら――」

「つべこべ言うな」竹内の吸いついてくるような目つきがにわかに暗みを帯びた。それは、これまでの竹内の目には見受けられなかった種類の、剣呑な暗みだった。生にまるで執着がないゆえに、土壇場で何をしでかすかわからない、そんなヤバい男に宿りそうな不気味な暗みだった。「おれを長崎まで送り届けろ。これは命令だ。おまえに選択肢なんかない。あるわけねえだろ」

輝之はタバコをゆっくりと吸い込み、煙を同じようにゆっくりと吐き出した。ふいに鼻梁に雨粒が当たった気がして、空を仰いだ。白い電灯に雨粒が光った。竹内も雨に気づいて、手のひらを広げている。輝之は頭に引っかかっていたことを尋ねた。

「どうして長崎なんです？」

竹内はタバコを足下に落とすと、靴底ですり潰した。その吸い殻があたかも自分の犯した罪であるかのような、妙に執拗な動きだった。それから顔を上げ、雨が混じりはじめた中空を見やりながら、こたえた。「ヨメと娘が五島《ごとう》列島の福江《ふくえ》島に住んでいるはずなんだ……むこうの実家に。最後に連絡を取ってから、かれこれ五年近く経つから、確信は持てないが。会いに行ったところでまったく埒が明かないかもしれない。オヤジさんに門前払いを食らうかもしれない。しかし、どうしても会いたい。ちゃんと会って謝りたい。それから先のことはおれにもわからない」

「……なるほど」

「なあ、田中」

「いや、ぼくは田中じゃなくて――」

「うるせえよ」竹内は再び輝之に顔を向けた。いつもの吸いついてくるような目つきが戻っていた。「今さら呼び方を変えられっかよ。おまえは田中、おれは竹内だ。少なくとも、おれたち二人の間では。つーか、おまえだって、おれのことを竹内って呼んでるだろうが」

「……そうでした」

「なあ、田中」竹内はもう一度そう言い、たっぷりと間をとった。言うべきことを心の中でもう一度整理しているかのごとく。「警察が追っているのがおまえだからといって、おれの罪が消滅したわけじゃない。おれも罪人であることには変わりないんだ。それにいまや幇助

の罪も加わったわけだ、よりによって指名手配犯のな。だから、これは一つの運試しだ。おまえにおれを長崎まで送り届けさせる。何事もなく到着すれば、おれはひとまず、島に渡る許しを得たと考えようと思う。もし検問にでも引っかかって捕まったら……まあ、ジーザスにしろ世の中にしろ、そんなに甘くはないってことさ」

そう言い終えると、竹内はダイハツの鍵をテーブル越しに放り投げてよこした。輝之はそれをみぞおちのすぐ前でキャッチした。

「わかりました」輝之は言った。「竹内さんがそこまで言うのなら」

なんだか嬉しかった。嬉しいという感情が、今の自分に許された感情ではないと思いながらも、なんだか嬉しかった。

ダイハツが中国自動車道を再び西へ向かって走り出した時には、雨は本降りになっていた。もともと交通量が少なく、低い山肌を縫うように敷かれていることもあってどことなくさみしげだった中国自動車道は、降り出した雨によっていっそう陰気な様相を呈していた。

しかし、小さな車内の雰囲気は、いくぶん——というか、二人が置かれた状況を考慮に入れれば、あり得ないほどに——くつろいだものになっていた。少なくとも助手席の竹内はおおむね、ふだんの、つまり、輝之が知り合って以来、冬の間ずっとそうであったような、いささか粗野ではあるものの、ざっくばらんな、ユーモラスですらある調子を取り戻していた。輝之が妻殺しの指名手配犯であることなど、そして、自分もいまやその幇助にかかわってい

ることなど、すっかり失念してしまったかのごとく。おそらくは開き直ったのだろう——今さらじたばたしたって始まらない、せっかくの道中だ、楽しまなくてどうする、と。あるいは、警察に追われているのが自分ではないことに、今さらながらに安堵を覚えているのかもしれない。いずれにせよ、輝之もしだいに、そんな竹内の調子に、そして、竹内が作り出す雰囲気に——夢と愛に破れた二人の三十男がドライヴ旅行に出ているかのような雰囲気に、飲み込まれていった。もっとも、呼吸はずっと浅いままだったが。そして、側頭部には冷たいしこりが残ったままだったが。

やがて竹内は、ぼそぼそと少年時代の話をはじめた。心に焼きついているぱっとしない東京郊外の風景、堅物だった父親、まるで家政婦のようだった母親、自分とは似ても似つかない優等生だった兄。中学二年生の時にイジメに遭遇し、いつしか人間不信と登校拒否に陥っていたこと。そして、そんな時にパンクロックに出会ったこと。家出を決意した晩のこと、などなど。

さして特異な話ではなかった。ところどころは陳腐にさえ感じてしまうほどだった。けれども、さして特異ではなく、聞きようによっては陳腐であるにもかかわらず、いや、むしろ、そうであるからこそ、竹内の話に、輝之はそこはかとない共感を覚えてしまうのだった。つまるところ、同じサイドの人間なのだ、と輝之は思う。なんやかんや言っても取るに足らない側の、長いものに巻かれるしか術のない側の。おれの人生だって、と輝之は思わずにはいられない。おれの人生だって、ある時点までは、さして特異じゃないし、おそらくは陳腐な

のだ。というか、あらゆる出来事が次から次へと矢継ぎ早に流れ込むこの世界にあっては、たいがいの悲喜劇は、さして特異ではなく、時に陳腐さを帯びてしまうものなのだ。そして、ひょっとしたら、自分たちの人生の喜怒哀楽が、嵐の後の濁流のごとき世界にあって、ことごとく矮小化されてしまうことが、静かに繁殖するカビのごとく、人々の心を少しずつ、ほんの少しずつ、蝕んでいくのかもしれない。

雨はほどなく霙《みぞれ》に変わり、それからまた、雨に戻った。

山口県に入ったことを示す標識を通り過ぎた。

山口ジャンクションで山陽自動車道が合流すると、交通量は一気に増えた。とりわけ、大型バスやトラックが。

下関の手前では、なにやら事故が発生したらしく、しばし渋滞に巻き込まれた。事故現場には数台のパトカーや警察車輌が赤色警告灯や「事故」と示した電光掲示板を掲げて停まっており、雨合羽を着た警察官が交通誘導をしていた。なんなく通り過ぎたが、二人ともそのことにはいっさい触れなかった。

関門橋《かんもんきょう》を渡っている時に、雨に煙《けぶ》ってはいるものの東の空がうっすらと白んでいるのが見えた。

九州に入って最初のサービスエリアで、朝食を食べた。それからシートを倒して、二時間ばかり眠った。

再び出発した時も雨は降り続いていたが、いくぶん小降りになったようだった。

鳥栖《とす》ジャンクションを経て、長崎自動車道に入ったところで、竹内がぼそっと呟いた。

「おれはそれなりにハッピーだったのかもしれない。自分では最悪だって思ってた時だって、じつはそれなりにハッピーだったのかもしれない。自分の人生や世の中に悪態をついていられる、そのこと自体、ハッピーなことなのかもしれない」

輝之は、竹内の昔話へのお返しのつもりで、自分の少年時代の話をした。とりわけ、詳しく話したのは継母とのことだった——中学から高校時代にかけて、継母に対して欲情を抱いていたことを。継母のことを思い浮かべて自慰にさえ耽っていたこと、そのことに継母が気づき、以降は挑発するような態度を取ってきたこと。

それを聞いた竹内は、しかし、あっさり笑い飛ばしただけだった。

「まるでエロヴィデオの世界じゃねえかよ！」

そんなふうにあっさり笑い飛ばし、軽く罵倒されたことで、輝之は、いささか救われたような気分になった。

もっとも、竹内があえて笑い飛ばしたのだということも、じゅうぶんにわかっていた。竹内が、そういうタイプの優しさを有する人間だということも。

長崎市に着いたのは、午前十一時を少し過ぎたころだった。

雨はあがっていた。西の空には薄青い晴れ間さえのぞいている。

フェリー・ターミナルの駐車場にダイハツを乗り入れると、竹内は出航時刻を調べるべくターミナルに向かった。

福江島に渡る次のフェリーは十二時十分の出航らしかった。

「なあ、田中」車の中に戻ると、竹内は言った。「おまえも来るか？」

フロントガラスからは長崎港がのぞめた。停泊する貨物船や旅客船。港の向こうの造船所。くすんだ緑の山々。その山々の麓に広がる街並。そこへわたる大きな橋。

「なに言ってんですか」

「だよな。来るわけないよな」

「もしや、ビビってる？」

「ああ、ビビってる。ビビってるなんてもんじゃない。もし、ヨメがいなかったら。いても邪険にあしらわれたら。そんなことを考えると怖くてたまらない。あいつと娘に再会することが、おれの唯一の希望だった。その希望が、釜ヶ崎で過ごした三年あまりのおれを支えてたんだ。なのに……その再会の日を死ぬほど願ってたのに、今は怖い。怖くてたまらない」

「じゃあ、やめますか。ぼくといっしょにこの軽自動車で逃げまわりますか」そんなことには絶対にならないことがわかっていたので、からかい半分、かつ自虐をたっぷり込めて輝之は言った。

「一晩、長崎に泊まるか」竹内はわざとらしく声音を変えて言った。「今夜はおまえと飲み明かす。長崎ってのはなかなか楽しい街だぜ。……どうだ？」

「いや、お断りします」輝之はきっぱりと言った。「今さらぼくと飲み明かしてどうなるんです？ どうにもならないでしょ。それに正直、竹内さんとのおしゃべりには飽き飽きしま

した。とっとぼくの前から姿を消してください」

竹内は輝之を見つめた。

輝之も竹内を見つめた。

竹内は目を逸らすと、一度小さくうなずき、やや間を空けて、再度大きくうなずいた。自分を納得させるように。納得したことを相手に示すように。

「悪いが、この車はおまえに任せるよ。邪魔なら乗り捨ててもいい。どこかで売り払ってもいい。そういうことが可能なら。まあ、売り払えば、何日かの飯代にはなるだろう」

「そのへんは、あとで」輝之は言った。自分に、あとなんてあるのか、あったとして、それはどんなあとなんだ、などと思いながら。「あとで考えます」

「いいか、田中。おれが思うに」そう言っておきながら竹内は再び口をつぐんだ。その先を言うべきかどうか迷っているようでもあったし、輝之にこれから自分が言うことへの心の準備をさせているようでもあった。「おれが思うに、おまえが受けるべき罰ってのは、のたうちまわることなんじゃないか。そのとてつもなく重い罪を背負って、この世知辛いシャバで苦しみもだえることなんじゃないか。逮捕？　刑務所？　そんなのは甘すぎるね。のたうちまわれ。惨めったらしく生きろ。それが、おまえの話を聞いておれが考えたことだ」

輝之は何も言わなかった。何も言えなかった。竹内も輝之が何か言うことを期待しているふうではなく、右手をすっと差し出すと、言い添えた。

「じゃあな」

まるで、明日また、とでも言っているような軽い口調だった。

輝之は何も言えないままだった。竹内の右手を握るのがせいいっぱいだった。

竹内は車から出ると、ゆっくりと歩き去っていった。

振り返らないだろうと思いながらも、輝之はその後ろ姿をしばし見送った。それから、正面に向き直った。いつしか、陽射しがこぼれていた。貨物船がスローモーションのようなスピードで視界を横切っていく。

ふいに、気配のようなものを感じて、再び横を向いた。ターミナルの出入り口の傍らで竹内がこっちを見ていた。どう考えても場違いな満面の笑みを浮かべて、どっかの洟垂れ小僧よろしく大きく手を振っていた。

「田中さん！」

輝之は運転席から降りた。そうして両手を口に添えてダイハツのルーフ越しに叫んだ。

あえてそう呼んだ輝之の声が届いているのかいないのか、竹内はなおも大きく手を振り続けている。

「田中さん！」輝之はもう一度、ありったけの声で叫んだ。「おれの名前は久保田輝之です！　どうかお元気で！」

「ねえ、私たちはどこまでこれに堪えられるのかしら？」

「俺たちが俺たちであるってことにかい？」

「私たちだろうが、誰だろうが」

——ティム・オブライエン『世界のすべての七月』

24

「しかし、なにやってんすかね、西成署の連中は」

小宮山慶太巡査部長は、捜査本部が置かれている埼玉県秩父警察署の会議室で、山村浩正巡査部長に向かって言った。心にくすぶる腹立ちを理性でどうにか抑えつけているといった顔つきと口調だった。時刻は午後十一時半すぎ、先ほど緊急の捜査会議を終えたところで、ほかの捜査員はすでに帰途についたり、夜食を食べに外に出たりしていた。緊急の捜査会議が開かれたのは、二時間ほど前に、大阪府警西成警察署から、まことに不面目ながら久保田輝之と思われる男を取り逃がした、という報告が入ったからだった。小宮山は続ける。

「大失策ですよ、これは」

「ああ、大失策だ。だから、おれは言ったんだ」山村は折りたたみ椅子の背もたれに深く上体をあずけ、ネクタイをゆるめながら言った。こちらは蓄積した疲労の中に苛立ちまでもが

沈んでしまったような顔つきと口調だった。「おれたちがすぐに行くべきだって。おれは最後までそう言い張った」

机に肘をつき、重ねた手の上に顎をのせている小宮山は、山村が暗に告げている自分への批判にこたえた。「ぼくだって、それが最善策だと思ってましたよ」

「しかし、おまえは、最終的に、上におもねった。だろう?」

「いや、おもねったわけじゃなくて――」

「ま、それが、出世の勘所ってやつなんだろうな」

山村が皮肉をたっぷりまぶした口調で言うと、小宮山はいささか色めき立った。

「そ、そんなこと考えてるわけないじゃないですか」

「じゃあ、なんなんだ?」

「だって、むこうのほうが土地鑑だってあるでしょうし……というか、任せたのはあくまで内偵ですよ。任意同行だなんて……」

「しかも、一度それらしき男が出頭してきたって話じゃないか」

「そんなことを今さら報告されたところで……」

小宮山はそこまで言って、何を言ったところであとの祭りだと気づいたのか、相手から視線を逸らし、自嘲するように小さくため息を漏らした。それをじっと見ていた山村は、ゆるんでいるネクタイをさらにゆるめ、それから額を鷲摑みして左右のこめかみを揉みほぐした。

指名手配犯の写真によく似ている男が店に何度か来ている、という通報が、捜査本部では

なく地元の西成警察署に入ったのは、喫茶店〈JUN〉の女主人からだった。内偵を西成警察署に任せたのは、捜査本部で陣頭指揮をとっている池畑《いけはた》管理官の判断だったが、山村はすぐに自分たちが現地に行くべきだと言い張った。

「それにしても」小宮山は気を取り直して言った。「ドヤからいっしょに逃げた、竹内とかいう男は何者なんでしょうね？ そいつが先頭を切って逃げた、という話ですが……」

「ま、竹内というのは偽名だろうが」山村も気を取り直して言った。「そいつにも後ろ暗いことがあったんじゃないのか」

「警官を殴って逃げるってのはよっぽどですよ」

「ああ、よっぽどだろう。しかし、よっぽどのやつなんてこの世の中にはいくらでもいるさ」

「ヤマさん……釜ヶ崎には？」

「まあ、何度か行ったことはある……大阪に住んでたころに」

「えっ？ 大阪に住んでた？」

「ああ。あまり言いたくはないんだが……高校卒業後に一年半ほど。就職した会社の本社が大阪だったんだ。あれが、我が人生の最悪の時だな、今にして思えば。その会社をやめて、県警の採用試験を受けたんだ」

「そうでしたか、そんな経緯が」

「挫折を知らないサラブレッドの小宮山さんとは違うんだよ」

いつものごとく山村は小宮山をからかったが、小宮山は取り合わずに話題を変えた。

「指名手配の告示が出てから、ひと月あまり。今回の通報も含めて、情報の集まり方としては、悪くないですよね」

「まあ、悪くはないが……函館の食品加工会社の従業員、宮城の土建会社の現場監督、そして、四国で遭遇したという新聞記者。ぜんぶ、過去の話だ」

指名手配写真を見て通報してきたその三人に加えて、函館のスナックのママである植村麻子、石巻の現場でいっしょに働いていた松尾純一、そして、現在は福島第一原子力発電所で廃炉作業に従事している藤野栄治への聞き込み捜査を終えていた。久保田輝之が、函館では沢口、宮城では小林、四国では中山、大阪では田中、という偽名を使用していたことも判明していた。

「この後、久保田はどこへ行きますかね?」

「小宮山だったら、どうする?」

「ぼくだったら?」小宮山は一瞬まごつくも、すぐに平静になって続けた。「ぼくだったら……やっぱ、大都市に身を潜ませますね」

「東京に戻るか?」

「いや、それはないんじゃないかな。人付き合いが限られてたとはいえ、一応は地元ですからね、ばったり誰かと会わないとは言い切れない……それこそ、秋に下北沢で、劇団員時代の仲間に遭遇したように。心理的にも東京は避けるでしょう」

「大阪ももう無理だろうな。ひいては、関西圏も避けたいんじゃないか」

「だとすれば、名古屋、広島、福岡……北方面はないでしょうね」

「離島はどうだ？」

「気持ちとしてはわかるけど、じっさいは人目を引きますよ」

「沖縄の無人島で自給自足の生活をしたって例もあるぞ」

「ああ、あれね。ああいうタイプじゃないでしょ、久保田は。スキルだってないでしょうし」

「人間、追いつめられたら何をするかわからない。できないはずのことをやってのけたりもする。だからこそ、久保田は妻を殺して山中に埋め、偽名を使いながらあちこちを放浪し、あげくには警官を殴って逃走する。関係者の話をいくら集めても、そんな豪胆な男は浮かび上がらない」

「まあ、たしかに。今回は、竹内という男がポイントですね。その男とこれからも行動をともにするのか、しないのか」

「今後も、二人で行動してくれれば、おれたちはやりやすい」

「そうですね。男が二人というのは、あんがい耳目を集める」そこで山村は掛け時計に目をやると、両手をパチンと打ち合わせ、椅子から腰を上げながら言った。「さあ、明日は早い。おれは家に帰らせてもらうぞ」

「ヤマさん」そう言って、小宮山も腰を上げ、両手を下腹部の前で組むと、頭《こうべ》を垂れた。

「すみませんでした」
「……なにが？」
「ヤマさんの主張を最後まで支持しなかったこと」
「いいよ、もう、そんなこと」
「今度、メシ、おごります」
「じゃあ、明日、大阪で」

西成脱走後、十日が経過していたが、依然、久保田輝之の足取りはつかめないままだった。

午後早く、一本の電話が西成署から捜査本部に入った。受けたのは小宮山だった。電話を切るなり、小宮山は池畑管理官と話をし、何本か別の電話をかけ、それから署を出て、早足で三分ほどの場所にある、軽食喫茶店へ向かった。

「やっぱ、ここでしたか」

店に入ると、小宮山は言った。山村はカウンター席に座ってタバコを吸いつつ、馴染みのマスターを相手に油を売っているところだった。

「電話したんですけどね」

小宮山にそう言われた山村はハッとなって上着の内ポケットを探る。折りたたみ式の携帯電話を開いて、鼻梁に皺を寄せた。

「悪い、気づかなかった。しかし、サボってるわけじゃない。昼飯をいま食べ終えたところだ」

「べつに咎めてるわけじゃ……それより、ヤマさん、これからぼくと佐賀へ向かいます。夕方の便を押さえました」

「これから？　佐賀へ？」

山村はいささか不満そうに問い返したが、小宮山のいつにも増して硬い表情に気づくと、すっと席を立ち、飲みかけのコーヒーカップを持って、いちばん奥のボックス席へ向かった。小宮山は腕時計にちらっと目をやって時刻を確認すると、マスターにコーヒーを注文し、山村の後に従った。マスターは背後の壁に設置されている機械をいじり、有線放送の音量をじゃっかん上げる。

「いまさっき、西成署から電話がありまして」ボックス席につくと、さっそく小宮山は切り出した。「佐賀市内のスーパーの駐車場に、なにわナンバーの軽自動車が乗り捨てられていたそうです。通報が入ったのはおとといの夜、車はその前日から駐車場にとめられていたとのこと」

「ふむ。で？」

「その車の持ち主が梶章夫という釜ヶ崎在住の男で、久保田といっしょに逃げた竹内とずいぶんと親しかった人物らしい」

「なるほど」

「その梶という男がいうには、あの晩――つまり、ふたりが警官を振り切った晩、竹内に車を数日貸してほしいと言われたから、そうしたまでだと。行き先や理由は聞いていない、逃亡のことを知ったのも後日、人に聞いてからだと主張しているようです」

「なぜ、すぐに通報しない？」

「さあ。その男にも後ろ暗いことがあるんじゃないですか。ヤマさんのお言葉を借りれば」

「……その男と久保田の関係は？」

「二三度、会ったことはあるようですが、とくに親しい関係ではなかったと」

「いずれにせよ、その軽自動車を使って、竹内は九州へ逃げた。おそらくは久保田も――」

「車内を調べればはっきりするはずですが、そう考えるのが妥当でしょう」

「竹内という人間をもっと徹底的に調べる必要があるな」

「竹内についてはすでに本間《ほんま》さんたちが取りかかっています」

「竹内のことがわかれば、連中が……というより、久保田が今いる場所もわかるかもしれない」

「九州にいる可能性は高いでしょうね」

「九州の各県警に協力の要請を――」

「ええ、そのへんは池畑管理官が」

マスターがコーヒーとお冷やをトレイに載せて現れると、二人はいったん口をつぐんだ。

マスターが去ると、小宮山はコーヒーにクリームをたっぷり注いでスプーンでかき混ぜ、そ

れを啜《すす》り、ちょっと閑話を、といったかんじの、軽い口調で言った。

「テレビで、その手の特集番組を組んでくれると、だいぶ違うんですがね」

「ああ。イギリス人女性が殺害されたときみたいにな」

「残念ながら、あれほどの話題性は……今度、『週刊大衆』では特集が組まれるようですが」

「この事件の特集なのか？」

「ええ、『シャブ中美人妻不倫殺人』とかいう特集らしいです」

「けっ。らしい見出しだぜ」

「さて」小宮山はコーヒーをすすると、口調を再び元に戻した。「久保田が今も九州にいるとして、ヤマさんだったら、この後どうします？」

「おれだったら？」

「このあいだ、ぼくに訊いたじゃないですか、おまえが久保田だったらどうするって」

「あれはまあ……テストみたいなもんだ。おまえがどの程度の人間かっていうテストだよ」

山村はそう言ってニタリと笑ったが、小宮山は肩をすくめるだけで真剣には取り合わずに話を続けた。

「久保田がどのくらい金を持っているのかが気になります」

「釜ヶ崎で働きはじめたのが――」

「確実なのは十二月から。十月の始めに四国で目撃されてますから、その間のどこかでです」

「長くて四か月ちょっとか。そんなには持ってないだろうな。せいぜい二、三十万だろ

う」

「となると、近いうちに金が尽きる。自給自足なんて現実的には無理でしょうから」

「おまえだったら、どうする?」

「また、テストですか?」

小宮山はなかばうんざりしながら問うが、山村はそれには答えずに続ける。

「おまえだったらどうやって金を作る?」

「どこかで働くことができれば……しかし、ものすごく限られますよね。指名手配されてる人間が働ける場所なんて。日雇い系か……夜の街か」

「日雇いといっても釜ヶ崎みたいにはうまくいかないだろう」

「ですよね」

「観念するけどな、おれだったら。しぶとい男だ」

「まったく」

「ムショ暮らしのほうがはるかに楽だろうに。いっそ、あの世ですらもうちょっとマシかもしれない」

「……それはどうだか」

「いいや。シャバこそが地獄だね。久保田にはそう言ってやりたい」

小宮山は発言の底意をさぐるように、山村の顔色をうかがうが、すぐにあきらめて腕時計に目を落とした。そうして、コーヒーをすすり、グラスの水を飲み干し、おもむろに立ち上

がった。

「さあ、ヤマさん。そろそろ行かなくては。続きは羽田への車の中で」

山村は立ち上がった小宮山を見上げると、いくぶんさみしげな、そしてダメ元で訴えかけるような顔つきになって言った。

「今夜は娘の誕生日を祝うことになってるんだが」

「……お気の毒ですが」

「ひどい仕事に就いてしまったもんだ」

「ぼくも時々……そう思います」

おお、天よ、どうして私という存在を与えたのか
どうしてなおも私を生きながらえさせるのか

ミシェル・フーコー編著
『ピエール・リヴィエール　殺人・狂気・エクリチュール』

25

福江島へ向かう白いフェリーが、冬から春への季節の移ろいを感じさせる柔らかな陽射しが降り注ぐ長崎湾に抱かれながらしだいに小さくなり、やがて外海に飲み込まれるように消え去っていくのを、輝之は埠頭にとめたダイハツの運転席に座ったまま、見届けた。

竹内との別れ際に覚えた胸の疼きは、フェリーが遠のいていくにつれて身を切るような孤独感へと深化していった。むろん、孤独感に苛まれるのはいまに始まったことではない。一年半におよぶ逃亡生活において、孤独感は常に、たとえ函館で女と暮らしている時にでも、輝之を脅かしてきた。しかし、竹内と過ごした釜ヶ崎での日々を経た後では、それはいっそう耐えがたいものに感じられた。同じ闇もいったん光を目にした後ではより濃く深く感じられるように。

しかも、今度の孤独感は、輝之の心にともに長らく巣くう罪悪感や絶望感からも養分を取

り込んで、ますます肥大化、かつ凶暴化していきそうな気配があった。じっさい、フェリーが視界から消えてしばらくのあいだ、自分という存在が芯から食い荒らされていくような、おぞましい感覚を味わっていた。

「のたうちまわれ」

竹内の声が再び聞こえたような気がしたのは、そんな時だった。その言葉に煽り立てられるようにして、輝之はイグニッション・キーをまわした。

それからの数日間、輝之はダイハツとともに九州北西部をほとんどくまなく移動し続けた。おんぼろのダイハツにナビはついていなかった。朝食と仮眠をとった九州最初のサービスエリアで手に入れた簡略な道路地図があるだけだった。計画らしきものはいっさい立てなかった。ただ直感に従って、あるいは直感さえ働かせずにあてずっぽうに、車を走らせた。

道路標識に出てくる地名の大半は見聞きしたことのないものだった。自分がどのあたりを走っているのかさえわからなくなることもあった。しかし、道路が敷かれてる限り、先へ車を進めた。橋が架けられていれば、それを渡った。たどり着いた先が行き止まりということも多々あった。平戸《ひらど》島の南西端にある宮《みや》ノ浦《うら》漁港に着いた時には、ここが船を使わずに車で行ける日本の最西端なんだと知った。

橋をいくつも渡ってたどり着いた崎戸《さきと》島の展望台からは五島列島が浮かび上がって見えた。竹内のことを思った。奥さんと復縁できればいいのに、そして人生をやり直すことができればいいのに。素直にそう思った。それから、広大な海の向こう側に思いを馳せた。一年ほど

前に宗谷岬で、サハリンに渡ってそこで暮らすことを空想してみたように。この大海原の向こう側。いま見える五島列島のさらに向こう側。その向こう側でまったく別の人生を生きることをつかのま夢想した。向こう側、というのが具体的にどこを指すのかもわからないままに。淡い夢想はほどなくシヴィアな現実にかき消され、罪悪感が噴き出してきてたちまち息苦しくなった。その場にうずくまってしまうほどに息苦しくなった。死ぬことを考え、出頭することを考えた。やがて考えることをやめると息苦しさは和らいだ。考えることをやめるということが、いつもうまくいくとは限らないが、おおむねできるようになっていた。

夜はダイハツの中で毛布にくるまってうつらうつらと眠った。空き地、道の駅、観光スポットや公園の駐車場、コンビニやファミレスの駐車場、そして、フェリー・ターミナルや漁港。昼間の陽射しはいよいよ春めいてきたが、とはいえ、まだ二月、夜間や早朝は冷え込んだ。

何日目かに冷たい雨が降った。雨は景色を陰鬱にした。雨に濡れた陰鬱な景色は心の裏側にまで染み渡った。だしぬけに、あの最後のシーンがよみがえった。覚えてなどいないはずなのによみがえった。自分の下で必死にもがく妻、声にならない叫びを叫ぼうとする妻、鬱血して顔色が変わっていく妻、くたっとなって動かなくなった妻。紫色を呈しながら腫れ上がった死に顔。口角と鼻孔から涎や鼻水が吹きこぼれたおどろおどろしい死に顔。そして、遺体を――身長百五十四センチ体重四十一キロの遺体を持ち上げた時の、肩や腰や膝や足首に伝わったいわく言い難い感触を思い出した。気が狂いそうになった。胃の中のものがこみ

上げてきた。車を急停車させて、路肩で嘔吐した。激しく嘔吐しながら死ぬことを再び考えた。死ぬことを考えながら路面に頭を打ちつけた。頭を激しく打ちつけながら出頭することも再び考えた。そこでまた、のたうちまわれ、という竹内の声が耳元で聞こえた。惨めったらしく生きろ。そうして、考えることをやめた。考えることをやめると嘔吐やパニックはどうにかおさまった。景色も陰鬱さから脱していった。雨はいぜん降り続いていた。

その翌日はついに本物の春がやって来たかのごとく見事に晴れていて暖かかった。

その暖かな陽気と連日の浅い眠りが頭をぼんやりさせたのだろう、赤信号に気づくのに遅れ、おのずとブレーキを踏むのにも遅れ、前をいくパールホワイトのセダンに衝突してしまった。

衝突した瞬間——衝突自体は軽微なものだったが、しかし、その瞬間——に、終わったと思った。

これから数時間のあいだに起こるであろうことが、三秒くらいのあいだに早回しで頭をよぎっていった。しかし、パニックにはならなかった。むしろ、ほっとしていた。これで終わる。そんなふうに思った。

けれども、輝之の想像したように事は運ばなかった。

セダンを運転していた、相撲協会の親方のごとく威圧感のある中年男は、警察は呼ばなくていい、金を出してくれればいい、と言った。口調は抑えていたものの脅しているのは明らかだった。おいくら払えばいいですか、と輝之は尋ねた。中年男はバンパーのかすかな傷と

ッグから金を取り出し、ざっと数えてから男に差し出した。わかりました、と言って輝之はウエストバッグから金を取り出し、ざっと数えてから男に差し出した。相手のあまりにすみやかな行動に面喰らったのか、男はいっしゅん怪訝な表情を見せたが、あんた、えらく物わかりがいいな、と言って金を受け取り、スラックスの後ろポケットにそれをねじ込んだ。しっかし、いかれてるよな、あんた、いかれてるよ。そう言いながら男はセダンの運転席に戻り、ほとんど逃げるように去っていった。

その数時間後の宵の口だった。輝之は食料品や下着を買うべく、スーパーマーケットに立ち寄った。店内に入ったところで、ドラゴンの刺繍が胸や腕や背中に入ったスカジャンを着た三十がらみの男とぶつかった。男は買い物袋を床に落とし、中からは、玉ネギやらリンゴやらトマト缶やら発泡酒やらペットボトルのジュースやらがこぼれ落ちた。すみません、と謝りながら輝之はそれらの食品を拾い集めた。男は自分が連れの女と話し込んでよそ見をしていたことも衝突の原因のひとつだとわかっているようで、とくに怒ることはなかったが、落ちたものを必死に拾い集める輝之の顔を見ると言った。あれ、あんた……あんた、どこかで会ったことあるんじゃね？　輝之は、いいえ、きっと人違いですよ、と答えて、すぐに目を伏せた。男は引き下がらなかった。いいや、人違いじゃねえよ。誰だっけ？　それから、連れの女にも尋ねた。おまえ、この人のこと知らない？　スウェットパンツにブリーチヘアの女は少し考えてから首を振った。知らないよ、人違いじゃない？　男はそれでも引き下がらなかった。いいや、絶対どっかで会ったことあるって。依然として腑に落ちない表情の男

に、最後のリンゴを手渡すと輝之はもう一度、すみませんでした、と言って頭を下げ、そそくさとその場から離れた。心臓がバクバクしていた。手が震えだしていた。ほどなく、スカジャンの男が後方で、あ！と叫んだのが耳に入った。あの男！　すでに輝之は走り出していた。店の奥へ進み、陳列棚の間を抜け、別の出入り口から表へ出た。脇目も振らずそのまま走り続けた。五分ほど走り続けると幹線道路に出た。ちょうどバス停にバスが停まっていた。それに飛び乗った。終点まで乗った。ＪＲ佐賀駅だった。

特急電車を乗り継ぎ、その日のうちに小倉《こくら》に着いた。駅近くのビジネスホテルにチェックインし、料金を払うと、手持ちは二万円を切っていた。

近くのコンビニで安ウイスキーを買ってきて、頭がぐらぐらするまで飲み続け、風呂に浸かり、風呂から出るとさらに飲んで、倒れ込むようにしてベッドに横たわった。寝具に体を横たえたのはしばらくぶりだったが、なかなか寝つけなかった。乗り捨てたダイハツはどうなるんだろうかと考えた。竹内は好きにしていいと言っていたが、そんないいかげんな言葉を鵜呑みにするべきではなかった、やはり梶さんに返しに行くべきだった、返すだけならどうにかできたはずだ、直接返すことはできなくても西成のどこかに乗り捨てればすんなり本人の元に戻ったかもしれない、と今さらながらに悔やんだ。それから、いまはもうこの世にいない家族のことを考え、まだこの世にいる家族のことを考えた。継母に電話してみようかといっしゅん思った。ごぶさたしてます、輝之です。そして、そんなことをいっしゅんでも思ったことに我ながらあきれた。自分にあきれていると、吐き気がこみ上げてきた。トイレ

に駆け込んで吐いた。吐くものがなくなるまで吐き続けた。ようやく吐き気がおさまると、窓際に行って通りを見下ろした。タクシーが一台、そこから降りてきた酔っぱらいの男が一人。あとは車も人も通らなかった。みんなどこへいってしまったのだろう。みんななにをしているのだろう。おれはいったいここでなにをしているのだ？　どうしてこんなところに。あらためて、死ぬことを考えた。出頭することも考えた。妹のことを考えた。父親が生き返った。娘も生き返った。妻が笑った。自分も笑っていた。大丈夫さと言いたかった。乗り越えられるよ。ここが踏ん張りどころなんだ。そうして、愛について考えた。しあわせについて考えた。勇気について。勇気の欠如について。憎しみについて。愛を飲み下す憎しみについて。自分の浅ましさについて。むくつけき浅ましさについて。さらには、善と悪について。罪と罰について。叶わぬ夢をおもった。報われない努力をおもった。虐げられる人々をおもった。黙殺される訴えをおもった。おもったってしかたのないことをおもった。やはり死ぬことを考えた。それでも生きることを考えた。考えることをやめたかったが、その晩はどうしてもそれができなかった。気がついたら泣いていた。窓辺にたたずんで泣き、床にしゃがみこんで泣き、椅子にしがみついて泣き、ベッドにもぐりこんでシーツをくわえて泣いた。やがて泣きつかれて眠りに落ちた。夢は見なかった。いや、見ていないはずはなかったが、目覚めた時にはなんにも覚えていなかった。

結局のところそれがすべてだ
地獄に近づくか遠ざかるか
——ロベルト・ボラーニョ『売女の人殺し』

26

彼の第一印象？　……顔が悲惨な状態だったせいもあるけど……前歯も一本欠けてたし……予想してたよりもずっと情けなくて、頼りなげで、大丈夫この人？って思った。もっとはっきり言えば、ダメでしょこの男じゃって。予想してた、というのは……ほら、先に、芹《せり》澤《ざわ》……めったに姿を見せない社長からお店を任されてた芹澤から、ことの顚末を聞かされてたから。彼らが知り合った翌日、あたしの出勤時に芹澤が車で迎えにきてくれて。……そういうことはたびたびあった、何事かが発生して……例えば、女の子と突然連絡がつかなくなったりだとか、客がクレームをつけてきて厄介なことになったりだとか……なんだかんだあるからね、ああいう商売ってのは……そんな時に、送迎の車の中だとか、近くの喫茶店や飲み屋に連れ出されて、いろいろと話を聞かされるってことは。芹澤も誰かに吐き出さないとやってられなかったんでしょ。信頼されてた？　……ま、そういうことになるんだろうね……なにしろ、お店ではあたしが芹澤の次に古い人間だったし、芹澤とは大阪時代からの付

き合い……そう、あたしがはじめてこの業界で働きだした時からの。腐れ縁ってやつ。どんな話かっていうと……芹澤が、社長の口利きで入ってきたスタッフ……雑用とか運転手とかをやってた町村《まちむら》さんとお店が終わってから飲みに行った、と。二人の関係がしばらく前からこじれてたのはあたしも知ってた……両方から聞かされてたから。そのこじれを修復しようと、芹澤が町村さんを誘った、お酒でも飲みながらじっくり話せばなんとかなると期待して。でも、うまくはいかなかった、うまくいかないどころか、途中から口論になってしまった……町村さんはかなり感情的になってたみたい。そこに、「やかましい、迷惑だ、ケンカするなら表でやってくれ」とかなんとか……横から口を挟んできたのが、隣の席でひとり飲んでた、彼……久保田輝之……あたしたちが知らされていた名前で言えば、中島和英《なかじまかずひで》……だったと。

あたしはその部分だけでドキッとした。だって、芹澤にしろ町村さんにしろ……とりわけ町村さんってのは、いかつい顔で、体つきも半端じゃないし……まるで悪役レスラー。あの人たちが口論してるところに割って入るなんて……それができるのは、本物のヤクザか警察くらいじゃない。芹澤も驚いたって言ってた……きっと、そんなこと今までになかったんでしょ、自分が一般市民というか素人に、面と向かって物を申されるなんて……そう、芹澤ってのは案外、冷静に物事を見てる人なのね、たとえ声を荒らげてる時でも。でも、すでに頭に血が上ってた町村さんは、見も知らぬ人間に横やりを入れられたことにぶち切れて、その男に、いい度胸してるな、てめえこそ表に出ろ、って言った。男は……ずいぶんあとになっ

て本人から聞いた話だと、完全にやけっぱちになってたらしいけど……それに従って表に出た。そして、町村さんに謝れって言われても、おれは何も悪いことはしてない、とかって言い張って……そのへんの経緯にはあたしの想像も少しは入ってるけど……もみ合いの末に、町村さんに殴られた。止めに入った芹澤まで殴られた。男はそれでも謝らず、それどころか毒づいて、乱心した町村さんに、ぼこぼこにされた。で、最後に、町村さんは芹澤に「おまえの下なんかで働けるか」とかなんとか捨てゼリフを吐いて去って行った……とまあ、そんなような話。

ふつうなら、そこで終わるでしょ？　ところが、芹澤は、その見も知らぬ男を事務所に連れ帰って、応急手当をする。翌朝には懇意にしてた医者のところに連れてって治療してもらう……前歯が折れた以外にも肋骨が折れてたらしいんだけど……自費治療で。そこまでしてやるってちょっと異常じゃない？　芹澤が言うには、だって放っておけねえだろ、って。なんなのそれ？　憐れみ？　義俠心？　まあ、芹澤らしいといえばそれまでなんだけど……あたしにはさっぱり理解できない。で、手当をしながら、されながら、二人は朝方の事務所でぽつりぽつりと話した。そこのところは、あたしもあまり詳しくは聞かされていない……つまり、二人がどこまで込み入った話をしたのか……まさか、中島くんがそこでぜんぶを明かしたってことはないだろうけど……この部分は今もって謎……芹澤が今どこにいるのかも知らないし。もちろん、あの後で、一度電話してみたけど……現在使われておりませんっていう例のメッセージが流れて……それっきり。向こうからも連絡なし。どっかにとんずらでも

したんじゃない？　台湾にツテがあるとかって前に言ってたし。もしくは田舎に引っ込んで畑でも耕してるとか……たしか、鳥取の農家の出だったと思うけど。ま、とにかく……そのとき、あたしが芹澤から聞かされたのは、中島くんがほとんど無一文で、帰る家もなく、仕事もないってこと。芹澤が言うには、そんなわけだから町村さんの代わりに雇うことにした、今日明日はダメージがひどいから休ませるけど、早ければ明後日からでも働いてもらうって。あたしは内心、そんな、飲み屋でからんできた、どこの馬の骨とも知れない男を雇っちゃって大丈夫？って思ってた。口に出しては言わなかったけど。

それで、じっさい二日後に本人に会うことになるんだけど、さっきも言ったように、頼りなげで、陰気くさくて、大丈夫この人？って……あ、だから、芹澤から話を聞かされた時に感じた、大丈夫なの？っていうのとはべつの意味で……ほら、ああいう商売の男子スタッフってのは、いざって時の用心棒役も兼ねてるじゃない。とくに、あの店……というか会社は、あたしが所属してたSMクラブのほかに、M嬢専門のデリヘルも経営しててさ、男子スタッフは状況に応じて行ったり来たりしてたから。M嬢専門があるぶん、なにかとトラブルも多くて……例えば、客が悪酔いして帰してくれないだとか、プレイ以上の暴力を振るわれただとか……そんな時には、真っ先に駆けつけるって役も兼ねてる。で、客がたとえ強面《こわもて》であっても、尻込みしてはいけない……時には、逆に尻込みさせなくてはいけない。でしょ？　そういう意味を含めて、あたしは大丈夫この人？って思った。ていうか、ダメでしょって。

しばらくは何事もなく、印象もさほど変わらず。ま、頼りなげっていう印象は顔の痣や傷

が治るにつれて少しずつ薄らいでいったけど、陰気な印象は逆に増していった。最低限の挨拶とか連絡事項とかをのぞけば、ほとんどしゃべらなかったし。最後の客のあとは、たいていマンションまで車で送ってもらうんだけど……その時も無言……前任の町村さんなんか、こっちが聞いてるかどうかに関係なく、べらべらとしゃべってたもんだけど。ただ、すごく気詰まりかっていうと、そういうのともちょっと違ってて。自分たちの間には見えない仕切りがあって、車の中の狭い空間を共有しながらも、まったく別の空気を吸っている、というような……そういうのが苦手って人間もいるだろうけど……じっさい、気持ち悪がってる女の子がいたのは知ってる……でも、この人はそういう人なんだって割り切っちゃえば、案外、楽……少なくともあたしは、二週目か三週目には、そう思うようになってた。自慢じゃないけど、あたし、割り切るのは得意だから。

はじめて会話らしい会話をしたのは……彼が働きだして、二か月くらい経ってから。ちょっとしたトラブルが発生して……ややこしい話なんだけどさ……あたしが働いてたSMクラブってのは、それ専用の部屋が事務所近くのビルに用意してあって、通常はそこでプレイするんだけど、まれに、ホテルまで来てほしいって客がいるの……持ち運び可能な道具——首輪とか鞭とか猿ぐつわとか——を持って、来てほしいって客が。店側としても時間や人手のロスになるし、あたしも勝手が違ってしまうからあんまり好きじゃないんだけど、しょせん小倉だしね、そういう要望をぜんぶ拒んでると商売にならないっていうのがあって。で、その日は、シティホテルに出張した……まあ、そこまではいい。ところがね、プレイ中に、べ

ッドサイドに隠したビデオカメラで撮影されてることに気づいた。撮影はNGだって言ったら、おとなしくビデオをとめてくれたからそのままプレイを続けたんだけど……終わってから撮影したぶんのデータを消去するように言っても、なんだかんだと理由をつけて実行してくれなかった。しまいには、自分で楽しむだけなのに何が悪いとかって開き直ってきて……ほんの数分前までは、あたしに屈辱的な言葉を浴びせられながらアヌスに棍棒を突っ込まれてた奴隷がよ……まあ、プレイ後に態度が一変するってのはM男にたまにあることなんだけど。消さないならスタッフを呼ぶって言ったら、上等じゃないか好きにしろって言うし……その時の運転手だった中島くんに電話した。中島くんはすぐに部屋まで来てくれて……まずはあたしに向かって、ちょっとバスルームにいてもらえますか、って。で、あたしがバスルームに入って……ものの一分かな、呼ばれて出てきたら、動画データはすっかり消し去られていた。激しい言い合いとかもなかったと思うし、客の態度もずいぶん軟化してて……帰り際には、あたしに許しを乞うてきたくらい。それで、帰りの車の中で、中島くんに、客になんて言ったの？って訊いたら、いや、べつに、って。当たり前のことを言っただけですって。どうしてあたしをバスルームに？って続けて訊いたら、だってお客さんのほうもメンツがあるじゃないですか、って。ああいうときは女性の姿が見えないほうがいいんですって。ひょっとして前にもこういう仕事してた？ってあたしがさらに訊いたら、いいえ、はじめてです、めちゃくちゃビビってましたって平然とこたえた。……とまあ、それが、はじめて交わした会話らしい会話だったと思う。その出来事の前後で、中島くんを見るあたしの目も変わった。

で、その何日かあとに、はじめていっしょにご飯を食べることになる。帰りの車の中で、だしぬけにあたしのお腹が鳴ったの……ぐうううって、お腹の中に怪獣の赤ん坊でも隠してるのかっていうような大きな音で。中島くんもさすがにスルーできなかったんでしょ……メシでも食いに行きますか？って誘ってきた……まるで、あたしたちがしょっちゅうご飯を食べにいってる間柄であるかのような口調で。いいの？って言ったら……というのは、基本、スタッフと女の子が個人的に食事にいったりしてはいけないことになってたから……べつにいいんじゃないすか、ぼくもアオイさん送り届けて今日は終わりですからって。それで、最初は行きつけのバーに行こうと思ったんだけど……やっぱり行きつけじゃないほうがいい気がして……結局、終夜営業のチェーン居酒屋に行った……ほら、タッチパネルで注文する、若い子が始発を待つあいだに利用するような、ふだんなら絶対に行かない、というか、小倉でその手の居酒屋に行ったのは、あたしもその時がはじめてだったんだけど。そこでどんな話をしたのかは覚えてない……覚えていないくらいだから、なんてことのない世間話だったと思う……でも、その、冴えないチェーン居酒屋での冴えない夜食を境に、あたしたちの関係が、お店の女の子と男子スタッフっていうビジネスライクな関係から、べつの、もっと親密なものになっていく。

といっても、くれぐれも誤解はしないでほしい。あたしたちのあいだに、男女の関係はなかった。まあ……今だから正直に言うとね、あたしは、それもありかなって思ったことはある……いつも思ってたわけじゃないけど……何度かは……ちょっと飲み過ぎた時とかに。で

も、中島くんはそういう素振りはいっさい見せなかった。あたしが女王さまをやってたからってこともあるのかもしれないけど……でも、それに関する話はどこかの時点でしたし……つまり、あたしたちS女は、真性のM男――奴隷とは絶対にしないけど、だからといって、セックスなしで生きてるわけじゃないって話。……あくまでもあたしの印象だけど、中島くんって性欲をまるで感じさせない男だった。なんていうかな……じつは出家してて修行のために俗世に身をおいているかのような。でもまあ、いつも、そういうことを感じながら付き合ってたわけじゃないし……十年以上もあの業界で働いてたあたしが言うのもおかしな話かもしれないけどさ……男と女を接近させるのがいつも性欲とは限らないでしょ。男女のあいだに友情は成り立たないって言う人もいるけど……そういうこと言う人はきっと脳みそが性欲と性欲の燃え滓《かす》だけでできてんのよ。あたしの経験上、成功してる男ってたいがいそう。性欲で考え、性欲で動く。性欲をべつのエネルギーに変換するノウハウを知ってるってだけで。

まあ、とにかく、あたしたちは、それからも、時々……といっても、せいぜいが週に一度とかだけど……仕事が終わってからの深夜に、ご飯を食べたりお酒を飲んだりするようになった。ご飯とかお酒だけじゃなくて、カラオケに行ったこともあるし、ボウリングをしにいったこともある。深夜にカラオケボックスだのボウリングだのって……なんだか高校生の夜遊びみたいで気恥ずかしいけど……今になって思い返してみると、というか、こうして話しているうちに気づいたけど……あたし、もしかしたら、中学とか高校時代に戻ったような気

分でいたのかも……片田舎の高校生に。言った端から吹き出してしまいそうだけど。……ついでに言うと、高校時代に、ひとりすごく仲の良い男子がいたんだ、恋愛関係には発展しないんだけど……とにかく気が合ってなんでも話せるって男子が。今ではもう連絡つかなくなっちゃったけど……中学の教師になったって風の噂で聞いた……あたし、無意識のうちに中島くんにその男子を重ねてたのかもしれない。たしかに、その子と中島くんってどことなく似てた。気弱なんだか男気があるんだかいまいち摑めないところとか。ふだんはやぶれかぶれなことを言ってるくせに、ちゃっかり世渡りしていくところとか。

とまあ、そんなこんなで、あたしたちは仲良くなってく。といっても、そんなに突っ込んだ話はしてないんだけどね。というか、お互い、暗黙のうちに決めてたのかもしれない、突っ込んだ話はしないって。たとえ今の話、変だな、前の話と矛盾してるなって感じた時も、さらっと流す。もしかしたら、そういう遠慮ていうか、相手に対する無関心ていうか、そういうのが、あたしたちが仲良くなっていったプロセスにおいて大事なポイントだったのかも。あとは……あたしたちが遊ぶのは決まって仕事を終えた後の、深夜から朝にかけてだったってことも関係してるんじゃないかな。……あの時間特有のけだるさってあるでしょ？　細かいことはどうでもいいように思えてきちゃうけだるさが。そんなけだるさもあたしたちの関係には必要だったのかもね。

まあ、そんなかんじで月日が流れて。やがて冬になった。十二月に入ってまもなく……世間ではボーナスが出て、お店やあたしたちにとっても、さあ稼ぎ時っていう時期のこと。お

昼前に芹澤からの電話で起こされた……博多にある系列のデリヘルで現役の女子高校生が働いていたことが発覚したらしく、児童買春の容疑でそこの店長が逮捕されたって。それで、うちのお店も当分のあいだ営業を自粛しなくちゃいけなくなった、と。芹澤が言うには、おそらくは警察の捜査がうちの店にも及ぶ、小倉にいると面倒なことに巻き込まれかねない、しばらくどこかへ行ってたほうがいいって。

べつに慌てたりはしなかった……お金はそこそこ貯めてたし、たとえお店が潰れるにしても、またべつのところで働けばいいだけのことだし……その時のあたしは働き場所さえあれば、どこの街にだって住む気でいたし、まだしばらくは女王さまとしてやってく自信もあった……あたし、リピート率がお店でナンバーワンだったから。で、最初は、せっかくだし、海外でのんびり過ごそうと思った……以前に行ったことのあるプーケットへでも行こうって。それで、インターネットでいろいろと調べ始めるんだけど、その最中にふと中島くんのことを思いついて、電話する。出なかったけど留守電を残しておいたら、折り返しかかってきた。少し取り乱してるようだったけど、声もちょっと震えてたし……まあ、今になって思えば、警察が自分のところに来るかもしれないと思って取り乱してたんだろうね、でもその時のあたしはそんなふうには取らなかった、というか、取れなかった。単に、仕事を失うかもしれないから、動揺してるんだって……ほら、中島くんの場合は、もしお店が潰れたら、住んでる部屋からも出て行かなくちゃならないだろうし、男子はこの業界にもなかなか仕事の口はないから。そんなことを思いながらも、あたしは尋ねた。中島くんどうするつもり?って。

そしたら一言、わからない、って。パスポートは持ってる？って続けて訊いたら、持ってない、と。そこで……あたし、どうしてそんなこと言ったのか自分でも不思議でならないんだけど……いっしょに沖縄に行かない？って誘った……ほんの二、三分前までは、ひとりでプーケットに行こうと思ってたくせに。中島くん、少しのあいだ黙り込んでたけど……やがて、いいっすね、ってこたえた。なかばうわの空ってかんじの口調で。

あのとき、あたしが思いつきでそんなこと言わなかったら、いろんなことが今と違ってたかもしれないね。いろんなことっていうか、その後のあたしの人生も、その後の中島くん……久保田輝之の人生も。思いつきって怖いよね……ほんとに。

それであたしたちは沖縄に……といっても、沖縄には別々にやってきたんだけど。あたしはその日のうちに飛行機で福岡から那覇へ飛んだけど、中島くんは、事務所の後片付けを言いつけられてるとかで、その日の出発は無理で……しかも、彼は鹿児島からフェリーに乗って沖縄にやってきたから、合流したのはたしか三日くらい後だったはず。フェリーでやって来たのには、ちょっと驚いた……そんなルートがあることさえ、あたしは知らなかったし。飛行機がダメな人なの？って訊いたら、中島くんは、いいやそういうわけじゃないけど、急いでるわけじゃないし、船旅が好きなんだ、ってこたえた。まあ、そう言われてしまえば返す言葉はないし。

滞在したのは西海岸のリゾートホテル。ちょうどオフシーズンの特別割引をやってて、三泊以上の滞在で〝ラグジュアリー・ツイン〟とか呼ばれてる部屋が半額になったし、屋内プ

ールやエステやスパなんかの設備もわりに充実してたから。那覇から車で約一時間っていうのも、あたしの感覚にはしっくりきた……当時はまだ、賑やかな場所が結局は落ち着く、というような感覚を持ってたから。せっかくの休日だから都会の喧噪は避けたい、でもその気になれば、いつでも繁華街に行けるっていう距離感がよかった……そういうことに関しては、中島くんは何も言わなかった。最初は部屋もべつに取るって言い張ってたんだけど、あたしが滞在してた広々としたツイン・ルームを見たら、ここならいいかってことになって。でも、何を思ったのか、中島くん、隣のベッドは使わずに、ソファを寝床にした。まあ、大の男が眠るにもじゅうぶんな大きさのソファだったし、中島くんが来る前にあたしも何度かそこでうたた寝したからわかるけど、寝心地も抜群なんだけど。

最初の数日は、とくに何事もなく……だらだらと過ごした。ビーチで日光浴をしたり、屋内プールで泳いだり、部屋で映画を観たり。あたしの運転でドライヴにも行った。あと、中島くんが来る前にラウンジで知り合ったゲイのカップルをまじえて晩御飯も食べた……ボリビア生まれの日本人と日本生まれのインド人っていう、妙なカップルで、あたしは楽しかったし、食事の後は彼らの部屋に行って三人で飲んで吸って、バカ騒ぎをしたんだけど、中島くんは食事が終わると、今日は疲れてるから、みたいなことを言ってひとり部屋に戻った……今思えば、他人と関わるのを極力避けてたんだろうけど、あたしはそういうことに無頓着だったから。その時に限らず、けっこう別行動も取ってたし。あたしはエステに行ったり、ジムで汗を流したりもしてたから。

さっきも言ったように、小倉で遊んでる時には何度か、男女の関係になってもいいかな……ときどきセックスする関係はアリかなって思ったことはあったんだけど、沖縄ではいっこうにそんな気分にならなかった。……今さらな話だけど……あたしは職業として女王さまをやってたってだけじゃなくて、素でもSなのね。ときにはSっぽく振る舞えるとかじゃなくて……そういうMって案外多いんだけど、あたしはちがう、素でS。だから、男に対する嗜虐性向は強いけど、男に抱かれたいとかセックスで快感を得たいとか、そういう欲望が……まるっきりないわけじゃないけど……簡単には発露しない。このことの根っこには、十代の終わりに味わわされた体験が関わってるんだけど……まあ、そのことについては後で話す。いずれにしても、こういうあたしの性的嗜好を今一度、押さえておいてもらう必要があるかな。じゃないと、やっぱり……たとえ、中島くんには中島くんの事情や嗜好があったにせよ……変でしょ？　三十六歳の女と三十四歳だか三十五歳だかの男が同室で何日も共に寝起きして、肉体関係がまったくなかったというのは。

中島くんが性欲をどうやって解消していたのかって？　そんなの知らない。……あたしといっしょにいない時に、自分でしこしこやってたんじゃないの？　それとも、性欲なんてものはとうに枯れてたのか……どうなんだろ？　あたしにもそのへんのことはわからないし、知ろうともしなかった。……話はちょっとそれるけど……死刑因とかっていったいどうしてんの？　死刑囚もマスターベーションするの？　あるいは、女を抱くことが死刑囚の最後の望み、なんてことがあるの？　あなた知ってる？　……もしかしたら、あの時の中島くんっ

て、死刑囚のような心情でいたのかもしれないと思って。そりゃあ、死刑囚のような心情と、本物の死刑囚の心情じゃ、だいぶ違うとは思うけど……完全な絶望の中でも、人って性欲を感じるの？　……なんて訊かれても困るか……そんな絶望を経験したことのある人なんて、ふつうはいないんだから。

話を戻すと……最初の数日はとくに変わったことはナシ……四日目か五日目の明け方に、中島くんがうなされていることに気づいた。でもまあ、悪夢にうなされるなんて、誰にだってあるじゃない。だから、最初の日はスルーしたんだけど、その翌日もさらにその翌日も……しかも、うわ言がいつも決まって同じ……許してくれ～！許してくれ～！って。

それで、そういうことが何日か続いた夜に……その時は部屋で、スペインだかポルトガルだかの地味な映画を観るともなしに観ながら、お酒を飲んでたんだけど……あたし、自分らしくない気のまわし方だな、なんて思いながらも、言ってみた。なにかあるんだったら、人に話してしまったほうが楽だよ、あたしでよかったら聞くけど、って。すると、中島くん、なにもないって。ああそう、ならいいんだけどってこたえて、また映画を観だしたんだけど、なんだか集中できなくて、しかも、その映画の内容……ううん、内容というより画面から放たれる雰囲気が、あたしの中の、たぶんもっとも脆弱な部分に触れてきて、じっと観ていられなくなって……それで、部屋を出てホテルのバーに行ってひとりで飲んでたんだけど……一時間くらい経ってから映画を観終わったらしい中島くんがふらっと現れた。そのとき、あたしの中で何が起こったのか……だしぬけに自分のことを洗いざらい打ち明けたくなる、無

性に……おかしな話でしょ？　そもそもは、中島くんが毎晩のように悪夢にうなされてるのがきっかけで、あたしが彼の話を聞いてあげるつもりでいたのに、いつのまにか立場が逆転して、彼にあたしの話を聞いてもらいたくなっているという。それで、二時間か三時間、あたし、しゃべり倒した。あんなこと、後にも先にも一度もない。過去のことはほとんど洗いざらい話したけど……たぶん、いちばん話したかったのは……さっき、ちらっと言ったけど……あたし、十八の時に、地元の高校を卒業して働きだしてまもなくの頃に、高校生だった弟と弟の友人たちにまわされたの。あたしで味をしめたのか知らないけど……弟ともう一人の男は、その半年後に、連続強姦事件を起こして、逮捕された。弟はまだ未成年だったから新聞には名前は出なかったけど、人口二万にも満たない小さな町だから、それにものすごく保守的な土地だから、あっという間に知れ渡って、犯人が誰かってことだけじゃなくて、弟は母親や姉と、つまりあたしとも、長年、近親相姦してたとかいう尾ひれまでついて……それで、内装業を営んでた父親は仕事を失ってお酒に溺れるようになり、もともと精神的に不安定だった母親は精神分裂病になって入院、あたしはあたしで付き合ってたカレシには捨てられるし、働いてた土建会社にも居られなくなって、しかたなく大阪に出ることになる。ようするに、弟の逮捕によって、家族が崩壊する……大げさに言ってるんじゃないよ、それ以来、あたし、父親にも弟にも会っていない、弟はどこにいるのかも知らない、母親には二度ほど会いに行ったけど……彼女が入院してる病院に、もうふつうに話ができる状態じゃないから……言ってること、わかるよね？　もし、あんなことがなかったら、家族は……とくべ

つ仲がよかったわけじゃないけど……ふつうに繋がっていただろうし、あたしだって、そのとき付き合ってた、公務員のカレシと結婚して、子どもを三人ぐらい産んで、退屈だけど平穏な田舎町で、それなりにしあわせな人生を送ってたかもしれない……ま、そんな話を、その時、中島くんにどうしてもしたくなった。彼は黙って聞いてたよ。そりゃ一言か二言感想を言ったはずだけど、大変だったんだね、とかなんとか……でも、あたしとしても慰めを言ってもらいたかったわけじゃないから。

それで、バーが閉店になって、自分たちの部屋に戻って、それぞれの寝床について、フットライト以外の電灯も消したところで……中島くんが自分のことを……というより、事件のことを、ぼそぼそと……まるで、あたしなんかそこに存在してないみたいに、自分に向けて語ってるみたいに、語り出したの。

おおよそのことはあなたも知ってるんでしょ？　とくに目新しい話ではないと思う、あたしも最近、あらためて週刊誌で読んだし。週刊誌に書いてなかったことと言えば……遺体を埋めた場所のことくらいかな。そこって二人の思い出の場所だったらしいよ。付き合いはじめてまもない頃に、奥さんが噂の幽霊屋敷に行きたいとかって言いだしてレンタカー借りて深夜に出かけたんだって。結局、その噂の屋敷は見つけられなかったらしいけど……森の中に車を止めて、セックスしたんだって……その時にできたのが、娘さんだったとか。

あたし……彼の話を聞きながら、いつのまにか泣いてた。どうして、泣いたんだろう？今もってよくわからない。恐ろしさのあまり？　殺された奥さんのことを思って？……どっ

ちでもないと思う、だいいち奥さんのことなんてまったく知らないんだから。追いつめられた中島くんを不憫に思って？……不憫だなんて思ってない。そういうことを感じる人間じゃないから、あたし。なのに、涙が止まらなくなった。泣くなんてこと、その十年間ではじめてだったと思う。高校生のころや大阪に出た当初は、よく泣いてたものだけど、いつからかまったく泣かない、というか、泣くことのできない女になってたから。たぶん……この際だから、ちょっとキザなこと言わせてもらうけど……この世界からはどうやっても消えやしない悪に……そして、その悪の、あまりにも拙くあまりにも人間的な側面に、そのとき……まるで魔が差したみたいに、心を震わせられたのかもしれない。

あたしがようやく眠りについたのは、明け方……そろそろ空が白んでくるような時間だったと思う。

目覚めたのは十時すぎだった。中島くんの姿はなかった。テーブルに書き置きがあった。これから大阪に行くことにしました、いろいろとありがとう、お元気で。そう書いてあった。それに、ホテル代のつもりだと思うけど、現金がきっかり二十万。

プールでひと泳ぎしてから、インターネットで警察庁のサイトにアクセスした。中島くんの……久保田輝之の……写真が掲載されてた。あたしと知り合う前にぼこぼこに殴られたせいもあってか、だいぶ人相は違ってたけど。埼玉県警のページに飛ぶと、特別懸賞金三〇〇万円って書いてあった。思わず笑ってしまった。こんな……殺人容疑で全国指名手配されてる男と……そんな男だとはつゆ知らずに、十か月も仲良くしてただなんてね。

大阪行きのフェリーについても調べた。ちょうどその日の夕方に那覇から大阪へ向かうフェリーが出ることになっていた。書き置きどおりに大阪に行くなら、このフェリーを使うだろうと思ったし、中島くんが嘘を書いていったとは思えなかった。一瞬、那覇港まで行こうかと考えた。出航時間にはじゅうぶん間に合う。でも、なんのために？　あたしは自問した。彼に会ってどうするつもり？　ハグしてさよなら？　無意味でしょ。それから、大阪へ行くってどういうことなんだろうと考えた。一度は振り切った警察に出頭するつもりなんだろうか。それともまた釜ヶ崎で働くつもりなんだろうか。そのうち、そんなことを考えてること自体がバカらしくなって考えることをやめた。

その日は何もしなかった……中島くんが現れる前に戻ったってだけ。ビーチを散歩して、スパに入って、アロマティック・トリートメントをしてもらった。宵の口にラウンジで飲んでる時に声をかけてきた、東京から仕事がらみで来てるっていう中年の男と晩ご飯を食べて、カラオケを歌って、最後はその男と寝た。ひさびさのオーガズムを味わった。

翌朝は雨が降っていた。十二月も半ばを過ぎているというのに、まるで夏の終わりとかに降るような生あたたかい雨だった。部屋のバルコニーに出て、灰色がかった空と透明な雨が降り注ぐくすんだ色の海をぼんやり見ている時に、背筋に電気が走ったみたいに、ハッとなった。あたし、三十六歳なんだって、年が明けたらすぐに三十七歳になるんだって……そんなことで、どうしてハッとなるのか自分でも不思議だったけど、とにかく、そう思った。人生もそろそろ折り返し地点だって。仕事をやめようと思った。女王業から……風俗業から足

を洗って、アオイでいることをやめて、本名の青島尚美《あおしまなおみ》に戻って、別の人生を生きようと思った。なんでもいい、これまでしたことのない何かをして、残りの人生を生きようと思った。快楽とか充足とか、その手のことにできるだけ振り回されずに、残りの人生を生きようと思った。

それから、ふいに特別懸賞金のことを思い出した。三〇〇万——大金ってほどじゃないけど、何かするときの足しにはなる。そう思った。

ロビーに降りて、そこにある公衆電話から……なんとなく、自分の携帯電話は使いたくなくて……警察に電話した。指名手配されている久保田輝之が、ゆうべ那覇を出たフェリーで大阪に向かっているはずです。そう言って、自分の名前と連絡先を告げた。

電話を切ったあとは、プールへ行って、一時間ばかり無心に泳いだ。それから、荷物をまとめて、ホテルをチェックアウトした。雨の中を那覇まで車を走らせた。

車を運転しながら考えていたのは、これって究極のSMプレイかもってこと。わざとこっちの弱みを見せておいて、相手の弱みを存分に引きだす。そこで、あたしは豹変する。罠にかかった相手をいたぶる。そして売る。よりによって警察に。……正直に言うよ。あたし、ちょっと昂奮してた、この展開に。悦にも入ってた、自分の行動に。

だから、こんなこと言っても、嘘くさく聞こえるだろうけど……あたし、終わりにしてあげたかったんだよね。もしかしたら、本人もその気でいたのかもしれないけど……だとしても、あたしはあたしで自ら手を下して、終わりにしてあげたかった。だって、惨めすぎるで

しょ、逃亡生活なんて。偽名を使って、過去を騙って、人の目もろくに見ることができずに、重い罪を背負って、誰にも理解されない絶望を心に抱え込んで、この世の片隅で、肥だめみたいなこの世の暗部で、こせこせと生きていくなんて。これ以上に惨めなことがある？　刑務所がどんなところなのか、出所した後の人生がどんなものなのか、あたしにはわからない。けっこう長く入ってたことのある人に話を聞いたことはあるけど、それでもほんとのところはあたしにはわからない。ちゃんとそのことも考えてみるべきだったかもしれない。でも、あのときのあたしには、彼がこの世の中にとどまる以上に、惨めなことはないように感じた。ここではない、どこか別の場所に移してあげたかった。どこか別の場所……だから、もしも……彼があたしに殺してくれって頼んできて、それがどこかの断崖絶壁の上とかで、ただ背中を押してやるだけでいいなら、そうしていたかもしれない……うん、それがいちばん良かったのかもね。そのことを彼に提案すべきだったのかも。でも、仕方がないじゃない。提案しようにも彼はもうそこにいないんだから。バカな人……あたしに相談してくれれば、べつの終わりを迎えられたのに。究極の終わりを迎えられたのに。

それがもうひとつのはじまりのように感じられるのは
なぜだろうか
——リチャード・ブローティガン『無題』

27

定刻の午後四時に那覇新港を出航した、奄美《あまみ》諸島経由、大阪／神戸行きのフェリー〈琉球エキスプレス〉に、輝之は乗り込んでいた。

出航後まもなくフェリーが大きく右に旋回していくにつれて、左舷デッキに出ていた輝之の眼前に広がる景色は、那覇市の雑然とした街並から、青緑色の茫洋たる東シナ海とその穏やかな海に浮かぶ大小の船舶、さらに、彼方の小さな島々へと変わっていった。

輝之は驚いていた。薄曇りという今ひとつ冴えない天気だったにもかかわらず、視界に現れるあらゆる事物——倉庫、コンテナ、埠頭、灯台、ビルディング、車輌、高架橋、航空機、船舶、波しぶき、海、空、雲、島、などなど——がいやに鮮明に見えることに。まるで、大気中に含まれる不純物がことごとく除去されたみたいに。あるいは、長らく患っていた眼の病気が知らぬ間に治癒したかのように。これほどクリアな外界に向き合うのは、あるいはほとんど同じことだが、こんなふうにクリアな目線で外界を眺めるのは、ものすごくひさしぶ

りな気がした。正確にいつ以来なのかは思い出せないが、いずれにしても二年四か月におよぶ逃亡生活においては、はじめてのことに違いなかった。なにかが変わったのだ、と輝之は思う。自分の中でなにかがはっきりと変わったのだ。

鹿児島から沖縄へ渡った時のフェリー同様、船内はおそろしく空いていた。当然かもしれない。クリスマスや年末を除けば十二月というのは、一年のうちでも最たるオフシーズンだろうし、たとえオフシーズンではなくとも、今どき沖縄と本土のあいだをフェリーで行き来するのは、トラックの運転手など仕事で乗り込む人間を除けばよっぽどの物好きだけだろうから。なにせ、大阪や神戸まで二泊三日という長旅なのだ。キャビンには輝之が取った最安の二等和室のほかに、一等洋室や二等洋室、二等寝台といったカテゴリーがあり、正確な乗客人数はわからないが、二等和室——ようするに、カーペットが敷かれただけのだだっ広いスペース——に限れば、十人にも満たない客しかいなかった。そのほとんどは単身客で、携帯電話や小型ゲーム機をいじるか、雑誌を読むか、横になるかしていた。いちばんのヒマつぶしになるに違いないテレビを見るには、出入り口近くのパブリック・スペースに行かねばならなかったが、そこにいたのも（じっさいにテレビを見ていたかどうかはともかく）三人ほどだった。

輝之は靴を脱いでカーペットの上にあがり、乗船時に荷物を置いておいたいちばん奥の壁際に腰を下ろした。まもなく強い眠気を覚えた。那覇新港のフェリー・ターミナルで椅子に

座ったまま三時間ほどうつらうつらとしたものの、昨夜は一睡もしていなかったので、無理もない。しかし、マットレスを敷いて、いざ体を横たえても、フェリー特有の揺れのせいなのか、煌煌と灯っている照明のせいなのか、あるいは自分では認識できないレヴェルでの気持ちの昂りのせいなのか、なかなか寝入ることができなかった。目を瞑るまではさほど気にならなかった男の話し声と笑い声がやけに耳にさわる。あらためて声のするほうに振り返ってみると、反対側の壁際で、トラックの運転手なのだろうか、そうじゃないにしても少なくとも観光客には見えない二人の中年男が、缶ビールを飲みながら、関西弁で談笑していた。とくに、聞き耳を立てたわけではないが、二人は、これまでに訪れた土地とそこの郷土料理やらおすすめの飲食店やらについて、語り合っているようだった。やがてふいに、北九州や小倉、という単語が聞こえた。小倉いうたら、あれやろ……なんつったっけ——。

小倉——眠気に包まれながらも寝入ることのできなかった輝之の意識もまた、およそ十か月前の彼の地へと漂っていった。飲み屋の隣の席で言い争う人相の悪い二人組に、酒の勢いと絶望の反動で言いがかりをつけたあげく、その片割れにこっぴどく痛めつけられたあの晩に。

殴る蹴るの暴行を働いた男はわめきながら去っていったが、残ったほうの男は満身創痍の輝之を事務所まで連れて行き、傷の手当をしてくれた。信じられない思いだった。ポマードで撫でつけたヘアスタイルといい、銃口のような目つきといい、いかにも柄は悪いのだが、ヤクザ映画に出てくるヤクザのように昔気質《かたぎ》というか義俠心が旺盛ということなのかもしれ

ない。いずれにせよ、応急手当を受けた後の明け方、その芹澤という男に輝之は打ち明けたのだった。自分はお尋ね者なのだと。人を殺した人間なのだと。芹澤は表情ひとつ変えずに今の話は聞かなかったことにしようと言った。「おれはおまえが何者か知らない、知っているのは職を求めて小倉に流れついた無一文の男ということだけだ。いいな?」真意が見えないままに、おそるおそるうなずくと、芹澤は続けて言った。「そのかわり、おれの下で働いてもらう。寝所はこっちで用意する。給料も払う。ただし、休みは月に一回。いいな?」

与えられたのは、芹澤がマネージャーを務める二軒の風俗店での運転手兼雑用係の仕事と、店の倉庫として使っていたまったく陽のあたらないワンルームだった。四の五の言える立場ではなかった。がむしゃらに働いた。女の子の送り迎え、プレイルームや事務所の掃除、電話受付、さまざまな(時には芹澤の個人的な)使い走り、女の子のプロモーション用動画の撮影、さらにはブログの代筆まで。風俗店の男子スタッフがあれほどの激務だとは知らなかった。結局のところ、芹澤に足元を見られ、こき使われている、ということなのかもしれなかったが、それでかまわなかった。このまま行けるところまで行ってやろう――過労と睡眠不足から生じる倒錯したハイテンションの中で、そう思った。

そんな激務の日々にあっても、時おり、身を引き裂くような孤独感に苛まれることがあった。無重力空間に放り投げられたような虚無感に襲われることもあった。しかし、アオイの存在が、彼女との気の置けない関係が、それらをずいぶんと和らげてくれた。何気ない会話やふとした表情の中に、アオイの心に深く根をおろす孤独や虚無をかいま見ることがあった。

かいま見るだけではなく、それらを自分もまた味わっているような気分になることがあった。アオイの根深い孤独や虚無をかいま見、ひとしきり味わった（あるいは、味わったと思った）あとでは、自分を苛む孤独や虚無がいくらか薄らいでいるのが不思議だった。もしかしたら、アオイも似たような感覚――つまり、相手の孤独によって自分の孤独を癒すというような――を味わっていたのかもしれない。

もし、あのまま小倉での生活を続けていたら、自分たちは、お互いの過去を知らぬままに無二の親友になるという世にも奇妙なことをやってのけていたかもしれないと思う。そうしてやがて歳を取って、夫婦でも恋仲でもないのにいっしょに暮らし、互いを支え合う数奇な婆さんと爺さんになっていたかもしれない。

いや、そんな、実現しなかった未来のことを考えるなんてバカげている。なによりも肝心なのは、アオイがあのタイミングで、自分を沖縄に導いてくれたということなのだ。

それを得るまではそんな時間が欲しいなんて思ってもみなかったし、それどころかそんな時間が来るのを恐れてもいたけれど、どうやら自分に必要だったのは、無為の時間だったようだ。しがらみや緊張から解放された無為の時間。そう、オフシーズンの沖縄で、そして、さわやかな潮風と柔らかな日の光のもとで、生まれてはじめてといっていいくらいの無為の時間を過ごすうちに、重苦しかった心身が軽くなっていくのを感じた。相変わらず、悪夢にうなされてはいたけれど、それでも、憑き物が落ちていくかのごとく、日ごとに心身は軽くなっていった。だからこそ、自分の来し方を虚心に振り返ることができたのだと思う。行く

末を冷静に見据えることもできたのだと思う。ふだんならせいぜい視界の隅をよぎっていくだけの、おのが宿命や責務といったものにきちんと向き合うことができたのだと思う。そうして、ある日の午後、ひとり浜辺に座っている時に、ふいに思ったのだった。もうじゅうぶんだと。もうケリを付ける時なのだと。シャバをのたうちまわるのではなく、きちんと法の裁きを受けるべき時が来たのだと。

つまるところ、アオイのおかげで、今の境地に至ることができたのだ。なにはともあれいまだにこうして生かされていることにほのかな喜びを感じられる境地に。善きことも悪しきこともそっくりそのままに、この大いなる世界を受け入れられる境地に。

そんなことをつらつらと考えているうちに、輝之は眠りに落ちていた。

翌朝、目覚めた時にはすでに小雨が降っていた。

早朝のデッキで雨に煙る海や空をぼんやり眺めていると、デッキにふらりと現れた白人の青年が挨拶代わりに笑いかけてきた。欧米人がこのフェリーに乗っていたことに驚きつつ、輝之も笑い返した。しかし、ほんとうに驚いたのは、そのくしゃくしゃ頭の白人が流暢な日本語で話しかけてきた時だった。

「おひとりですか？」

「……ええ、はい」

「雨ですね……残念」

「はあ……日本語、お上手なんですね」

「いいえ、まだまだです。読めない漢字がたくさん」

「ぼくも漢字はあまり……。日本に来てどのくらい？」

「ぜんぶで、六年半。最初に五年、一度アメリカに戻って、去年の夏にまた来ました。今は京都に住んでます」

「京都ですか……どうしてこのフェリーに？」

「あなたもね」

二人は笑い合った。笑いをおさめると白人は名乗った。

「ライアンといいます。よろしく」

「……テルユキです。こちらこそ」

結局、そのライアンと名乗ったアメリカ人と、はじめはデッキで立ったまま、それからパブリック・スペースのソファに座ってコーヒーを飲みながら、小一時間ほどおしゃべりすることになった。

ライアンは二十九歳のシカゴ大学の大学院生で、去年の秋からは京都大学にも研究生として籍を置きながら、日本の戦後の前衛美術と社会運動とのかかわりをテーマとした論文を執筆しているところだという。ライアンいわく「そろそろあぶない」老美術家から話を聞くために徳之島《とくのしま》に三日間滞在し、ふと旅心をくすぐられて、深夜に亀徳《かめとく》港からフェリーに乗り込んだらしい。二等寝台を取ったが、四人部屋にはほかの客はいなくて独占状態だという。

ライアンの研究分野についての知識はほとんどなかった——じっさい、登場する美術家の名前で知っているのは岡本太郎だけだった——ので、その方面の話はちんぷんかんぷんなまに聞き流したのだが、ライアンがニューヨークの出身だと知って、輝之は思わず身を乗りだした。

「ニューヨーク⁉　じつは、妹がニューヨークに」

「あ、そうですか。でも、ぼくのホームタウンは、ニューヨークはニューヨークでも、シティじゃなくて、ステイト」

「ステイト？」

「ニューヨーク州です。ぼくのホームタウンはオールバニという小さな町で、ニューヨーク市まで二百キロ以上離れてる。妹さんはマンハッタンに？」

「たしか……ブルックリン」

「ああ、ブルックリン。昔、ちょっとだけ住んでた。今も友だちが住んでる」

「そう……どんなところ？　つまり、治安とか……」

「ちあん？……ああ、治安ね。ブルックリンはけっこう広いから……でも、ニューヨーク市全体が昔みたいには悪くない。妹さんは何をしてますか？」

「さあ、今は……。昔は、絵を描いたり、彫刻を作ったり……」

「アーティスト！」

「いやいや、そんなんじゃないんだろうけど」

「きっとブルックリンにぴったり」

「……そう？」

「はい、アーティストにとってはとても環境の良いところだと思う。今度、あなたも……テルユキさんも、行ってみたらいいんじゃない？」

「……いつか、そんなことができたら」

「できるよ。簡単」

そう言ってライアンは片目をつぶった。その品のいいウインクに輝之の心がかすかに弾んだ。

「うん、そうだね。簡単なのかもしれない」

雨は一日中降り続いた。

午後、パブリック・スペースのスツールに腰掛けて、自動販売機で購入したカップラーメンを食べていると、斜向かいで持参のお弁当を食べていた銀髪の婦人が、おかずの詰まったタッパを押し出し、つまむようにとすすめてくれた。ありがたくちょうだいし、それをきっかけに世間話が始まった。

その日の未明に奄美大島の名瀬《なぜ》から乗船したという初老の婦人は、四十二歳での初産を迎える末娘の身の回りの世話をするために、そして、予定通りならばクリスマスになる出産に立ち会うために、彼女の住む大阪の高槻《たかつき》に向かっているのだという。飛行機は苦手で、若い

ころは時間的な制約もあって何度か乗らざるを得なかったものの、今はもっぱらフェリーを使うのだと言った。

はじめのうちはそんな身辺の話をしていたのだが、やがて、先週末に実施された国政選挙の話題になった。それまでは、人の良い田舎のおばあちゃんという風情だったのに、選挙の話題になったとたん、世の中に一家言を持つ市井のインテリふうの顔つきになった。

「それにしても、投票率は戦後最低だって。まったくねえ」

「そう言われると……心が痛みます」

「あらあら。あなたも行ってないの？」

「行けなかった……いえ、行きませんでした」

「ダメだよ、そんなんじゃ。若い人がしっかりしなくちゃ、国が滅ぶじゃないか」

「ぼくはもう、そんなに若くは――」

「なに言ってんだい。あたしの半分もいってないじゃないか。せいぜい、三十……いくつだい？」

「五です。三十五」

「あたしは、七十六」

「七十六？　見えません。お若い」

「おべんちゃら言っても何も出ないよ」

「おべんちゃらなんかじゃありません」

「いくつに見える？」

「……七十四とか」

婦人は一瞬きょとんとなり、それからプッと吹き出した。

「あんた、面白い人だねえ……ま、とにかく、次からはちゃんと選挙に行くんだよ」

「……次から、か」

「そうだよ、次からだよ。終わってしまったことを悔いても仕方がないもんね。次、その次、またその次、ずうっと続いていくんだから。人生も世の中も。だろ？」

「……そうですよね。はい、次からは必ず」

その晩、眠りに就く前に、輝之はある種の感慨とともに思い返した——ライアンというアメリカ人青年とにせよ、名前は尋ねも知らされもしなかったが奄美の老婦人とにせよ、ことさら壁を作ることなく、屈折した感情を腹に秘めることもなく、以前のような……いや、ひょっとしたら今までは一度もしたことがなかったかもしれない、ごくごくふつうのコミュニケーションが取れていたことを。

翌日は、夜明け前に目を覚ました。

大阪南港に到着したらすぐに降りられるよう、シャワーを浴び身支度をし荷物をまとめ、船尾のデッキに出ると、東の空が黄金色に染まっていた。

美しい朝焼けを目にして輝之は身の引き締まる思いがした。わずかながらに心がざわめく

のも感じた。もちろん、恐れやためらいといった感情がないではなかったが、それでも輝之の心の大部分を占めているのは清々しく建設的な感情だった。

やがて、朝ぼらけの中に大阪や堺の工業地帯が見えてきた。港に停泊している船舶や倉庫や高架橋も見えてきた。その奥には雑然とした大阪の街の灯りも浮かび上がってきた。朝の冷気が心地よかった。

ふいにこの二年四か月の逃亡生活のあいだに出会った人々の顔が走馬灯のようによみがえった。みんな元気にやっているだろうかと思った。そうして、今一度、自分の心の中を覗き込んだ。大丈夫、と自分に言い聞かせた。おれは向かうべきところに向かっている。怯むことなんかない。これで終わりってわけじゃないんだ。もしかしたら、もうひとつのはじまりかもしれないいんだ。

フェリーが埠頭に接岸すると、輝之は真っ先にタラップを降りた。

長いタラップを中程まで降りたところで、ショート丈のコートにスラックスをはいた男の二人組がこちらに体を向けて突っ立っているのが見えた。片やがっちりした短軀の中年、もう一人はすらりとした長軀で、そのひとまわりほど年少か。いずれにしても二人の男たちは、早朝の船着き場には明らかに場違いな雰囲気を醸し出していた。

輝之はハッとして、足を止めた。一瞬のうちに、なにもかもが——彼らが何者で、何をするためにここにいるのか、どうやって彼らは自分がこのフェリーに乗っていることを知ったのか——わかった気がした。

後ろを振り返った。自分を先頭に乗客が列をなしている。五人ほど後ろにライアンが、そのまた二人ほど後ろに奄美の老婦人がいた。ライアンが輝之に気づいて笑いかけてきた。笑い返そうとしたが顔が強ばって笑顔にはならなかった。すぐ後ろの小柄な中年の婦人が「どうしました？」と声をかけてきた。最初は答えあぐねたが、すぐに、いいえなんでもないです、というように首を振って前に向き直った。そう、べつになんでもない。たいしたことじゃない。男たちの後方には、ターミナルまで乗船客を運ぶべく船舶会社のマイクロバスが停まっていた。その向こうに、何台かのセダンが見えた。男たちは無表情だった。無表情だったが、自分をしっかり見据えているのがわかった。やにわに自分の心音が聞こえはじめた。それ以外にどんな音も聞こえなくなった。心音にリズムを合わせるように再びタラップを降りはじめた。

地面に降り立って深く息を吸い込むと、そのまま男たちがいるほうへ歩を進めた。なんでもない、たいしたことじゃない、堂々とするんだ、と自分に言い聞かせた。おれは向かうべきところに向かっている。ちょっとだけ予定が狂っただけだ。ほんの少し早まっただけだ。終わるのが。そして、はじまるのが。

長軀の男が前に進み出ようとするのを、短軀の男が腕で制するのが見えた。輝之は、男たちと握手できるくらいまで距離を詰めて足を止め、肩にかけていたスポーツバッグを地面におろした。その瞬間、心音がすっと遠のいた。代わりに下船した人々のざわめきが耳に入ってきた。おかえり、という女のしゃがれ声が聞こえた。おかえり、疲れたやろ。

短軀の男が、目元にかすかな笑みを浮かべて、おもむろに切り出した。

「お名前をお聞かせ願えますか」

「……久保田輝之です」

「わたしたちが誰だかわかってますね？」

「ええ、もちろん」

そう言って、輝之は深々と頭を下げた。

謝辞

各章のエピグラフとして引用した文が、海外の作品からのもの、つまり、オリジナルが日本語以外の言語である場合は、既存の日本語訳を使わせていただきました。左記の翻訳者の方々に御礼を申し上げます。なお、第十二章のフランシス・ベーコンの言葉は、二〇一三年春に東京国立近代美術館で開催された「フランシス・ベーコン展」にて遭遇したものです。また、エミリー・ディキンソンの詩、および、モリッシー、PIL、ジャクソン・ブラウンの歌詞については、自分で訳しました。

都甲幸治氏（ヴェンチュラ）、宮下遼氏（パムク）、黒原敏行氏（マッカーシー）、澤田直氏（ペソア）、青柳瑞穂氏（ボーヴォワール）、中村佳子氏（ウエルベック）、田口俊樹氏（ブロック）、亀山郁夫氏（ドストエフスキー）、高橋健二氏（ゲーテ）、鈴木恵氏（ブルーエン）、林かんな氏（バリェホ）、大久保康雄氏（ミラー）、青山南氏（ケルアック）、村上春樹氏（オブライエン）、千條真知子氏（リヴィエール）、松本健二氏（ボラーニョ）、藤本和子氏（ブローティガン）。

本作品の執筆および単行本刊行、さらにはこの度の文庫本化にあたって、多くの方々に様々な形でお力添えいただきました。とりわけ、左記の方々には、この場を借りて、御礼申し上げます。順不同です。

星野有樹くん、平田陽子さん、石村明也くん、池田朝子さん、小竹真由美さん、清水敬子さん、清水康介くん、美由紀ママ、稚内観光協会、小倉憲二さん、西崎ユカリさん、郷田瑞昌さん、神宮裕美さん、樽本樹廣くん、仲俣暁生さん、陣野俊史さん、矢野利裕くん、多田洋一さん、久山めぐみさん、吉本真一さん、堀川達也くん、井出里美さん、高橋明日香さん、非公認ファンクラブ・東京モリッシー会のみんな、Justin Jesty、小林智香子さん、水戸部功さん、鈴木成一さん、宮本亜由美さん、西川真以子さん、小川英則さん、栗俣力也さん、池上冬樹さん、大城武くん。それから我が家族、なかでも、妻のぶ子に。そして、幾ばくかの時間をこの小説を読むことに費やしてくれたあなたに。どうもありがとう。

二〇一六年七月末日
東京にて
桜井鈴茂

解説

池上冬樹（文芸評論家）

大仰に聞こえるかもしれないが、本書『どうしてこんなところに』は、魂のロードノベルである。

この表現は、親本のコピー〝魂を揺さぶる、ロードノベルの傑作がここに！〟に触発されたもので、読み始めるまえは少し大袈裟過ぎるのではないかと思ったのだが、読み進めていくうちに、これは確かに魂のロードノベルだという思いが強くなったし、読み終わったいまも、これがいちばんぴったりとくる。実に力強い小説である。

文学作品では、魂の彷徨を主題とする小説やロードノベルは少なからずある。たとえば桐野夏生にはそうした小説が多いし（『光源』『ダーク』『夜また夜の深い夜』がとりわけ素晴らしい）、エンターテインメントと純文学を横断する花村萬月にはロードノベルの秀作が何作かある（なかでも初期の『重金属青年団』は必読の傑作だ）。桐野夏生や花村萬月と比べると、桜井の筆致は甘いけれど、それでも人生に対する真摯な姿勢や優しい感傷性は、若手作家ならではの魅力だろうし、テンポの早い語り口はいまの読者に最適なのではないかと思う。桐野夏生や花村萬月のようにテーマを深く掘り下げることよりも、主人公がいかに逃げ

延びるかに重点をおいているので、そのぶん動きが多く、登場人物も賑やかで、よりエンターテインメント性が強いし、結末に至ればある種の感慨を覚えるだろう。しみじみとした思いにかられるのである。読み終わったあとも、主人公の感情がじんわりとしみこんでくる。それは僕だけではなく、読者の多くが経験していることで、複数の読書サイトでも本書は話題になっている。文庫化されてさらに感銘を受ける読者が増えるのではないかと思う。

ではいったい、具体的にどういう物語なのか？

物語は、三十三歳のサラリーマンの久保田輝之が高速道路を走っている場面から始まる。何かから逃げるかのような怯えぶりで、「こうするしかなかったんだ。どうしようもなかったんだ」と自分を納得させて運転している。やがてサービスエリアで、藤野と名乗る一人の男と出会い、その男の求めに応じるまま新潟へと向かう。そして車中で藤野が語る人生に耳を傾けながら、輝之も自分の人生を振り返る。

輝之の幼少期は幸せに満ちていたけれど、小学六年の夏に母親が家を出て、一年もたたないうちに父親が再婚してしまう。美しい継母へ複雑な感情を覚えながら大学に進み、バイト先の先輩に誘われて小劇団に参加して頭角をあらわす。だが、二十五歳のとき俳優になる夢を諦めて総合スーパーに就職し、やがて結婚、子供も生まれたのだが……。

車に乗せた藤野は、前日に刑務所を出たばかりで、新潟には親族が住んでいた。輝之は藤野を親族の家の前まで送るが、しかし運命は不思議なもので、藤野とは一年後、東北のある

場所で再会することになる。

早い段階で、殺人の告白がなされるので書いてもいいかと思うが、輝之は妻を殺して逃亡をはかっている最中だった。何故殺したのか、動機は何なのかはおいおい語られることになる。自首するべきか、自殺するべきか迷ううちに新潟から青森、函館、札幌、稚内、石巻と転々とし、さらに西日本をめぐり、最終的には沖縄で物語は終わる。輝之の視点ばかりではなく、彼の行方を追う妻の関係者がいて（輝之狩りともいうべき追跡のくだりがスリリングだ）、事件を捜査する刑事たちも中盤から行方を追及していく（警察小説の要素もある）。中心は輝之だが、追跡者以外にも偶然邂逅する役者時代の知人の俳優を登場させたり、三人称多視点にして自在に、輝之自身の人生と結婚生活が明らかになっていく。

正直にいうなら、少々長すぎる印象は拭えないだろう。逃れ逃れて北の端から南は沖縄まで巡る必要もないと思ってしまうが、これは輝之が、最後の選択を得るまでに必要な時間なのである。ある程度の長さ、つまり困難と苦悩と絶望を味わい、一つの結論を出すまでに要する時間でもある。また、日本社会のいまを捉える点でも重要な長さだ。

たとえば、東日本大震災のあと、見知らぬ他者とのコミュニケーションについて、輝之は、他人同士が建物内ですれ違う時にも控えめな笑顔をむけるようになったのは〝震災地の同胞に対する憐れみや慈しみの気持ちを確認し合うという以上に、人々の心に潜むさみしさの仕業なのだ〟と感じる。〝以前から心の洞窟に潜伏していたさみしさが、大震災という悲劇を

機に地上に姿を現して同類を求めて徘徊しているのだ〟（87頁）とも。この小説には鋭い観察眼が至る所にあるけれど、これもその一つだろう。誰もが心のなかにさみしさを抱えて生きている事実を逃亡者の視線を通じてさらりと提示するのである。

この第六章のエピグラフは、戦前のポルトガルの詩人・作家フェルナンド・ペソアの「私はおそらく、この地上ではいかなる使命も担っていないのだ」であるが、実際には、使命を担っていない人はいない。第六章がいい例だが、何かを発見する上で、どんな脇役・端役でも大事であることを物語っているからだ。

ペソアの言葉もそうだが、この小説を豊かにしているのはエピグラフである。思索の一端が章の冒頭に掲げられ、それを頭に入れながら読んでいくと、それと呼応するような場面や展開になる。ドストエフスキー、ヘンリー・ミラーなどの世界文学の作家から、エミリー・ディキンソン、中原中也、茨木のり子などの詩人、戦後のアメリカ文学を代表するジャック・ケルアック、コーマック・マッカーシー、ティム・オブライエン（この作家はもっと評価されていい）、ノーベル文学賞を受賞したトルコのオルハン・パムク、二〇〇三年に五十歳の若さで没したチリの作家ロベルト・ボラーニョ、さらにはハードボイルドファンに愛されているケン・ブルーエン（渋い！）、作家以外ではジャクソン・ブラウン、モリッシー、玉置浩二（！）などのミュージシャンの歌詞まで引用している。ときに敬虔な響きをもつ言葉（ゲーテの〝愛〟）が、あるいは脱力した不真面目な言葉（フランシス・ベーコンの〝犬

の糞〟)が、何らかの人生の真実をあぶりだすことに役立っている。入り口にある言葉が、たとえ違う方向を向いていても、繰り広げられる世界と運命を知る大切な言葉なのである。何かの〝縁〟、何かの手がかり、人と人生と世界を見通してくれる。

そう、エピグラフに導かれ、逃亡の過程で出会う人々の生きる姿をしかと見すえていることになる。この物語に厚みがあるのは、人生の諸相を見出すことだろう。主人公は、あるところでは〝生き残ることにかけての人間の恐るべきたくましさ〟を感じとり、〝人としての尊厳をかなぐり捨ててでも生き残る道を選ぶ〟たくましさに感銘を受けるのだが、それと同時に嫌悪も覚えてしまう。〝人間というのはなんと得体の知れない生き物なのだろう〟と（一五一頁）。あるいは〝どんなに陽気に振る舞っていても〟、人生に静かに深く絶望している人々の姿があり、だからこそ彼らが見せる〝深い絶望の中で醸成される〟優しさが切実な響きをもつ（二五八頁）。

さらには、神に祈ることの大切さを説く場面もある。祈って何が変わるのですかという輝之の問いに、「何も変わらないとしても、祈らずにはいられない時がある。（略）おれたちみたいな人間には、おこぼれも必要だぜ。ちゃんと祈ってると、ひょっとしたら神からのおこぼれに与ることができるかもしれない」（二七四頁）という言葉が返ってくるのだが、これは絶望の淵にたたされたことのある人間には得心がいくだろう。神を信じなくても、何か神のような存在に祈らずにはいられない時があるのだ。

このように輝之は、さまざまな人々と出会い、さまざまな体験をする。輝之は殺人者であるけれど、唾棄すべき存在ではなく、むしろ輝之の行為に感情移入してしまうところがある。でも、罪は罪だ。犯した罪は大きい。「おまえが受けるべき罰ってのは、のたうちまわることなんじゃないか。（略）逮捕？ 刑務所？ そんなのは甘すぎるね。のたうちまわれ。惨めったらしく生きろ」（336頁）と言われもする。その言葉に、輝之はいったいどうするのか。

「苦しみの日々／哀しみの日々／それはひとを少しは深くするだろう」（茨木のり子）とは、本書に出てくるエピグラフのひとつだが、この小説が読者を惹きつけてやまないのは、のたうちまわるような輝之の苦しみと哀しみが、読者一人一人の抱える生きがたさと通底していて、日々の辛さをとかしてくれるからである。本書を読んで、人生を見つめる目が確実に少しは深くなったと実感できるのではないか。なかには、救われたと思う人もいるかもしれない。注目の一冊である。

初出　2014年8月単行本刊行

双葉文庫

さ-29-03

どうしてこんなところに

2016年9月18日　第1刷発行

【著者】
桜井鈴茂《さくらいすずも》

【発行者】
稲垣潔

【発行所】
株式会社双葉社
〒162-8540 東京都新宿区東五軒町3番28号
［電話］03-5261-4818（営業）　03-5261-4840（編集）
www.futabasha.co.jp
（双葉社の書籍・コミックが買えます）

【印刷所】
大日本印刷株式会社

【製本所】
大日本印刷株式会社

【CTP】
株式会社ビーワークス

【表紙・扉絵】南伸坊
【フォーマット・デザイン】日下潤一
【フォーマットデジタル印字】恒和プロセス

落丁・乱丁の場合は送料双葉社負担でお取り替えいたします。
「製作部」宛にお送りください。
ただし、古書店で購入したものについてはお取り替えできません。
［電話］03-5261-4822（製作部）

定価はカバーに表示してあります。

ISBN978-4-575-51925-9 C0193
Printed in Japan